昼日成熟

清途 著

四川文艺出版社

周行叙越发觉得她像一只小狐狸。
聪明又狡猾，会勾人，又理智。

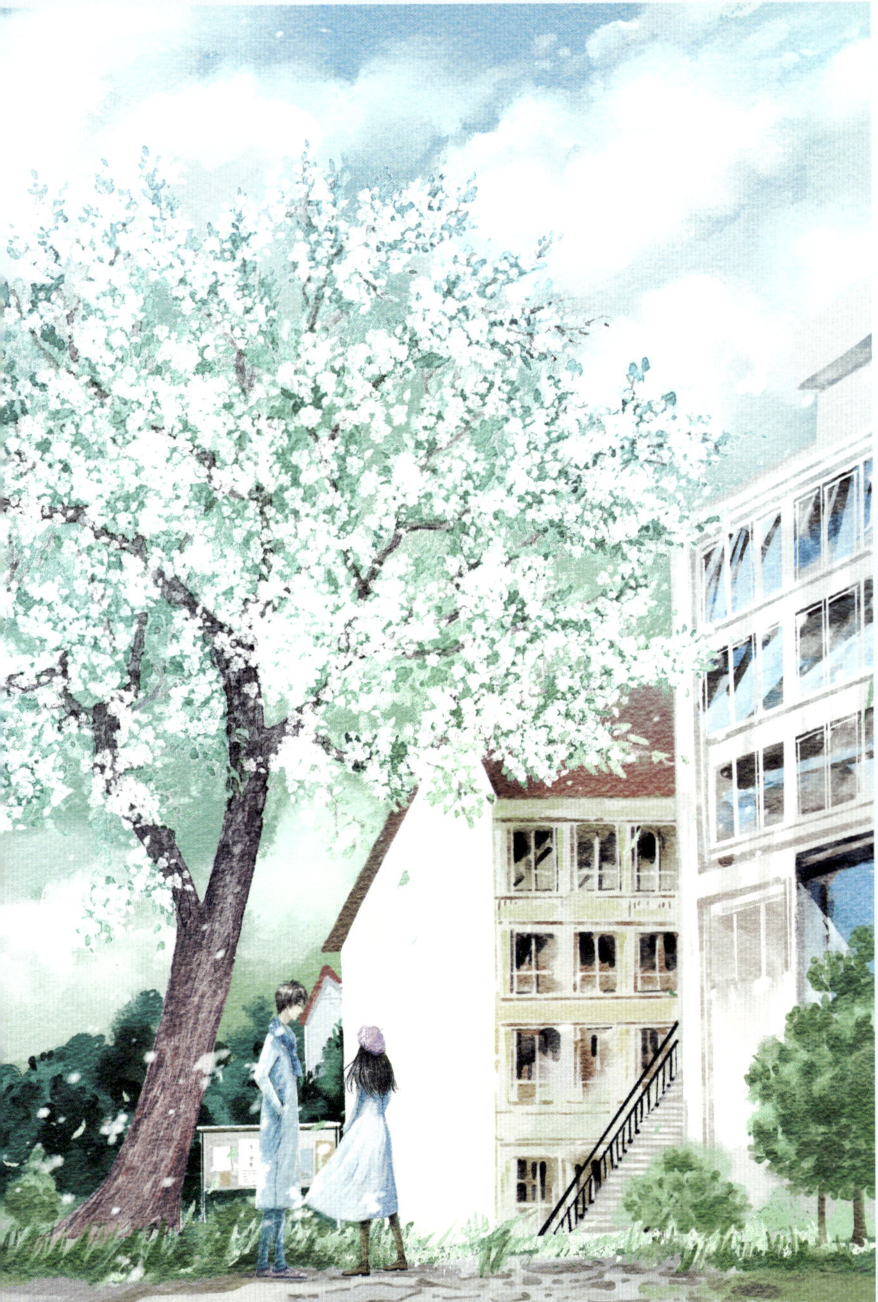

目录
CONTENTS

楔子　园丁与牛　...001

Part 01
生涩

第一章	第二章	第三章	第四章
通过你的好友验证	谁先错开视线谁就输了	甜甜的草莓蛋糕	等你的回答
010	045	080	139

Part 02

甜度

| 第一章 | 第二章 | 第三章 | 第四章 |

鼻尖的雪松味　　不一样的夏天　　不想放过你　　太妃糖的味道

186　　　　　　 223　　　　　　259　　　　　　295

像大雾四起的海面上一叶扁舟,他可能是偷来波塞冬的三叉戟掀起滔天巨浪,引发风暴海啸,搅得她头晕目眩。

也或许，他与阿芙洛狄忒是同谋，她忘记在航海时投以诚挚敬仰换取阿芙洛狄忒的庇护。她被阿芙洛狄忒交于他手中，难逃一劫。

两个人算不上并肩而行，薛与梵步子稍稍落后他一些，抬头望去只能看见他大半的背影。不过地上的影子有交叠重复的一部分。

夜风将衣角吹起，他看上去穿得也不多，但手掌心里热乎着，连带着薛与梵被握着的手也暖和起来了。

楔子
园丁与牛

曲/周行叙

交完留学的所有申请材料之后，薛与梵决定和周行叙不再联系。

她昨天就和周行叙说今天有事找他。

周行叙同意了，不过他放学之后有乐队训练，得晚一点才有空："你等不及可以先去我那边，地址和密码反正你也知道。"

薛与梵不急："我正好要和辅导员谈话，估计也挺晚的。"

周行叙："行，到时候我把车停在老地方，我载你。"

等薛与梵和辅导员谈完话走出教学楼的时候，时间已经不早了。她低估了李老师的吹牛能力，天空红了，比小时候泡在井水里过凉的番茄还要红。

出了教学楼，她意外地发现周行叙还在。

一个短发的女生手里拿着一个礼物盒子："这是我亲手做的。"

薛与梵对当今这种"爱心便当"嗤之以鼻，但她没想到自己会哼出声，一时间除了周行叙两个人都有点尴尬。

当然，只有两个女生尴尬。周行叙这种人是不可能会脸红、会不好意思的，否则他也不会在听说他哥和自己表白后，在放学的路上堵了她。

当时他什么样子来着？

穿着长袖、短裤、联名鞋，真不知道是冷还是热。后背背着一把吉他，朝她笑："我哥今天和你表白了？要不要跟我去开个房，找张床坐坐，聊聊天？"

去酒店开房了吗？当然没去，薛与梵很正直地拒绝了他去酒店开房的请求，只说："浪费开房那钱干吗？我家没人。"

周行叙拿着短发女生送的礼物盒走到车边的时候，薛与梵正站在不远处的樟树下，他将车解锁，薛与梵环顾四周，在确保没有人之后小跑着上了他的车。

一路上两个人都没有怎么讲话，周行叙把车停在楼前的停车位里，刚停完车，发现有个快递到了。是吉他的新弦，薛与梵懒得陪他一起去，自顾自地下了车，先去了他公寓。

这年头都说loft（阁楼）公寓不值钱，薛与梵第一次来他这个公寓的时候就发表过这个想法。周行叙当时听完就笑了笑："你觉得我在乎这公寓保值吗？"

薛与梵点了点头，虽然觉得他话很欠，但事实的确是——

周行叙不差钱。

薛与梵刚进周行叙公寓的时候，他亲哥的短信也来了。

——这周末有空吗？听说你准备申请英国的大学，要不要我陪你冲刺锻炼一下口语？

周行叙拿着那个"爱心便当"和快递回来的时候，薛与梵正躺在沙发上看手机，双腿弯曲着。

听见开门声音，薛与梵把手机放下，从沙发上坐起来。

不像个小女朋友似的跑去迎接他，当然薛与梵也不是他小女朋友。

拿起被他丢在茶几上的"爱心便当"，里面是巧克力，而且一看就不是亲手做的。

"歌帝梵。"薛与梵尝出来了，"挺舍得下血本。"

周行叙在脱衣服了，听见她似是呷酸又不似的怪腔怪调，笑道："是啊，你以为谁都跟你似的，一点代价都不付出？"

"喊。"薛与梵嗤声，"也有代价的，好吗？"

周行叙脱衣服的动作停了，等她说。

最近天热，巧克力有点化了，黏在她指腹上，她慢条斯理地把嘴巴里的巧克力咽下去，站在沙发上朝着周行叙一步一步地走过去。

贴近了之后，伸出胳膊钩上他的脖子，将沾了巧克力的手指塞进他口中。

温热的口腔含着她指尖，指腹贴着舌苔。

"我的代价，可是一个特别不好的……第一次。"最后三个字是贴在他耳畔轻轻说的。

说完，手指一疼，他牙关用力，咬了一口。

"哟——疼。"

周行叙的禁忌，就是那第一次。

为什么呢？因为当时薛与梵说了句很欠的话，她躺在皱巴巴的床单上，躺姿像是中世纪的吸血鬼电影主角一样，双手叠在胸口，躺得笔直，甚至表情还有点嫌弃。

她很欠，也是故意的："周行叙，没想到你挺……中看不中用的。"

能忍吗？

这种话一说出口，是男的都忍不了。

他用实际行动告诉薛与梵，能进京首念书的都是有点本事的，有很强的学习能力，但不得不说，她第一次的感觉就像学霸手里的草稿本。

第二回，感觉不错。

她依旧很欠，趴在床沿边，被子盖了一半，膝盖屈着，小腿在空中晃悠着。像个评论家："嗯，这回不错。不过突然让我明白了一个道理'前人栽树，后人乘凉'，陪人锻炼技术，太累了，我以后还是找个被人调教好的。"

周行叙没回应她的"好心鼓励"，倚着床头把烟蒂掐灭之后，用行动成功让薛与梵累到闭了嘴。

旁边的床上空了出来，薛与梵裹着被子在床上翻了一个身，身体的事后感让她有些不舒服。滚到床沿边，她伸手去够地上的男士工装裤，从鼓起的口袋里找到了一包香烟。

打火机没在他口袋里找到，但她知道哪里有。

就在床头柜的抽屉里，和几盒各种款式的"小雨伞"摆在一起。

香烟点燃的时候，浴室里的花洒在同一时间关了，她听见脚步声，窸窸窣窣的声音大概是他在用浴巾擦身体。

没一会儿，他赤裸着上身出来了，浴巾围在腰间，他精瘦又不羸弱，上身没有健身房里健身男人的夸张肌肉，有的只是恰到好处的肌肉线条以及一些抓痕和草莓印。他头上顶着一条毛巾，让躺在床上的薛与梵看不清他的脸。

他站在床尾让薛与梵把手机递给他。

他的手机搁在床头柜上充电，他们是同一个型号的手机，手机是他的，数据线是她的。

递给他手机的时候，她用的是没拿烟的手。

手机放在他向上的掌心里。

她重新靠回床上，在给他手机的时候，屏幕不小心亮了，她看见了他手机的锁屏上有几个未接电话。

他亲哥的。

嘴里的烟泛着苦，她将视线移到一旁，以保证床尾的人连她的余光都分不到丝毫。

先前给他拿手机的时候，烟灰落在了床头柜上的设计稿上，白色的纸瞬间烫出了一个小黑点，黑点四周是一圈黄色。她看见了设计稿上的烟灰，看了许久后，轻轻一吹，将它们吹落在地上。

她一直没动静，在床尾的男人也不催她。他没穿上衣，围着浴巾在房间里走来走去，从薛与梵的内衣下面找到乐谱，拿起靠墙摆着的一把吉他，懒洋洋地开始练谱子。

薛与梵被天花板的灯光照得眼睛有点酸，突然想到自己来这里是准备和周行叙分手，之后不再联系的。

但一根烟灭了之后，她还是没说这件事，看着沙发上的人，她突然开口："周行叙。"

被叫住的人停了拨弦的手，他不解地看向床上的人。

她抽烟的样子难看得要死。

她吞云吐雾着，问："我们苟且多久了？"

"快一年了吧。"周行叙想了想，随后笑着低头继续看谱子，"还有，都说了那不叫苟且。"

薛与梵晚上在周行叙那里过的夜，早上起床的时候周行叙还没醒，昨天晚上她被周行叙折腾惨了，今天一大早还有老王的课，她上午一节大课魂都不在身上。

好不容易熬到十一点多回来睡一觉，中午刚过，就被吵醒了。薛与梵在宿舍那张床上翻了个身，身上的酸痛即便是现在睡得迷糊的时候都能清晰地感觉到。

薛与梵起身，抬手拉开蚊帐，其他三张床上的蚊帐都没有放下来，薛与梵低头往下看，也没有人影。

只有阳台门开着，一个屁股撅在那里。

是她室友，方芹。

薛与梵从上铺爬下来，每一个动作都牵动着身上的肌肉，疼得她难受。

从架子上拿出洗漱用品，嘴里叼着牙刷，迈着打战的腿走向阳台。抬手往方芹的屁股上拍下去，顺着方芹视线的方向朝楼下望去，是学校乐队社团在路演。

演出的地方就在宿舍区旁边的篮球场。

昨晚薛与梵迷迷糊糊地听周行叙说了一嘴，还问她要不要去看，薛与梵当时趴在床上，就剩喘气的力气了，也没回答他去不去。

他还在完事后,嘴里叼根烟练了半个多小时的谱子。

薛与梵漱完口,拿着牙刷和杯子,站在方芹旁边,手上还带着水珠,问方芹:"有这么好看吗?"

方芹晾衣服晾到一半,看见是周行叙那个乐队,手里的晾衣杆还没有放下:"那是周行叙,你觉得呢?帅哥一枚,还会弹吉他。就是写歌水平一般,不过人长得帅就足够了。听说大一的时候有经纪公司挖他去当艺人,可惜帅哥没去,毕竟帅哥家里不差钱。"

薛与梵有听过这件事,但那是周行叙,要是当艺人,也是黑料一大堆的艺人。

方芹说大学最后一个学期只剩最后两个月了,再不看以后就没机会了。

"对了,你昨天不是说要结束家教的吗?"方芹突然想到,"那昨天怎么还没赶回来?"

薛与梵和周行叙"苟且"这件事从大三下学期开始,因为总是和他晚上出去见面后,累得不想动,就总是夜不归宿。

后来她干脆和室友谎称她找了个在隔壁区的高昂家教工作,因为远,有的时候晚上补课她就不回来了。

"没成功。"薛与梵揉了揉腰,"我亲力亲为将他训练得太好了,舍不得。"

方芹笑了,她还要继续看周行叙他们的乐队表演,刚想再和薛与梵说话,但一回头薛与梵已经回宿舍里面了,站在上铺的扶梯上,看上去又要继续睡觉了。

薛与梵从蚊帐缝隙里找到了自己的手机,不仅有手机,还有上次全宿舍找了半天没找到的空调遥控器,以及一本失而复得的素描本。

用面部解锁了手机,在通信录列表里找到了周行叙。

薛与梵给他的备注是:耕地的牛。

他给薛与梵的备注是:种草莓的园丁。

给他发完信息,薛与梵点开外卖软件,还没决定好吃什么,周行叙的回复也来了。

周行叙感觉到了口袋里的手机振动,彼时乐队的主唱正在介绍下一首歌。

手机锁屏上显示一条微信。

种草莓的园丁:能不能别敲锣打鼓了?我困。

耕地的牛:最后一首了,来阳台听听。我上回从你身上找到的灵感。

种草莓的园丁:滚蛋吧,你上回也这么说,结果给我唱了首《两只老虎》。

种草莓的园丁:我两天之后才反应过来,你在内涵我是只母老虎。

耕地的牛:我错了。

薛与梵看着那三个字,心情稍微好了点,迈着步子准备再去阳台赏光。

手机响了。

耕地的牛:你不是老虎,你是小狗,全世界最会咬的小狗。

种草莓的园丁:圆润地翻滚前进。

生涩

曲/周行叙

Part 01

第一章

通过你的好友验证

一分熟

薛与梵在高中成绩优秀，考上了京首大学的美院，前两年她都是在东边的老校区。现在，美院这个流浪在外的"小儿子"终于得到了"爹妈"的关爱，得以让薛与梵他们这群夏天在老校区没空调，冬天只能去挤大浴室的可怜学子，享受大学最后一年多新校区的新宿舍。

所以，虽然是一个大学的，但薛与梵是到了大三才认识的周行叙。不过周行叙的大名，她早就听过了。

"财管一枝花"，最俗套的小说男主角光环他身上都有，长得帅，家里有钱，会玩乐器。

也是个浪子。

听说他谈过很多次恋爱，但好像因为有乐队的属性加持，他多段恋爱经历都变成了其他人口中的搞艺术寻找灵感。

他身上给人一股离经叛道的感觉。

薛与梵最喜欢的离经叛道感。

开学那天，他们这群老生在换校区的时候还是体验了一把新生待遇。帮薛与梵拿行李的是周行叙的哥哥，她宿舍的楼层不是很高，在三楼。

三楼很好，有阳光又不会觉得爬楼太累。

临走前，他找薛与梵要了电话号码。

薛与梵出于礼貌给了,于是她手机里多了一个每天问她一日三餐吃了什么的人。

很无聊,也让她觉得有点烦。

在阳台上洗抹布的时候,她看见周行叙和刚刚帮自己搬行李的男生打招呼。后来她才知道刚刚那个人是周行叙的哥哥,叫周景扬。

他们两个是双胞胎,但是长得一点都不像。可能从医学上说是异卵双胞胎的原因。在学校里见周景扬的次数远远多过周行叙。

为数不多的几次遇见周行叙,都让薛与梵记忆深刻。

一次是新生开学那天,他们乐队参加了迎新晚会的表演,那天他对着麦克风讲了几句祝贺新生未来前程似锦之类的话,麦克风扩大了他的声音,算不上烟嗓,但是音色有点哑,有点低沉。

还有一次是他开着车从宿舍区外面路过,当时车窗半降,车速不快。副驾驶位上还坐着个女生,薛与梵不知道那女生是谁,那是一个很漂亮的女生。

室友小八像个网络上的八卦营销号三次元本号。

小八说周行叙不住宿,周景扬住宿。周行叙在学校旁边有一套单人的loft公寓,因为他从小身体不好,怕他住外面出什么事情都没有人知道。加之周行叙的loft公寓很早就买了,两个大男生挤一张床很不方便。所以兄弟两个一个住宿一个不住宿。

女生宿舍晚间聊八卦,睡前总会聊这些事情。薛与梵将平板架在床头的平板支架上,一边听着八卦一边画着设计稿。

小八不知道从哪里打听到的:"反正每一个和周行叙谈恋爱,哪怕后来分手的女生都没有一个说他不好的。虽然知道是浪子,但是浪子渣男好香啊!"

其他两个室友在笑,薛与梵一直没讲话,小八发现她不讲话,喊了一声"薛与梵"。方芹睡在薛与梵隔壁床,听见了电容笔和指甲叩击屏幕的声音:"认真画画呢,别打扰她。"

当晚在宿舍聊完周行叙，第二天薛与梵就在学校碰见他了，是在食堂。

他难得出现在三号食堂，毕竟三号食堂距离他们院系不近，他不像个贪吃的人，总不会是专门过来吃三号食堂的糖醋小排吧。

薛与梵打了一份饭坐在和他隔了一个过道的位置，他脖子上挂着一个耳机，一边吃饭一边玩着手机，没一会儿，他对面来了一个女生。

薛与梵有点印象，好像是传媒系的一个学妹。

他开口，声音有点低。和新生活动那次通过麦克风听，有些不一样。开口就是渣男语录："你挺好的，但是我觉得我们不是很合适。"

话音一落，坐在他对面的女生就捂着脸开始哭了。周围的人纷纷侧目，周行叙岿然不动，要是哭哭啼啼就能让他回心转意，他早就不会有那么多段感情史了。

但他也没有直接走人，而是安静地坐在对面。

薛与梵从书包里拿出一包纸巾，想了想递给了他："要吗？"

"谢谢。"周行叙接过纸巾。

那是他们两个第一次讲话。

擦好眼泪后，那个女生走了。没一会儿周行叙也走了，纸巾没还。就像是男生之间借用一下打火机，然后再也没有还过一样。

薛与梵坐在原位吃完了一份糖醋小排。

没想到回宿舍的时候，她们已经开起了茶话会，说是有人在学校论坛看见周行叙和传媒学院女生分手的事件。

挂在论坛里的几张照片不可避免把坐在旁边那桌的薛与梵拍进去了，采访起了在现场的薛与梵，有近距离围观的感觉。

薛与梵拧开矿泉水喝了一口，接过了被当作话筒的香辣小鸡腿："今天晚上九点钟之前，别忘了交一周前布置的二十张画。"

下一秒她们宿舍就展示了什么叫作"遍地狼嚎"。

每次碰见周行叙,薛与梵都能记住很多细节。

但遇见周景扬就不一样了,总觉得明明才碰见他,这个人仿佛阴魂不散,没一会儿又出现了。

直到实训周,薛与梵忙得脚不沾地却也出现这种感觉,薛与梵就知道这是自己的错觉,可就算有些人隔三岔五见面,还是让人觉得这个人出现得太频繁了。

实训周苦不堪言。

一个学珠宝设计的学生,需要掌握的技能不少。

画画、雕蜡、金工、烧窑还有建模,等等。

从教室出来,薛与梵胳膊酸得举都举不起来了。打着哈欠从食堂拎了一份炒饭出来,迎着周围人的纷纷侧目,她丝毫没在意。

薛与梵出了食堂,宿舍区旁边的篮球场热闹得很,里三层外三层地围了不少人。

人的悲喜是不相同的,有人实训周两眼落泪如同堤坝泄洪,有人轻松自在,弹弹吉他唱唱歌。

薛与梵随便站在了一棵树下,正前方有一个围观的女生被自己男朋友抓了个现行,被拎走了。空出来的位置,正好和周行叙正对着。

篮球场旁边装了照明灯,为了晚上也能打球。那束光正好落在他身上,视线在熙熙攘攘的人群中交会,他先是一愣,随即笑了一下。

但视线很快又被人群阻隔了。

薛与梵下意识地看了眼自己,才发现自己穿着防脏的围裙和套袖,手上不仅拎着饭,还拿着一把恐怖的锯子和一个锤子。

"你怎么在这里?"

薛与梵闻声回过头,看见是周景扬:"我刚下课,买饭路过。"

周景扬仿佛如释重负一般:"我就说你应该不会喜欢这种表演。"

"这种"两个字被咬重了发音,普通的一句话被周景扬说得有些奇怪。

薛与梵微微蹙眉:"也不算讨厌。"

周景扬有点意外,立马顺杆爬:"乐队是我弟弟组建的,你要是喜欢,下次他们商演我带你一起去吧。"

他话音刚落,是一段电吉他的 solo(独奏),有女生在举着手机录像,通过有些晃动的屏幕,薛与梵看见了手机屏幕里的人。

等一曲结束,安静了不少,薛与梵才在周景扬期待的目光中点了点头:"好啊。"

周景扬那种性格,薛与梵不是很喜欢。星座性格使然,她对人常常一眼定生死。面前的周景扬很不幸,是第一眼就在薛与梵这里堪堪及格的人。

篮球场附近没有多少人走开,还源源不断有人来,薛与梵知道不会再有机会看见周行叙,也不想在这里久站了。

回宿舍的时候,阳台上撅着三个屁股。

仿佛昨天晚上喊着"万恶实训周,耗人精与力"的人不是她们一样。

方芹听见开门声率先回头:"梵梵回来了?"

薛与梵把锯子和锤子放到工具箱里,随手挑出新的工具装进帆布包里:"又在看乐队表演啊?"

"对啊。"方芹朝她挥手,"周行叙那个乐队,来不来看?"

薛与梵卸下套袖和围裙,虽然帅哥很重要,但是累了一天的她现在更想吃饭。吃完炒饭后,见她们还兴致勃勃地看着表演,薛与梵找了换洗衣服先去洗了澡。等她洗完澡,外面的乐队表演也结束了。

薛与梵拿出手机,锁屏上的时间正好到九点。

小八意犹未尽地爬回床上,用平板刷着学校论坛,在找今天晚上乐队表演的视频。最后还真被她找到了一个特别全的正在不断更新的帖子。

帖子的链接发到了宿舍微信群里,薛与梵看着那个"未来富婆高级养生会所"的微信群被新消息顶到了最上面。

没点开,而是把手机熄屏后重新放回去。垃圾桶里有她今天丢了的晚饭,薛与梵觉得会有味道,准备出门把垃圾倒了。

小八耳朵最灵,听见了薛与梵拿钥匙的声音,一个脑袋从蚊帐后面探出来:"梵梵你要出去吗?"

"要帮你买什么吃的?"

"一个巧克力味的八喜冰淇淋,再帮我带一瓶怡宝的矿泉水吧。"小八怕她记不住,还贴心地指了指手机,"我发手机上。"

等薛与梵走出宿舍楼,叮叮叮好几声消息音弹出,提示着她。

不仅有小八的,宿舍其他两个人也发了。

一瞬间她变成全宿舍的希望。

学校的超市里东西卖得挺贵,但空调开得倒是一点都不吝啬,薛与梵抬手掀开塑料的宽门帘,睡裙不是什么能御寒的衣服,露在空气里的手臂和腿一瞬间起了鸡皮疙瘩。

将购物篮挎在臂弯里,一手拿着手机,一手将辣条、薯片一股脑地往里面丢。

方芹要的番茄味薯片没了,薛与梵站在原地给她发信息,问她是要换还是不要了。

方芹信息回得不是很快,她站在超市最靠近墙的那一排货架旁,听见外面的讲话声,背后贴墙的冰柜运行声音不小,但薛与梵还是从一堆嘈杂的声音里听出了周行叙的声音。

二分熟

他说请客。

其他人在叫好。

超市的门帘被掀开,他最后一个走进来,手里没有吉他也没有乐谱,双手插兜站在门口。

和他同行的一个男生像个小火箭一样冲出去,两只手臂上各挎了一个购物篮:"哥,是不是随便买,你都买单?"

他带着对人一贯的笑容:"是,随便买。"

他让别人随便买,但他自己购物欲似乎不大。薛与梵手里的手机此刻响了,微信的提示音不大,在吵吵闹闹的学校小超市其实不明显。

方芹说换成红烩味的。

薛与梵回了一个"好"字。将薯片丢进购物篮,转身从冰柜里拿了一瓶冷藏的矿泉水。从货架之间走出去时,在头顶明明晃晃的白炽灯光里她撞上了周行叙的目光。

和在操场隔着人海的对视不一样,那次她那个方向的人很多,他甚至都不一定看得见自己。

但这时候,附近只有她一个人。他微微蹙眉,随后立马移开了视线。

薛与梵第一反应是低头看看自己的衣服,不再是围裙和套袖的组合,手里也没有骇人的锯子和锤子。

米黄色的睡裙也是很普通的款式,说不出好看,但绝对比之前那副打扮要好。薛与梵慢慢挪开步子,有些不解,自己这么不堪入眼?走到冰柜前,拿出小八要的八喜冰淇淋。

他一直站在门口收银台的位置,薛与梵先看见一双男士的帆布鞋,等他小腿也进入薛与梵的视线时,那双鞋的主人移开了位置。

超市的老板娘按下了手机里年度家庭伦理大剧的暂停键。

薛与梵点出手机里的付款码。周行叙是让开了,但是没有走开,还背对着她站在旁边,站姿有些慵懒,一手撑着收银台旁边的货架。

他的存在感很强,甚至能搅乱别人的磁场。

薛与梵不自在地站在旁边,拿着一个购物袋在装东西。

和他同行的一个人似乎已经买好了,薛与梵听见周行叙说:"就买这么点?"

那人留着一个寸头,人有点黑,和周行叙差不多高:"对啊,我也不是很喜欢吃零食。这点够了。"

"再去买点。"周行叙挥手。

寸头没走开:"我真的够了,哥。"

"再去看看,超市里东西挺多的。"周行叙挡在他和收银台之间,"再去挑一挑。"

老板娘在键盘上噼里啪啦按了一通,报了价钱。

扫完付款码,薛与梵装完袋子,掀开门帘,一时间九月底的热浪扑面而来。隔着塑料的门帘,薛与梵听见那个寸头的声音又响起了。

"哥,我真的不爱吃零食,真的就这么点想买的。"

薛与梵回头,塑料的隔热门帘,只能隐隐看出两个人的身影。

周行叙让开了:"那最好了,给我省钱。"

有点莫名其妙。

不过这和薛与梵无关,夏夜里的热浪有些折磨人,薛与梵有些招蚊子咬,赶忙迈开步子朝着宿舍走去。

打开宿舍门,空调不知道被谁打开了,还开着电风扇。薛与梵将零食给了她们,购物袋里有小票,算钱这件事交给她们了。薛与梵将平板、手机充电线还有耳机扔到床上,踩着扶梯两三下就爬了上去。

大动作让她感觉到胸前突然起伏,薛与梵一僵。

坐在床边,腿还垂在床下面。缓缓抬手摸了摸胸口,现实告诉她,她没穿内衣,手感告诉她现实是真的。

小八刚给她转完钱,一抬头就看见斜对床的人正在"摸胸",抽了抽嘴角:"梵梵,你要不把床帘蚊帐放下?"

洗完澡,她没有再穿内衣的习惯。当时只准备去倒垃圾,她也没有想到要顺道帮她们去超市买了东西。

难怪周行叙会突然移开视线。

薛与梵看着睡衣印出的痕迹,想死的心都有了。

室友在笑，纷纷让她注意微信收钱。

裹紧被子在床上发出无声的呐喊，但是钱还是要收的。薛与梵从被子里伸出手，将平板和手机连上充电器，点开微信后，看见室友的转账，一个个收款之后，薛与梵看见她的聊天列表里还有宿舍群。

点开宿舍群，今天周行叙他们乐队表演视频的帖子链接还在。

薛与梵拿出耳机，连接上之后，点开链接。

帖子已经变成了热帖，他不是乐队的主唱，是吉他手。黑白的吉他摆在腿上，他还背着吉他的肩带，肩带和吉他是一个配色，黑底配上白字。

大写的英文。

翻译成中文就是：我弹的是贝斯。

有点恶趣味。

控场的主唱在介绍歌曲，介绍得很有梗，引得旁边的周行叙也笑了。薛与梵才发现他有虎牙，一边笑，一边有些无奈地摇了摇头。

薛与梵越看越精神，等一个个视频点下来的时候，宿舍里其他人已经睡着了，她才将手机熄屏放在一旁。

就像是设计时的灵光一闪，薛与梵好像知道为什么当时他非要那个寸头再去买点东西了。

空调外机正在运作，转动的风扇就像薛与梵此刻的心情一样，有点停不下来。

第二天不出意外，睡眠不足送了薛与梵两个黑眼圈。

实训周最后一天了，薛与梵不好迟到。

没有时间，她也懒得捯饬自己。刷了牙洗了脸没有化一点妆，不过她皮肤白，也没有什么瑕疵，涂个口红气色就出来了。

鼻梁上架着一副眼镜，眼妆化不化也不重要。小八看她不打扮："好歹换了一个新环境，以前老校区没帅哥，新校区还是有潜在猎物的。"

薛与梵从衣柜里拿出白色的长裙，突然想到今天的课，又把白裙子塞回去,换了一条便宜耐脏的牛仔裙。往嘴巴里塞了一片面包,随手用今年很火的鲨鱼夹将头发夹了起来:"打扮什么?今天烧窑。"

方芹修容的手停了,将化妆刷丢回笔筒里:"我都忘了今天烧窑,化什么妆。"

学珠宝设计的孩子,上能和数控机床的学生讨论锉刀的一百种使用方法,下能和能源专业的讨论热能工程的心得。

遇上美术专业的,比画画,她们也不一定会输。

碰见动画专业的,比建模,鹿死谁手犹未可知。

薛与梵趁着上厕所的空闲,在走廊尽头的贩卖机里买了瓶咖啡,才将困意消除。

小八问她是不是昨晚没睡好,一想到睡前看见薛与梵摸胸,她坏笑道:"昨晚等我们睡着后,寂寞空虚冷,是不是偷偷在深夜缓解自我寂寥了?"

薛与梵喝着咖啡,指了指小八身后:"你烧过头了,注意温度。"

小八慌慌张张去抢救,耳边清净了不少。

薛与梵还记得自己第一次烧窑的时候就被老师表扬了。她晚上和家里人打电话还提到了自己被夸奖,最后得到的是爸爸的一句冷嘲热讽。

"烧窑烧得好?行啊,你以后没出息正好可以去浴室的锅炉房里烧火。"

想到这里,薛与梵发现今天的课结束后就是国庆假期了。她好像很久没有和家里人打过电话了。

薛与梵是宿舍唯一一个本地人,却是唯一一个不回家的。

小八坐在她的行李箱上:"你这都不回家啊?"

"我爸妈不在家,回去也是一个人。"薛与梵坐在椅子上看她们整理行李,"家里空荡荡的,还不如待在学校,至少学校里还有宿管阿姨陪我。"

赶火车、赶高铁的都有，薛与梵帮她们把行李箱搬到宿舍楼下，回宿舍之后发现手机有新消息。

是周景扬。

问她国庆有没有空。

"没空"两个字已经打出来了，还没来得及按下发送键，那边的新消息又来了。

周景扬：二号晚上，阿叙他们有演出。

周景扬：我上次说过要带你去看的，你来吗？

薛与梵将"没空"两个字删掉，过了一会儿打字回复他。

薛与梵：有时间，到时候你再联系我。

刚回复了周景扬，妈妈的电话也来了。宿舍只有她一个人了，也不需要去厕所或是阳台接电话，坐在椅子上，一手拿着手机，一手无聊地摆弄着桌上的摆件。

向卉："你这个国庆又不回来了？"

薛与梵"嗯"了一声："每年国庆都要去奶奶家住，我不想去，今年和同学出去旅游。"

向卉还在劝："这次国庆哥哥、弟弟和妹妹都回来，就你一个小辈不去多不像样。"

"但是他们又不在奶奶家过夜，我回去了肯定要被留下来住好几天。寒假逃不掉，妈，你就让我国庆躲一躲。"薛与梵也坚定自己不回家，"我反正不回去。"

向卉劝不动了，女儿不愿意去她能理解，毕竟自己也不乐意去。奶奶家的规矩多得让人喘不过气来。

"那你在学校里缺钱和妈妈说。"

薛与梵听见向卉态度松了，人也笑了："我的钱够，上次老薛还被我骗走了好几千私房钱，还没用完呢。"

既然听见女儿提到了她爸爸，向卉忍不住又唠叨了一遍："你爸爸这个人嘴巴就是那样不会讲话，有时候他说话可能表达不好。你生气就私下和妈妈说，上次你当着那么多人的面让你爸下不了台，他肯定生气。"

薛与梵"嗯"了一声："我知道了。"

电话挂了之后，向卉还是因为薛与梵撒谎随口说的要去旅游，给薛与梵转了一万块钱。没叫她省着点花，而是叫她注意安全。

随后还不忘用语音叮嘱了一下自己的女儿："你爸爸要是问起来，我就说你们学校有小组作业要做。如果说你去旅游，他这么孝顺你奶奶，知道你出去吃喝玩乐都不回来看看长辈，肯定要生气。"

薛与梵回了一个"收到"的表情包。

刚和妈妈聊完天，周景扬已经把周行叙那天活动的具体时间和地址都发给了她。

周景扬：你家去这里方便吗？

薛与梵是本地人，不少地方不用导航也还是知道的。

薛与梵：没事，我从学校出发。

周景扬：你国庆不回家？

这种隐私问题，薛与梵不想回复了。

晾着周景扬半个小时后，周景扬的消息又来了。

薛与梵也不着急看，不急不忙地去洗澡，洗完澡躺在床上后，发现这段时间里周景扬发了不少信息。

先是给她推了一个名片。

周景扬：这是阿叙的微信。

周景扬：他住学校旁边的 loft 公寓，到时候他顺路带你一起去。

薛与梵就这样有了周行叙的微信。

三分熟

周行叙第一次在周景扬口中听见"薛与梵"这个名字，就猜到这个女生对哥哥来说不一般。

直到国庆前几天，这个从不关心他的哥哥，破天荒地问起自己最近有没有商演。

周行叙反问："你要来？"

周景扬不好意思地挠了挠头："准备带一个女生过去看。"

那个女生就是薛与梵。

财管叫人羡慕，九月最后一天就没课了。

因为国庆要忙乐队商演的事情，周行叙估计自己在家待不了几天，借着最后一天没课，周行叙难得回了趟家，回家前照旧转了笔钱给乐队的队友，叫他们拿去吃饭。

因为提前和他妈妈打过电话，说今天要回家，所以厨房工程量很大，做了一桌的菜。打开门，周行叙就听见客厅的讲话声。

"扬扬，给你弟弟留一个水蜜桃。"霍慧文的声音不小。

"阿叙从小就不爱吃这种东西，给他留干吗？"周景扬没听，"我就不信长大了他口味还变了。"

说话间他们听见开门声，保姆过来帮周行叙拿拖鞋。周行叙把手里的车钥匙丢给她，换上拖鞋往客厅里走。

周景扬坐姿有点懒散，脚边摆了个垃圾桶，里面已经有一个桃核了，此刻手里还拿着另一个水蜜桃。

霍慧文好久没见小儿子了，笑盈盈地看着他："回来了？"

周景扬抬头看见他："你今天回来好晚，本来想搭你车一起回来的。"

周行叙假装不知道："你明天也没课？"

"我们课表一样的，你说呢？"周景扬给他挪了个位置，突然想到什么似的晃了晃手里啃了一口的水蜜桃,"小姨从无锡回来的时候买的,一盒就六个,这是最后一个了。但我记得你不爱吃桃子,对吧?"

周行叙伸手去拿托盘里的坚果,余光里是带汁的桃肉,粉白色的看上去很诱人,他发出轻不可闻的笑声:"我记得你爱吃,特别爱吃。"

霍慧文在旁边笑道:"你们还真是亲兄弟,哥哥爱吃的弟弟不爱吃,弟弟爱吃的哥哥不爱吃。"

哥哥爱吃的弟弟不爱吃?

是啊,周景扬就喜欢吃各种好吃的。比如水蜜桃、家禽的翅膀和腿、鱼的肚腩部位、五花肉。

他呢?爱吃胡萝卜、爱吃不入味的肉、爱吃鱼刺最多的尾巴。

周行叙将吃了一半的坚果丢回茶几上,起身的动作让旁边的周景扬和母亲感到疑惑,他指了指楼上:"我去收拾两件衣服。"

他的脚步声消失在了楼梯上,周景扬将吃了几口的桃子丢了。霍慧文看见了咋舌:"你看看,都浪费了,吃不下,一开始留给你弟弟多好。"

"都说了,阿叙不爱吃桃子。"周景扬用湿巾擦着手,"我上去帮他收拾东西。"

周行叙很久不回这里住了,平时周末不回来也有借口,说乐队有训练。他一开门,房间应该打扫过了挺干净的,就是靠墙的位置多了一排期刊杂物。

从门外路过的保姆,拿着周行叙的行李箱进来,想帮他收拾东西。见他一直看着靠墙的那几摞书,解释:"景扬说他房间放不下,就放在你房间了。"

周行叙知道他是故意的:"不是有书房吗?"

"他说去书房拿不方便,你房间挨着他的房间,来你这里拿更方便一点。"

本来就不是保姆的错,周行叙没对她发火,原本只打算收拾几件衣服的,但是这时又多拿了一个行李箱,连冬天的衣服都放进去了。

颇有一种过年前再也不回来的架势。

周景扬上楼的时候,看见地上两个敞开的行李箱,抬脚迈过去,看见他丢在床上还没有叠的卫衣,拿起来放在自己身前比画了一下:"这件衣服我见你都没有穿过几次,不喜欢吗?"

周行叙望过去,是他最喜欢的印着迈克尔·杰克逊的卫衣。还没来得及回答,周景扬把衣架拆了:"你不喜欢,我还挺喜欢的。你不穿那我拿走了。"

说着,还装可怜地叹了口气:"我就跟你屁股后面捡捡旧衣服旧鞋子穿。"

周行叙没讲话,将衣服塞进行李箱后,把衣柜关上。自己那件卫衣已经被周景扬搭在了肩头。

周景扬不客气地坐在他床上:"对了,你们国庆商演具体什么时候,在哪里?"

周行叙想到了那天周景扬提到薛与梵的时候有些羞赧。

周行叙把安排表发给他了。

"一号二号都有啊。"周景扬看着安排表上的时间,"那我挑哪天呢?"一个想法开始萌芽。

周行叙不着痕迹地给他提建议:"你先问问她什么时候有空。问她住在哪里,问她过去方不方便。"

周景扬觉得他说得很有道理,只是有点损:"不愧谈恋爱谈了那么多次。"

这话听上去一点都不像什么好话。

楼下准备开饭了,周行叙先把两个行李箱放到车上。隐隐听见靠近的脚步声,是霍慧文。她手里拿着她那辆车的车钥匙,解了锁之后从后备箱又拿了一箱水蜜桃出来。

跟儿子"嘘"了一声,将那箱水蜜桃放在他车里:"你小姨给了两箱,我知道你也爱吃,没告诉你哥哥,你收好,带过去和那几个小朋友一起吃。"

那几个小朋友说的是他乐队的队友。

霍慧文帮他把后备箱简单地收拾了一下,看清楚是两个箱子之后,眼眸一暗,也猜到儿子又不愿意回来了:"你哥哥就是那样一个人,你别……"

"他会变成那样也是你们的杰作。"周行叙将后备箱关上。

周行叙永远记得当时所有亲戚都告诉他,周景扬身体不好,他得让着哥哥。

慢慢地,不知道从什么时候开始,他的谦让变成了理所应当,只要周景扬想要的,他都必须让。

后来,他和薛与梵熟悉之后,他没考虑嘴上积德这件事,对她讲得很直白:"所有亲戚都叫我让着他,一开始很生气。后来想着他估计哪天早上就有可能忽然醒不过来,就这么年纪轻轻驾鹤西去,而我依旧可以吃吃喝喝,泡泡妞。让着就让着吧。"

讲这话的时候,他们衣服都没穿,姿势亲昵。薛与梵没同情他,将被子扯走了:"这么兄友弟恭,你倒是别睡我啊?"

周行叙回了句挺渣男的话:"你不一样。"

放完行李箱回客厅,周父的司机已经快要到了。周行叙感觉到手机在振动,是乐队的微信群。

脸滚琴键:哥,你怎么又给我们转了那么多钱?

我们架子鼓也是有乐谱的:老大你不来和我们一起吃吗?我们在老地方开灶。

再申明一次我弹的是贝斯:老大回家感受亲情了。

我有一个 rap(说唱)魂:那是亲情吗?

周行叙点开对话框,听见外面汽车的引擎声,简单回了句:你们好好吃，我不过去了。"

和那几个队友预料的差不多，这顿饭培养出来的亲情比学校食堂荤菜里的肉还少。周行叙知道，自己玩乐队这种行为，在唯利是图的老父亲眼里是不学无术。

开口的数落他早就听烦了，刚玩乐队的时候骂得更厉害，现在这么几句冷嘲热讽对周行叙来说已经不痛不痒。

"都二十多岁的人了，马上就要离开学校步入社会，还整天游手好闲，专门做一些不务正业的事情。"

霍慧文给丈夫夹菜妄图打断他对小儿子的数落，但效果甚微。上座的人还在讲："你看看你哥哥，平时一放假一有空就去公司学习和帮忙。你呢？不去公司也就算了，那你就回家陪陪你妈妈。"

这场家宴周行叙还是面不改色地吃到了最后。

晚上回到公寓，霍慧文发了好几条短信给他，叫他别和爸爸生气。周行叙随口安慰了自己母亲，退出聊天界面，那个备注是"哥"的账号，一点动静都没有。

第二天下午彩排的时候，周行叙才收到了周景扬的短信，说是二号晚上他会和薛与梵过去。

周行叙拿着手机，思考了片刻，给他回复。

周行叙：好的，你们怎么过去？

周景扬：我又不像你有车，到时候打车去学校接她，然后再一起过去。

这话说得阴阳怪气。

周行叙年纪一到就去学了车，但那时候周景扬身体不好，心脏和脑袋都动过手术，霍慧文更倾向于以后大儿子有需要了给他专门配一个司机。

周行叙：她在学校？

周景扬：对啊，干吗？

周行叙：我到时候顺路带她一起去吧，你打车直接过去。

周景扬：不用了，我觉得这样不太好。

周行叙知道这话里的"不太好"是什么意思，周景扬这个人的占有欲是周行叙一再谦让惯出来的。

他喜欢的人和东西，一点都不会让周行叙有机会碰到。

周行叙喜欢的东西，他什么都要抢。

看着手机上那条信息，周行叙换了个战术。

周行叙：怕我以后在嫂子面前说你坏话？

大约是"嫂子"这词把周景扬哄好了，周景扬说已经把他的微信推给薛与梵了，方便他们两个到时候碰头联系。

四分熟

薛与梵加完他的好友之后，一直没有发信息，但是已经逛完了一遍他的朋友圈。

十条动态里九条都是和乐队有关的。

等她退回到聊天界面才发现，默认发送的那条"我通过了你的朋友验证请求，现在我们可以开始聊天了"的信息下，躺着一个白色的气泡。

周行叙：二号，六点可以吗？

薛与梵将短短的一句话看了好几遍。

回了最简单的两个字。

薛与梵：可以。

他回复得更简单，就一个字。

周行叙：好。

之后就没有下文了，一个"好"字让薛与梵不知道应该回他什么。室友都回去了，就剩下薛与梵一个人，她洗完澡关了灯之后爬上床,照例戴上耳机播放重金属摇滚,用平板画设计稿。

歌单和之前周行叙他们那个乐队在篮球场上表演的曲目是完全重合的。

一号早上,薛与梵赖床赖到十点钟,朋友圈不少人都在发"十月的第一天,希望以后的日子好好对我",也有"你好,十月"和"再见,九月"这样的伪情侣文案。

发这些的人大部分九月是什么样子,十月还是什么样子。自己不改变生活状态却妄图让一条动态去感动菩萨、老天爷?这是朋友圈又不是寺庙的功德箱。

简单的洗漱过后,薛与梵化了个妆出门。

准备拿着昨天亲妈给的钱去买两套衣服,再买两本专业相关的书。学校附近不缺商场,薛与梵买了杯冰美式从一层开始逛。

她很享受一个人的生活,也不觉得别人口中一个人逛街、一个人吃饭、一个人看电影有多可怜,只觉得这简直是最惬意的事情。

十月,秋装已经占据了主要市场,夏季没有卖出的衣服被挤在一个架子上,今年夏天流行的衣服款式都是露肤度很高的,导购看她一直在看夏装,本能地推荐起了提成更高的秋装。

薛与梵打断了她的推荐:"我准备明天穿的。"

最后她打包了一套夏装,又买了三套秋冬可以穿的衣服。拎着购物袋准备打车回宿舍的时候,向卉的电话也来了。

她不过是想关心关心女儿今天一个人在宿舍怎么样。

薛与梵给出租车司机报了学校的地址,接通电话后也没有隐瞒自己的行程:"我出来买两件衣服。"

"买了什么衣服?"向卉随口一问。

薛与梵笑道:"能把奶奶气死的那种衣服。"

向卉听懂了:"你平时在学校里穿穿没事,别穿到她跟前就不要紧。"

没聊两句电话就挂了。薛与梵回宿舍把新买的衣服拿出来洗了一遍。坐在宿舍里看着阳台上正在滴水的裙子，突然想到那个夏天自己挨了好几次打的小腿。

第二天，周行叙到宿舍楼下的时候，远远就看见穿着修身短裙的薛与梵。

别人穿碎花的裙子扎双马尾，将可爱进行到底。她编单麻花辫还戴着顶鸭舌帽，包也是酷酷的亚历山大王的腰包。

周行叙将车停在旁边，她有些不确定地站在树荫下张望了几下，才走过来。

双门的车，没给薛与梵纠结坐前面还是后面的机会。

局促和香水味一起蔓延在车内，薛与梵端正地坐在副驾驶位上，他重新导航了今天晚上商演的酒吧地址。

"等很久了？"周行叙开口的时候车已经缓缓开出宿舍区了。

薛与梵手放在大腿上，望着前方，用余光偷偷看着驾驶位上的人："还好。"

他解释："路上稍微有点堵。"

"我们会不会迟到？"薛与梵扭头打量着街道上的车流，现在正好是晚高峰。

"不往市区走，还好。"周行叙一边开车，一边从车门旁边的储物格里拿了包垫肚子的饼干，"晚饭吃了吗？"

"没。"薛与梵摸了摸自己的肚子，修身的裙子可不准她吃饱了再穿。

海盐小饼干，一口一个，薛与梵吃了好几个之后想到了旁边的人："你吃晚饭了吗？"

他说话，声音里带着笑："听饱了。"

薛与梵耳尖泛红，从饼干袋里拿了一块小圆饼出来，可刚递过去她才反应过来，这样有些不太好。

先不论别人有没有洁癖，递到他嘴边，不是很好。递到他手上，似乎有些违反行车安全。

不过车正好停在红绿灯路口,周行叙看见薛与梵还没有缩回去的手,抬手的动作刚起,薛与梵把手上的饼干送到了她自己的口中。

把饼干袋子口对着他:"你自己用手拿吧。"

周行叙拿了一个,这包小饼干是乐队里的人买的,今天来之前被他顺走了。他不是个贪食的人,吃什么东西胃口都很一般。吃了一个之后,薛与梵再把饼干递给他,周行叙没吃。

趁着红灯低头找纸巾,中控的杯槽里放着一包。在周行叙拿起纸巾的时候,薛与梵认出这包纸巾是自己上回在他和那个传媒系小学妹分手的时候递给他的。

周行叙先拿了一张给她,递给她的时候也想到了上次她给自己这包纸巾,结果全部被他拿走了:"你上次给我的。"

"嗯。我也认出来了。"薛与梵接过那张带印花的纸巾。

周行叙:"要拿回去吗?"

薛与梵摇头,擦完手后,将吃了一半的饼干卷起来,不知道放哪里就拿在手上了:"放着吧,万一下次你的分手地点在车里,也好留给那个女生擦擦眼泪。"

他说也没有分过几次手。

薛与梵回他:"可信度不高。"

周行叙先是一愣,随后改口,若有所思:"可能比一般人是多了点。"

酒吧在首府最著名的步行街上,周行叙停完车带着她进了酒吧,给她找了一个吧台的位置,调酒师似乎和他挺熟悉的。

他和调酒师打了个招呼,酒吧里有些吵,薛与梵听不清。只见他凑过来,为了方便薛与梵听清楚他说话:"要喝酒吗?"

薛与梵感觉到洒在自己耳边的热气,他说完话后,将耳朵凑过去。薛与梵看不见他的脸,只能看见他的耳周和后颈,薛与梵恍惚间看见他后颈的衣领下露出文身的一角。

是什么图案她不知道。

薛与梵微微凑到他耳边，说："可以喝。"

他将薛与梵安置妥当后才走，演出很快就开始了。还是上次在学校表演时的黑白双色吉他，吉他的肩带成了他身上的一种时尚装饰品，将他的肩宽很好地展示出来。

他站在台上咬着吉他的拨片，手上翻着乐谱。背后的光被他裁出好看的剪影。水波纹的背景将氛围烘托得很好。

和前几次光听声音或是只看视频的感觉不一样，现场有现场的魅力。

周景扬到现场的时候，演出已经开始了。他一路上给薛与梵发的信息都没有收到回复，到了酒吧之后他捂着耳朵找了一圈，才在吧台处看见薛与梵。

她看得很认真，那眼睛里的专注是不一样的。和每次自己同她讲话时她表现的状态截然相反，一丝不好的预感在周景扬的心里产生。

大概是为了和酒吧的气氛配合，所有的曲子都很躁，所以直到好几曲之后薛与梵才发现周景扬来了。

他脸上的笑有些牵强："看来你真的很喜欢阿叙他们乐队的表演啊，我叫了你好几声你都没有听见。"

薛与梵没有完全听清楚他讲的话，只是听见他说自己喜欢这些表演，大方点头承认了。曲子很躁，让人很容易就放松起来。

周景扬来了没多久，他们的表演也结束了。

周景扬出于身体的原因不能喝酒，拿着一杯格格不入的柠檬水坐在薛与梵旁边，看她喝着鸡尾酒还有些意犹未尽地看着乐队刚刚表演的舞台。

周景扬心里有些不爽，握紧了手里的玻璃杯，将语气放缓，装出一副清高的样子劝说："不过你真喜欢这种表演，看看就好了。还是不要和阿叙他们乐队里的任何一个人来往，那些人都不怎么样，一直都是用阿叙的钱。"

周景扬找了个形容词"一群米虫"。

薛与梵想到了上次在学校超市碰见周行叙请客,那个寸头鼓手和周行叙的对话,怎么看都不像是贪得无厌的人。

薛与梵轻笑了一声:"是吗?"

周景扬没摸透薛与梵这笑的意思,继续添油加醋:"真的,每次出去都是阿叙付钱请客吃饭。我作为哥哥劝过很多次了,想他好好念书,不要和这种人来往。"

最后周景扬甚至还把"我也是为了他好"说出了口。

薛与梵越听越觉得这个人胡编乱造的本事不小,但也没有戳穿他,故意问了一句:"他队友不行,那你弟弟呢?你人这么不错,家教好。他应该也不错吧?"

周景扬一愣,慌忙开口抹黑:"以前还不错,现在和这群人搞起乐队了之后,天天不务正业。现在闹得我们家里都鸡犬不宁。为了这个乐队和家里吵架翻脸,离经叛道得不得了。"

薛与梵听完,忽地笑了。

周景扬以为她没有相信,正紧张的时候,只见薛与梵指甲轻叩着鸡尾酒杯,托着腮看着不远处正下了台走过来的周行叙。

薛与梵没有戳穿他,只是笑了笑:"我知道了。"

三分熟

晚上回去,是周景扬打车送的薛与梵。

一路上,他话茬儿不断,薛与梵只随口回答了几声,连出租车司机都狐疑了起来,问着两个人的关系,俨然一副"小姑娘有困难和叔叔说"的正义形象。

薛与梵找了个借口:"喝了点酒,有点困了,所以不想说话。"

这个借口把周景扬骗住了。

之后几天,薛与梵就待在宿舍哪儿都没有去,每天不是下楼拿外卖就是在宿舍里画画。

周景扬每天都给她发不少的信息,薛与梵就像个皇帝一样,扫了眼一排排的白色气泡,挑了几句像批阅奏折一样地回复一下。

周行叙的聊天界面还一直停留在那天接她。

虽然两个人的聊天记录没有增加,但是薛与梵知道这几天他都去干吗了,每次演出他都用朋友圈动态记录了下来。

每次都有他们乐队的合照,他永远不站在最中间,好几次甚至连正脸都没有,抬手比了个耶,但是那个耶挡在他脸前。

薛与梵再见他是国庆假期之后,魔鬼实训周消耗了她太多的材料,靠着同学接济,薛与梵强撑了这一周的课程。

周六,她不得不去找店铺买东西了。

以前她常去的店铺都在老校区附近,薛与梵是一个锯子锤子收藏大户,换了新校区之后导致她一时间不知道应该去哪里买这些东西,她无比怀念老校区,因为后面有可以让她挑一下午的材料店铺。但仅怀念这些,她一点都不想再体验炎炎夏季只有一台电风扇呼哧呼哧转着的难熬夜晚。

在班级群里问了问,才知道三个街区后面,有几家不错的店。

薛与梵轻装上阵、背着耐用的便宜帆布包、穿着中袖T恤和牛仔裤出了门。出门的时候被室友给予了"全村的希望"这一符号。

有要她帮忙买银条的,有要补油的,有需要锉刀的。

上周拿了室友的接济,薛与梵不好回绝,老规矩,让她们把需要的东西用手机再发一遍给她。

十月中旬了,校园里不少树的叶子都开始发黄了。桂花已经败了,只能从宿管阿姨收集起来摆在宿舍门口晾晒的桂花上闻见香味。

薛与梵刚走到拐角处,就看见了周行叙的车。

之前有一次她们在学校里看见周行叙的车,方芹问那是什么车?

薛与梵当时抱着教材和平板,抬眸先看见了副驾驶位上的女生,后来再回过神,只剩下一个车屁股了。她回答:"一辆黑车。"

小八想了半天:"一辆很贵的黑车。"

两句屁话。

周行叙的车停在旁边,收起的后视镜告诉薛与梵他车里没人。

但下一秒,他和一个女生就从旁边的便利店出来。

不是上次坐副驾驶位上的女生,也不是那个传媒学院的女生,可能是未来会用她放在周行叙车上那包纸巾的女生。

可能是未来,但不是现在。因为那个女生和周行叙站在便利店门口聊了两句之后就和他挥手道别了。

周行叙从便利店走过来,他穿了件看似很普通的黑色涂鸦T恤,不过薛与梵学珠宝设计的,多少和时尚是挨边的。

那件T恤价格不便宜。

他拿着车钥匙也看见了薛与梵,倒是有点意外:"周六不睡懒觉?"

薛与梵点头:"要去买东西。"

周行叙抬起手,看了眼手表的时间,现在才十点,乐队的训练要下午才开始,刚刚处理完一些事,他现在有空。

把车解锁后,周行叙拉开驾驶座的门,没着急上车,手搭在车门上:"我送你?"

薛与梵站在原地没动:"有点远,而且我买的东西很多。"

他点了点头,朝薛与梵招手:"那更应该送你去了。"

那时候薛与梵以为他对自己客气是因为周景扬,虽然事实的确是因为周景扬,但不是兄友弟恭那一方面的。

薛与梵看着导航给他指路,他拐进一个临时停车场,薛与梵才意识到他有送自己回去的打算。

店铺在小街里,要不是别人推荐,薛与梵都不一定找得到这种旮旯角落。

鱼牌的锯子再来一个，再买上两包锯丝，薛与梵又买了四升火枪需要的油。

路过钳子货架，虽然自己圆头、尖头和扁头等各种各样的钳子都有了，但还是忍不住拿起来试了试手感，感觉不错就又买了几把。

锤子和锉刀也是同理。

薛与梵又补了些焊药和吊机的针。

周行叙跟在她边上，东西都进了他手里的篮子里。他饶有兴趣地一一拿起来看一遍，然后又放回篮子里，一副开了眼界的样子。

四升的油不轻，他还另外帮忙拎了一袋子东西。

手背的青筋凸起，手臂的肌肉线条也很好看。

以前有一次上课，薛与梵路过素描教室的时候，瞄见过一个来当模特的健身人士，不是健身达人所以肌肉线条不夸张，是正常人接受的范围。

薛与梵的审美不大众，她喜欢青筋美学。

很奇怪，很小众。

但是她很喜欢，那次看小八分享在群里的帖子，她也从里面的视频注意到了那只拿着拨片的手。

周行叙把东西放在后备箱里，他说："你们学珠宝设计的，也挺不容易的。"

薛与梵跟着他上了车，扯过安全带系上，叹了口气："上辈子伤天害理，这辈子珠宝设计。"

刚学那两天，父母还怀疑她是不是被人诈骗了，但向卉说："薛与梵就是被人拐走了，也会被人贩子送回来的。"

周行叙问为什么："很漂亮啊。"

薛与梵是漂亮的，不是大众流水线的那种漂亮。不是标准的三庭五眼的美女，反倒是五官的一些小瑕疵增加了她的辨识度。

周行叙想到了上次她穿的那条修身吊带裙，身材也很不错。

薛与梵思索了一下："妈妈的爱吧。"

他笑了："确实，我妈以前看我也觉得我这辈子是骗不到女生了。"

"那阿姨的爱更浓一点。"薛与梵扯着嘴角，"骗技很成熟了。"

车开到出口，半个多小时也要收费。这年头除了自己赚不到钱，好像什么都很赚钱。

周行叙付了钱之后，收费的工作人员将小票递给他，超过半小时就按照一小时算，十块钱。实在是不好给他转钱，光转停车费也不行。

他把小票随手揉皱了丢在中控的杯槽里。

薛与梵手搭在车门上，看着车窗外飞快向后奔跑的街景："你等会儿有空吗？"

"嗯？"

"我请你吃午饭吧！"薛与梵说是谢礼。

午饭在学校外面的商场。

周六出来的学生不少，薛与梵订了一家网红茶餐厅，周行叙对吃的东西不挑剔，没有异议。

"未来富婆高级养生会所"里小八在问她什么时候回来，要不要等她回来一起去食堂吃饭。

薛与梵说自己在外面吃了，发完信息后，看见昨天周景扬例行的"晚安"未读消息，薛与梵将他的对话框滑掉后才把手机熄屏扣在桌上。

抬眸，才发现对面的人拿着茶杯在喝大麦茶，不像四周的人在玩手机。

薛与梵："很不错的好习惯。"

周行叙把茶杯放下："也不是，只是觉得和别人一起出来吃饭玩手机不是很好。"

薛与梵想到自己刚才回小八信息:"指桑骂槐?"

"没有。"周行叙说这是严以律己,"我很少和女生一起吃饭,个人觉得不玩手机会比较好。"

"这话没有多少可信度。"服务员过来问甜品是不是餐后再上,薛与梵点了点头。

回过头发现,他在笑自己风评原来这么差:"还没到出来约会就差不多分手了。"

这回答挺让人好奇,当初为什么要在一起呢?

这个问题,后来薛与梵知道了答案,是他去挖了周景扬的墙脚,谈不上多喜欢那些女生,只是幼稚地想和周景扬对着抢东西。

所以薛与梵后来也知道,他当初和自己亲近,是因为周景扬喜欢她,他被周景扬抢走了太多东西,这次换他来截和他哥。

餐厅的投影幕布上在放《旺角卡门》,没有配音只有画面,但能让人更好地注意到几个主演的演技。

这部电影初显了"眨眼补帧"的拍摄特色,除了某句万恶之源的台词,让薛与梵印象深刻的就是那句"你不要说两次,说两次我就相信了"。以及张曼玉饰演的角色在看完医生后留给刘德华的那封信。

那顿饭不知道是不是不合周行叙的胃口,他吃得不多,但是很给面子的每道菜都尝了。等薛与梵的注意力从《旺角卡门》中收回来,才发现自己不知道什么时候问了他当时为什么要弄乐队,而他在回答自己组建乐队的原因。

周行叙:"因为爱好。"

很简单的一个原因。

他甚至以后都不打算走这条路,因为可能性和可行性都不大。大概率等他毕业之后就不搞乐队了。

薛与梵嚼着嘴巴里的芒果果肉,看着他,很认真地听他讲话。

周行叙看她手里的杨枝甘露正在以肉眼可见的速度减少,大约猜到阿姨为什么说她就是被拐走了也会被送回来了。

大概是会把人贩子吃穷了。

"虽然有点可惜。"薛与梵想了想,"但珍贵的回忆是谁也抢不走的。"

是的。

周行叙认同,抢不走。

六分熟

那次吃饭分开之后,薛与梵又很久没有再见到周行叙,他们最近也没有在学校演出。

薛与梵照旧每天不是上课就是待在宿舍或是图书馆里画画。后来她更倾向于待在宿舍,因为图书馆里有周景扬。

小八看她每次收到周景扬短信都有些不耐烦的样子,问她为什么不直白地拒绝周景扬。

薛与梵暂停了耳机里的重金属摇滚音乐,叹了口气:"因为他一直都没有和我表白。"

拒绝也得他表白才行。

宿舍里的人都看出来周景扬对薛与梵有意思,薛与梵自己也察觉到了,但周景扬一直没有和她表白,她就没有直接拒绝别人的机会。

很多时候薛与梵都用态度说明一切问题了,但好像对牛弹琴,周景扬一直没有get(感受)到。

譬如,周景扬问她为什么总是不回消息。

薛与梵说自己很忙,懒得回,不想和人聊天,看见信息就烦。

周景扬当时似懂非懂地点头:"你们专业真的好忙啊。"

薛与梵说他很烦。

他嘚瑟:"是的啊,因为我们专业比你们轻松一点,我没你忙。"

又如,周景扬问她喜欢什么样的男生。

薛与梵说了所有和他特点相反的词：冷一点，酷一点，每天废话少一点。

他发给了薛与梵一个老头憨笑的表情。

周景扬：感觉你在说你自己。

再如，薛与梵将不想谈恋爱的想法明确地讲出来了。

周景扬给她竖了一个大拇指，夸她："想法非常好，我们现在是学生，的确应该先好好学习，所以明天我们一起去图书馆吧！"

薛与梵在宿舍崩溃，双手一摊："我甚至觉得我入土的前男友都可爱了起来。"

薛与梵有一个前男友，刚念大学的时候谈的。

当时赶时髦，看见别人都谈恋爱了，薛与梵也有点心痒眼馋，不懂宁缺毋滥的道理，第一个学期就和一个追求了她一个月的学长在一起了。

前任吻技很差，个人卫生也不怎么样，抽烟喝酒都沾，分手的前半个小时是薛与梵忙完实训周，抽空去篮球场给他送水，看他气喘吁吁的样子瞬间让她想起了动物园里的猩猩。

那段爱情的结局是学长彻底打消了薛与梵想要爱情的想法，学业已经让她疲倦不已了，谈个恋爱并不能帮她快乐反而消耗她的精力，她谈恋爱又不是为了吃苦的，当晚回去薛与梵就和前男友分了手。

周景扬现在也给了她这种精力被消耗的感觉。

再碰见周行叙那天，薛与梵前一个晚上一直在画画，偏偏周景扬的消息一条又一条地发过来。

她很不顺，辛苦画了三天的作业被老师批评了，一上午断了二十根锯丝，敲坏了一个锤子，她还被锤子砸了两次手。

她烦得不得了。

就连学校食堂排队的漫长队伍都像是上帝开启的困难模式，薛与梵这么一个贪吃的人没吃饭就直接离开了。

碰见周行叙时,她前脚刚从食堂走出来。

气鼓鼓的,走路都火急火燎。

他在和人聊天,是乐队那个鼓手。

鼓手背对着薛与梵,他和周行叙在说再见,结果又想到还有件事,脚已经迈着步子在往前走,人却回过头继续和周行叙讲话。

不出意外和薛与梵撞到了。

鼓手人高马大,先是一脚踩在薛与梵脚上,疼得她有一种指甲和肉分离的错觉,当一屁股被撞倒的时候,薛与梵觉得今天的不顺爆表了。

可能是生理期要来了,身体内激素作怪,莫名地觉得自己委屈。薛与梵一个不娇弱的女生,此刻就像是演技高超的演员,眼泪说下来就下来了。

不顾在人来人往的食堂门口自己哭得有多狼狈,鼓手吓得在旁边手足无措。

薛与梵在哭,为作业,为上午二十根锯丝,为一个砸坏的锤头,为被砸的手和被踩的脚,为她这朵可怜的祖国娇花。

回过神来的时候,她坐在周行叙车里,手里的纸巾是她上次被周行叙顺走的那包。当时她还说这纸巾留给他了,万一下次有女生在车上被分手的时候能派上用场。

万万没有想到,最后小丑竟是她自己。

车门开了又关上了,周行叙往她手里塞了个雪糕。

梦龙,白巧克力口味的。

他说左任不是故意的,如果她真的生气,他替左任赔礼道歉。

左任是那个鼓手的名字。

薛与梵嚼雪糕的嘴一停,小脸皱着:"这是赔礼啊?"

表情把周行叙逗笑了:"当然不是,安抚用的。"

他把装着各种糖的袋子放到她腿上。购物袋里全是糖,水果硬糖、大白兔奶糖还有巧克力。

薛与梵觉得这个锅也不能全让左任背了,吸了吸鼻子:"也不是他的错,我就是今天一天都很不顺。"

说完,肚子附和地叫了一声。

车内一下子静谧,薛与梵感觉自己像一个烧开水的水壶,给自己挽尊:"中午饭没吃,八点的早课,一上午又锯东西又挥锤子。"

那是体力活。

说完,车发动了。

周行叙踩下油门:"带你去吃午饭。"

等车开过了学校旁边的商场,薛与梵才问中午去哪里吃。

"你问得也太晚了。"周行叙问她真不怕自己带她去吃人贩子的饭?

薛与梵蔫巴着,将还有一半的雪糕吃了:"随便吧,我就不信被卖去山沟沟里喂猪还能比学珠宝设计辛苦?"

这"积极阳光"的生活态度逗笑了周行叙。

他带薛与梵去了三中附近的老街。薛与梵猜到要吃什么了:"你带我去吃顺顺面啊?"

周行叙停着车,挺惊讶:"你知道?"

薛与梵将糖果袋子打上结放在前面的风挡玻璃处,等他停好车后解开安全带,跟着他一起下了车:"我也是首府本地人好吗,不过我初高中是一中的。"

"一中?学霸啊。"周行叙等她绕过半个车身走到自己旁边。

三中附近有一家很有名的面店,里面有一道面叫作"顺顺面",看着像是一碗面,但是里面只有一根特别长的面条。后来被炒作宣传说是考试前吃一吃,能顺顺利利。

薛与梵当年在一中念书,因为和这里隔了两个区,只听过顺顺面的大名,却从来没吃过。

作为新时代的接班人,她是不相信吃个面还能变得顺顺利利。当时还和同学开玩笑,说老板要是有商业头脑应该再出一个面,叫作

"利利面"。考前一碗,考后一碗,吃两碗面凑一个"顺顺利利",营业额翻倍。

每个人长大都会变成自己当年最讨厌的模样。

当年薛与梵对顺顺面"嗤之以鼻",今天她不仅来吃了,甚至还想着是不是昨天自己刷微博,看完"白嫖",没点赞没转发,没有听那个博主的"点赞有好运",所以今天这么倒霉。

周行叙熟门熟路地带着她往后街走,薛与梵好奇:"你高中在三中念的?"

"嗯。"周行叙带着她走进一家普通到不起眼的店。

附近的高中在这个时间点是不会把学生放出来的,所以店里没有什么人。老板在躺椅上打瞌睡,听见门口的动静才缓缓睁开眼睛。

例行公事似的指了指墙上红底黄字的菜单:"吃什么?"

"两份顺顺面。"周行叙转身问薛与梵有没有忌口,见她摇头,又对老板补充,"一份正常,一份不要姜丝不要葱花少放点盐。"

老板"嗯"了一声,扯着嗓子朝后厨喊:"两份顺顺面。"

没了。

只听周行叙无奈地笑了声,又叫了一声老板。

打瞌睡的老板慢慢抬眸,等看清来人之后,面无表情的脸和"消极的工作状态"瞬间得到了改变。

"是你啊?"老板站起来拍了拍周行叙的肩膀,"好久没见你了。"

周行叙没躲老板略显熟络的动作,笑道:"哪有,上个月才见过。"

老板看上去六十岁,都能算作爷爷辈了,讲话挺幽默:"就是小娃子们说的那种,一日不见如隔三秋。"

周行叙和老板打诨:"别瞎说啊,我这带了人一起来的,你这是混淆我们关系给我找麻烦呢。"

老板听了他的话,视线越过周行叙看见了站在他身后的薛与梵。

一男一女,年龄相仿,被误会是自然的。

不过老板口头上没说出来，就是一脸的坏笑。等两个人落座之后，走进后厨，嗓门不小，薛与梵这才听见他交代后厨，一份不要姜丝不要葱花少放点盐。

薛与梵坐下来，好好打量着这家其貌不扬的店。店里的陈设都很老旧了，因为是面店，后厨起火烧油，店里免不了墙壁上都挂着油烟污渍。

周行叙又起身走到冰柜前："喝什么？"

"矿泉水。"

已经是秋季了，冰柜没有通电，矿泉水递到薛与梵手里是常温的。

周行叙拿了瓶可乐，还是像上次一起去吃饭一样，他没玩手机。薛与梵坐在他对面也不好意思玩手机，但两个人呆呆地坐着好像更傻。

不过他不玩手机，也架不住有人找他。

给他打电话的是乐队的鼓手左任。

左任是来问薛与梵怎么样的。

踩了人的脚，又把人撞倒在地上，他当时手足无措，还是周行叙先反应过来，把人从地上拉了起来。

后来人被周行叙带走了，左任实在是不擅长和女生相处，当时看见一直在哭的薛与梵也没有胆量跟着一起上车。

只好拜托周行叙。

他把电话接通后，将手机递给薛与梵，给她解释："是左任。"

薛与梵拿过他手机，把听筒贴在耳边，电话那头不止一个人的声音，有些乱糟糟的，有人出声，喊着左任的名字，叫他快道歉。

"喂？"

那头还是乱哄哄的，有人说："换人接了，你快点把准备好的道歉词说出来啊！"

吵了几秒后，另一个声音说"安静"。薛与梵这才听见左任的声音，他说他很抱歉："当时应该跟阿叙一起安慰你的，但是我不知道要怎么做。反正就是很对不起，你如果有什么不舒服的地方，一定要联系我。好了，我挂了。"

话音刚落，薛与梵还没来得及说什么，电话那头一直讲话的人开了口，在骂左任："你这孙子挂什么挂？还没说原不原谅你。"

薛与梵拿着手机，也有些不知所措，视线里是坐在她对面的周行叙，他很认真地看着她。

突然想到那天在酒吧里看他们商演的时候，周景扬那些抹黑之词，她当时就没有信，现在想起来就觉得更是好笑。

薛与梵："没关系，你不用放心上。"

打完电话，顺顺面还没上来。薛与梵把手机还给周行叙。他接过手机往桌下看："你脚没事吧？"

薛与梵动了动："就是稍微有点麻。"

毕竟那个大块头没防备地一脚踩上去了，不疼不麻才怪。

他若有所思，然后起身走到后厨外面的门框前。薛与梵只听他对里面的人说："老板，那份正常的顺顺面里加个卤猪蹄。"

老板："没猪蹄，鸡爪、鸭爪和鹅爪都有，要吗？"

周行叙："都要。"

| 第二章 |

谁先错开视线,谁就输了

七分熟

那碗不叫"加了卤爪的面",叫"一碗卤爪里不小心掉进去一根面条"。

还好,她喜欢啃东西,就像是喝奶茶的时候她喜欢里面加很多料。

浪子渣男很香,主要原因是他们经验丰富,太懂得在骗到手之前如何照顾女生了。周行叙付钱之后,拿着手机出去了一趟,薛与梵以为他去接电话,没在意。

坐在原位慢悠悠地啃着鸡爪,视线不小心和店里的老板对上了。老板朝她笑了笑,没头没脑地来了一句:"挺好的。"

周行叙回来的时候手里拿着一个药店的购物袋。

里面是一支活血化瘀的药膏。

所以说,实在是没法不叫人心动。

他胃口似乎很一般,这次也一样,面吃得不多。薛与梵还在啃鸡爪,他没催薛与梵,只是拿着手机坐在对面,时不时地因为老板的话茬儿回头聊两句。

他给老板丢了根烟,跟薛与梵说他们是忘年交。

念初高中的时候是周景扬身体最不好的时候,于是乎,他这个哥哥在家里呼风唤雨,但凡亲戚、朋友和家人有一点让他不顺心的,他就喊头疼,喊呼吸不过来,说自己要死了。

周行叙就是他那段时间最大的眼中钉，理由是什么，周行叙一直没想通。后来他猜测可能是因为每个人在亲情里都是贪得无厌的，也可能因为霍慧文作为一个母亲却没有处理好兄弟之间的关系。

霍慧文没有引导好周景扬，她只是叫周行叙和全家一起迁就周景扬，无条件地迁就他，所以才导致了现在这种畸形的兄弟关系。

周行叙和老板也是那时候认识的。他到底是个活生生的人，当时周景扬什么都要抢，霍慧文只好让小儿子一让再让，周行叙气不过选择了住宿，周景扬身体不好霍慧文不放心他也住宿，想着兄弟两个分开住也好。于是经常来这边吃饭，一来二去，老板也和他熟了。有一回听周行叙大吐苦水，当时五十多岁的男人，幼稚得和周行叙"同仇敌忾"。

一直到现在，周行叙已经让习惯了，但让完之后再也没有以前那种无所谓的情绪了。

所以他会背地里挖周景扬的墙脚。

薛与梵和那些女生不一样，她不喜欢周景扬，而且内心有些排斥周景扬，但她是周景扬喜欢的人。

那对周行叙来说，就像是马拉河里等到旱季迁徙动物的尼罗鳄，那是一场饕餮盛宴。

吃完饭，周行叙把她送回了学校。薛与梵拿着一袋子糖和一支药膏回了宿舍。室友看见她发青的脚背问她一个中午不见了人影，是跑哪里去度劫了？

薛与梵把糖分给她们："刚下凡，水土不服。"

小八拿了她的糖，还礼了一个苹果。

薛与梵穿拖鞋去厕所冲了个脚，方芹问她需不需要帮忙的时候，薛与梵已经一瘸一拐地从厕所回来，抽了几张纸巾把脚擦干之后，开始涂药膏。

看她这脚背挺可怕的。

方芹在旁边看着都觉得自己肉发酸："对了，今天中午我们还碰见周景扬，他问我们你怎么没在食堂吃饭。"

她们也不知道薛与梵和周行叙走了，薛与梵也不想说。

她对周景扬不感兴趣，"哦"了一声没细问。

连带着干脆无视周景扬的短信，希望他能从冷暴力里知道薛与梵并不喜欢他这件事。但可能是从小到大想要的，家人亲戚都会让给他，周景扬那股子"看上了就必须得到"的不服劲叫薛与梵无语。

所幸两个人的院系离得还挺远，只要薛与梵有心避开周景扬，他也没有GPS（定位系统）能实时找到薛与梵。

国庆之后，一旦进入十一月气温就开始走低。

薛与梵是个土生土长的首府人，对这座城市的气温变化已经习惯了。早上出门的时候穿了一件风衣，等中午最热的时候单穿一件里面的长袖，既不觉得热也不觉得冷。

今天上课的时候，不少人都认认真真地研究着算术题，薛与梵后知后觉才发现是"双十一"要到了。

单身的开心，成双成对的也开心。

有人连夜算着满减和研究各种津贴的规则，有人连夜妄图找一个女朋友，在"双十一"之时结束孤寡的情感状态。

薛与梵对这两样都不是很感兴趣。

她最近又把之前的珐琅饰品制作捡起来了，问向卉要了几千块买了珐琅粉的当天晚上，向卉和她爸爸就打电话来了。

是向卉的电话号码。

薛与梵当时拎着打包的饭往宿舍走："喂，妈。"

向卉在电话那头应声："怎么样？钱收到了吗？"

钱是上午就直接转过来的，现在天都黑了。

"早就花掉了，你现在才问。"薛与梵手里的是炒饭，她也不需要顾及里面的汤汤水水，饭拎着拎着就晃了起来。

向卉转钱的时候就知道是买学习用品的，这回也就没有再问："那你钱还够不够？不够和爸爸妈妈说，千万不要把自己饿到了，知道吗？"

薛与梵还没回答，就听见手机那头传来男人的声音。

"你女儿你自己还不了解啊？再怎么都不会把自己饿到的。"

听见那头传来的声音，薛与梵扯了扯嘴角，不情愿地喊了声"爸"。

那头男人也冷淡地回了声"嗯"。

向卉被夹在中间，两头都没去讨好，直接教训，遭殃的还是薛与梵的爸爸："你真是的，不打电话的时候念叨，打了电话就要这样。活该女儿不和你亲近。"

老头死犟："不亲近就不亲近，这样最好了，省得我还要给她钱花。"

大约是丈夫在旁边，向卉还是唠叨了两句，说薛与梵在本地念大学，结果放假都不回家。

薛与梵没讲话，假期回家回的是家吗？

分明又是叫她去奶奶家。

和向卉打完电话的时候，薛与梵也走到了宿舍门口，挂了电话进到宿舍。室友到处都是，躺床上的，躺瑜伽垫上的，在厕所洗澡的。

小八闻见了饭菜香味，开始嘴馋，她最近在减肥，晚饭只吃苹果。

但是体重还是没有降下去，她将锅甩给了身体体质原因以及遗传基因。似乎不觉得是她拿瑜伽垫睡觉以及晚上不吃晚饭只吃一个苹果，临睡前又饿到不得不爬起来吃零食等问题。

管不住嘴，又迈不开腿。

她拿了把勺子，又拿了个碗，过来"要饭"。

食堂炒饭的分量很足，薛与梵给她盛了半碗。小八含泪往嘴里塞了一大勺，她发誓干了这碗饭等会儿就去操场散步。

薛与梵拿着手机开始一边吃饭一边冲浪。

等刷到那条备注是"二姐"的动态时，薛与梵先是一愣。

动态分享了她的孩子。

薛与梵扒拉了一口饭之后，抬手点了个赞。

二姐是薛与梵大伯的孩子，是薛与梵的堂姐。上次见她还是薛与梵高中毕业的时候，她比薛与梵大了四岁，当时刚大学毕业。

薛与梵小时候的假期总是和二姐一起待在奶奶家，后来长大了，薛与梵有一次还和二姐说过奶奶家就是二十一世纪最大的封建落后，是封建落后最后的保护所。

不可以露脚、不可以穿短裙子、吃饭不可以说话、家里有男性客人来了必须回避。坐姿如何、穿衣打扮如何、言谈举止如何，这些本来应该是父母教导的事情都被奶奶越俎代庖。

而且奶奶教育的还是落后的那一版本。

如果有适合的女校，奶奶大概会义无反顾地叫她和二姐去念。

二姐当时和薛与梵躺在一张床上，夏天的晚上，两个人还穿着长袖长裤的睡衣，扣子扣到最上面。白天因为和小区其他男生一起玩，挨打的小腿和手掌心还有一些痛。二姐说有一个地方适合她们——尼姑庵。

当时两个人咯咯地笑着。

不知道是不是实在太好笑，笑得有些大声，房间门被打开了，奶奶训斥她们要小声。

薛与梵很不喜欢去奶奶家，但是每次假期向卉都会把她送过去，一是自己无暇照顾，二是薛与梵奶奶要求把孩子送过去。

每次假期快结束被接走的时候，薛与梵觉得比期末考试考完还要解脱。她会在回家的路上和向卉说奶奶家不好玩，奶奶太凶。

向卉告诉她，是太姥姥的问题，奶奶只是被上一代的畸形教育害了。

时间太久远了，听说那时候太姥姥亲眼见证了战争的血腥与恐怖。敌人对她们身体造成的伤害如同精神上的伤害一样，永不可磨灭。

在那段不堪回首的往事之后，太姥姥怀了孕。那种精神打击带来的恐惧一直折磨着她，她将恐惧传给了薛与梵的奶奶。

奶奶一辈子都在太姥姥的管束下生活，她被太姥姥剪掉头发，脸上抹着草灰，穿着最难看的衣服直到十二岁。

这份管束又通过奶奶用在了薛与梵的身上。向卉不是第一次和婆婆说起时代不一样了。

但奶奶已经改不过来了，她认为切断家里女孩子和外面所有男性的不必要接触，穿着保守，就是在保护她们。

人不可能不叛逆，薛与梵越是被教育保守，在奶奶管束不到的"法外之地"就越是想要尝试禁令。

薛与梵突然想到了周行叙。

想到了他后颈处隐隐露出来的文身，周景扬口中他为了搞乐队和家里闹得不愉快。

看，多离经叛道的一个人。

多合她胃口的一个人。

八分熟

天越来越冷，薛与梵比以前更期待烧窑了。

"双十一"一过，那些叫嚣着谈恋爱的人好像都沉淀了下来。

他们等待着下次节日的到来，到时候这些想法又要破土而出。

下了课，薛与梵和小八没着急走。目送着导师和其他同学离开之后，小八献宝似的从帆布包里拿出一包棉花糖。

她们留在教室用火枪烤了棉花糖，味道还不错。

小八说："这周有部好看的电影，旁边的商场也开了一家还不错的店铺。"

无事不登三宝殿，没事也不会突然说出口。

薛与梵在换锯丝："要我陪你去？"

小八点头:"那两个人'双十一'东西买太多了,都说没钱。"

薛与梵没有别的事,就陪她一起去了,两个人没选择周六,毕竟那是用来睡懒觉的时间。周五下了课,薛与梵补了个口红就跟着小八去了学校外面的商场。

看完电影再去吃饭,商场里让人分不清白天还是黑夜,看手机已经七点多了,虽然饿,但是过了晚餐的高峰期不需要排队。

网上风评很好的电影,薛与梵看下来觉得也不过如此,她只希望等会儿的餐厅不要翻车。

车倒是没翻。

就是碰见周行叙和他那几个乐队队友了。

还有一个女生,是上次他送薛与梵去买材料的时候,在便利店门口和他说话的那个女生。他们坐在里面的大桌,被一根柱子挡住了。

但薛与梵还是一进去就看见周行叙了。

他们那桌很热闹,他坐在里面的位置,没讲话就安静地听着,但就是有一股世界中心的气场。

不得不说,人很奇怪。

当你看顺眼了一个人,连他不说话,都会自动为他套上一层寡言的美感。

如群山的沉静。

先看见薛与梵的是上次踩了她脚的鼓手。他转身找服务员要一壶新的柠檬水,一回头就看见在和服务员沟通的薛与梵。

她头发用一条丝巾扎了起来,拿着菜单的手上戴了好几枚戒指,黑色的风衣脱下来对折放在旁边,里面是一件米色的针织裙,有些修身的款式,将侧面的身体线条完全地暴露了出来。

左任一看见薛与梵就回头和旁边的周行叙说了。

桌子那头聊得火热,稍微有些吵。他朝左任那边凑了凑,听见薛与梵的名字之后,他抬眸,正好和给服务员菜单的薛与梵对上视线了。

两个人都没有率先错开视线，也没有起身像老友一样相拥叙旧。

就是你看着我，我看着你。

两个人都不是心理专业的微表情分析家，他在笑，薛与梵则面无表情，对视显得越来越幼稚，最后还是坐在薛与梵对面的小八，看她扭着头的动作实在是太奇怪，开口打破了僵局。

"你预防颈椎病呢？"小八坐在那里望过去，只能看见一个柱子，其他的什么都看不见。

薛与梵因为小八的话下意识地收回了视线，间接宣布周行叙成为"幼稚小游戏"的胜者。

脸都转回来了，薛与梵也不好意思再转回去看，喝了口柠檬水，什么也没有说。

他们似乎也没到多久，薛与梵看见服务员还在陆陆续续给他们那桌上菜。他依旧吃得不多，筷子都没有动几下。

吃到一半，他起身出去了。

薛与梵吃着香茅鸡翅，将鸡骨头吐出来之后，拿起湿巾擦了擦手和嘴，起身："我去上厕所。"

说完，薛与梵又重新坐了回去，伸手去拿包里的口红，在小八不能理解的目光中补了口红离开了。

周行叙一根烟抽了一半就看见一抹白色的身影从吸烟室外路过。等烟燃到黄色的烟蒂时，薛与梵从厕所出来了，站在抽烟室外看着他。

表情和刚刚在餐厅差不多。

周行叙第二根烟点上了，半拉开抽烟室的门，半个身子在里面，半个身子在外面："很巧。"

"确实。"薛与梵点了点头。

周行叙问她脚："现在好点了吗？"

"你问得也太迟了。"薛与梵顺着他的目光看向脚上的黑色靴子，抬起脚晃了晃，"都快半个月了。"

周行叙笑道:"这不是今天才碰见你嘛。"

听着像借口,又不是没有她微信好友。薛与梵扯了扯嘴角,不悦的小表情丝毫没有掩饰:"你没有手机啊?"

周行叙笑意更深了,拿着烟的手移到门口的垃圾桶盖上,防止烟灰掉在地上:"一直听我哥说你不爱回消息,我哪敢给你发。"

这回答比娱乐版块前两天拍到恋爱约会实锤照的明星的回答还渣男。

薛与梵还没来得及回答他,身后突然跑过来一个小孩,大约是找厕所,但是没有找对。直直地朝着半开着门的抽烟室跑过来。小孩撞到了周行叙的腿上。

捂着额头,后退了两步,警觉地看着正在聊天的两个人。

周行叙把烟按灭了,挡在抽烟室门口,缓缓蹲下身,和小孩子保持平视:"要去哪里?"

小孩:"厕所。"

周行叙抬手给他指了指男厕所,又问:"一个人?"

"和妈妈。"小孩刚说完,一个年轻的妈妈追了过来,不明白什么情况,本能地把孩子拉走了。

薛与梵看着他蹲下和孩子说话。他今天穿了件黑色卫衣,卫衣的领口不小,露出后颈一截的肌肤。

隐隐约约露出文身的一角。

小孩被他妈妈带走了。

周行叙起身前先抬了头,抓到薛与梵偷看他的目光后,撑着膝盖站起来:"怎么了?"

薛与梵没藏着掖着:"很好奇你后颈下的文身是什么。"

那文身的位置有些靠下,说是胸椎和颈椎交界处更恰当一些。

周行叙下意识地摸了摸脖子,也没藏着掖着:"一个带着天使光圈的海豚。"

这寓意让人琢磨不透,但图案可以问,问含义有些越界了。薛与梵点到为止:"文身痛吗?"

周行叙倚在抽烟室的门框边上,想了想:"每个人的痛感不一样,不好说。"

薛与梵没再说什么,只是问他要店铺地址。

他微微一愣,睨视着打量薛与梵:"你要去文身?"

薛与梵点头:"总不能是去找工作吧。"

周行叙说有文身师的微信好友,可以推荐给她。但是,他也用教育似的口吻说:"文身这东西得深思熟虑。"

得有想要纪念的东西再去文身。

薛与梵没问,但她想知道那只小海豚在纪念什么,他身上有几处文身,又代表了什么呢?

薛与梵和小八吃得肚子有些撑,手里提着给方芹她们打包的奶茶,走到宿舍楼下的时候,香茅鸡翅彻底消化了。

此刻从超市后面飘出烧烤味道。

薛与梵先闻到的,脚步变缓了:"好香。"

减肥就像是一个紧箍咒套在小八的头上,她挣扎和痛苦着。相比于她,薛与梵就要少很多负罪感。小八最后还是被打倒了,永远是那句"我明天一定不会再吃晚饭了"。

她甚至安排好了,明天一觉睡到中午,中午吃一顿之后,晚饭也不吃了,既省钱又能减肥。

这种凌云壮志,薛与梵听多了。

她就是一颗老鼠屎,一块绊脚石。将篮子塞到小八手里,叫她拿鸡翅:"我给方芹她们打个电话,问问她们吃不吃。"

小八叫她别打:"买回去了,她们还有不吃的时候?"

可手机已经拿出来了,薛与梵看见有一条未读消息,点开后,发现是周行叙给她推的文身师的微信名片。

犹豫了一下之后，薛与梵给他回了一个"收到"。

小八把所有食材都拿了四份，保证了一个宿舍的量。

一个宿舍都没有忌口的人，辣椒和孜然全要。薛与梵看着小八，突然来了恶趣味："这样的美味应该配一瓶碳酸饮料吧？"

说完一只手捂上了她的嘴巴，小八一副杀人灭口的样子："再说，揍你了。"

说说笑笑间，薛与梵口袋里的手机响了。

周行叙：到学校了？

可能是情感心理方面的书看得不够多，她也不是人类研究大师。薛与梵一直不明白为什么有人可以把简单的一个问候，问得不一样。

这时候去情感大师的某网站提问，必定会得到一句：因为喜欢啊。

所以说，难搞。

但鸡翅好搞，烧烤老板的手艺很不错。

如果今天不遇见周景扬就更不错了。

薛与梵等老板娘算好钱之后，扫码付款了，顺带回复周行叙那条"到学校了"的信息。

薛与梵：到了，和室友在等烧烤。

不知道他们走了没有，反正他肯定没在开车，消息回复得很快。

周行叙：啃了半只鸡，一盘椰糕，一锅冬阴功海鲜汤，连赠送的一碗虾片都吃光了，你还没有吃饱？

他怎么知道？

食量被无情地曝光了，薛与梵有点好奇他是怎么发现的，总不能全程看着她吃吧？

没有被丝巾扎起来的碎发在夜风中吹得张牙舞爪，薛与梵低着头，耳尖泛红。

拿着手机不知道要怎么回复，那头烧烤摊的老板娘已经打包好烧烤了，小八主动接过。薛与梵拿着手机，看着那行字，还没有想到要怎么解释。

还沉浸在思考中，没走两步就听见有人喊她。扭头一看是和室友出来买东西的周景扬。

学校里的路灯还亮着，他手里提着一个购物袋，从远处小跑着过来了。

周景扬走近之后，看出了她打扮过的样子，猜测她出去逛街了："逛街去了？"

他们都是一个爹妈生的，但是周景扬让薛与梵感觉到，他把握不好暧昧和多管闲事的界限。

也不是他不好，只是薛与梵更喜欢周行叙那种不着调的人。她如果是个活得不着调的人或许会乐意当个祸害遗千年。

周景扬看见她亮着的手机界面，虽然看不清上面的字，但看得出来是聊天界面。想到薛与梵说她不喜欢发信息，甚至不喜欢看信息，现在看来都是假话。

他有些尴尬地笑道："不要一边走路一边玩手机，小心摔跤。"

薛与梵也只是点了点头。

回去的路上小八还说："他人其实挺好的。"

薛与梵扯了扯嘴角，想到他恶意地抹黑别人，并没有太赞同，不过也没有说其他的："但这个世道就是好人活不久。"

"人话？"小八笑了。

拿到奶茶和烧烤之后，宿舍里又乱了。

薛与梵把喊着"薛与梵万万岁"的方芹推开了，拉了个椅子，简单吃了两口烧烤就找换洗衣服去洗澡了。

等薛与梵出来，她们还没有吃完。

她没有洗头，但有几缕头发湿漉漉地粘在脖子上。找了片面膜，今天没着急回床上躺着，敷着面膜坐椅子上，点开手机，聊天列表里一上一下两个头像上都挂着未读信息。

周行叙：十点了，少吃点，会不舒服的。

周景扬：原来你也会在马路上回复别人的消息。

九分熟

最近学校里没看见周行叙他们的乐队表演，就连他的朋友圈都停止更新了。

周景扬还是一如既往，屁大的事情都会放在朋友圈里，最近他在学车。

不知道是宿舍里的谁提了一句，还有一个多月就要放寒假了，为了庆祝这个好消息，她们决定去吃烤红薯。

薛与梵泼冷水："还有一个多月就要期末考试了。"

她一说完，很明显整个宿舍的温度下降了十摄氏度，但再多冷水也浇不灭被红薯勾起的食欲，她们还是决定去吃。

且化悲愤为食欲，不仅要吃红薯，还要再来一根烤玉米。

薛与梵被一起拉出了宿舍。入十二月，樟树依旧葱郁，将同它一般高的路灯裹在枝干里。

月亮看上去比秋天的小了一圈，门口卖烤红薯的大爷还没有迎来最受欢迎的时候，但现在生意依旧不错。

小八她们像个小火箭一样冲了过去，留下薛与梵一个人慢悠悠地走过去。

排队买玉米的任务交给了她们。薛与梵干脆转道去超市买几个面包，留着明天早上当早饭。

超市里的关东煮最热销，排的队也不短。

小八她们把想吃的都发在了宿舍群里，薛与梵手里拎着面包，打字不方便，也就没有回复她们"收到"。

她低头看着手机,没注意到队伍突然像多米诺骨牌一样,整个向后移动。

不过还好的是,前面那人没有看都不看就后退,而是转过身说了句"让一让"。不算耳熟的一个声音,薛与梵同样朝后面的人说了一声。

转过身却发现前面那个男生还看着她,过了几秒,薛与梵才认出那是周行叙乐队的鼓手。

上次踩了她一脚的人,好像叫左任。

他手里拎了一桶桶装的矿泉水,也在排队等关东煮。可能是发现薛与梵也认出自己了,他有些不好意思地询问起薛与梵的脚。

早就好了。

薛与梵说了句:"没事。"

他松了一口气,转过身继续排队的时候,身后的薛与梵突然拍了拍他的肩膀。左任还没有完全回过头,就看见自己手臂旁边探出一个脑袋。

"你们最近没有演出吗?"

薛与梵长得很漂亮,而且是没有攻击性的漂亮,此刻这样随口一问,就会显得他们好像很熟络。

左任在她的视线里鬼使神差地点了点头,告诉她是因为周行叙最近有点事情。刚说完左任就看见薛与梵脸上转瞬即逝的紧张,随后她只是"哦"了一声,语气听上去有点失落。

左任:"不过你别担心,阿叙很厉害的,肯定能处理好。"

虽然左任也不知道是什么事情。

薛与梵倒是没想到他居然还来安慰自己,其实她也说不上是在担心周行叙,但好奇是肯定的。不过也没有想要左任解释,只是朝他笑了笑,也没有说其他的。

薛与梵本来就好看,长得也没有攻击性,此刻一笑,显得更像个邻家妹妹。

左任想到上次自己踩了她一脚，结果薛与梵被周行叙带走了，想着两个人关系应该还好，但他也知道国庆那次表演，她是周景扬带去的。

"我们圣诞节的时候有表演，你要是有时间可以去。但是，你别和周景扬一起去，你一个人来。"左任说话没有过脑子，他都忘记问薛与梵和周景扬的关系了。

万一薛与梵和周景扬关系不错，他这样说就是在给周行叙找麻烦。他下意识地开口想解释，却只听见薛与梵说："好的，但是我也不知道你们具体演出时间。"

左任松了口气："让阿叙告诉你。"

出便利店的时候，小八她们正站在马路对面和薛与梵招手，给她买了一样的红薯配玉米。十二月，已经是讲话时可见微微白雾的季节了。

夜风萧萧，薛与梵没有空余的手能裹紧身上的外套，和人群一起站在斑马线的一头，等待着红绿灯。

耳边传来引擎轰鸣的声音，薛与梵抬头望去，一辆眼熟的黑色轿跑从面前驶过。

罕见的车型和那个不知道什么时候牢记于心的车牌都告诉着薛与梵，那是周行叙的车。

玉米红薯加上关东煮，等她们吃饱之后，躺在床上又要产生负罪感了。

小八边走边吃，说走到操场那边正好吃完，吃完了就顺道去操场走走，消消食。

方芹挽着薛与梵在吃关东煮，安慰着小八："玉米红薯那都是减肥餐，吃不胖。剩下的关东煮能胖什么？"

这话小八最听得进去，转头就直奔宿舍了。

宿舍区很大，男女生的宿舍区被操场、超市和食堂隔在了两边。薛与梵第一个看见那辆随便停靠在女生宿舍楼下的车。车的刹车灯亮着，她们还没有走近就看见一个女生从副驾驶位下来了。

那个女生下车后,弯腰对着车里的人不知道说了什么,然后挥了挥手才走。

薛与梵目送着那辆车打着转向灯开远了。

"那不是周行叙的车吗?"方芹咬了魔芋丝,有些口齿不清。

"瞧见了,他不是不住宿吗?大晚上开车来学校干吗?"小八也有收集不到情报的时候,"你们知道刚才下车那女的是谁吗?是今年新生迎新晚会的主持人,九月底才和周行叙分手的那个,没想到复合了。"

方芹比较严谨:"送一程也不代表复合了吧。"

"也是,毕竟不是所有人都和我们梵梵一样有觉悟,都把前任当作一个死人。"小八反正是不乐意看见帅哥谈恋爱的,帅哥是公共资源,她恨帅哥被私有化。

薛与梵啃了口玉米,视线里已经没有那辆车了,大约是吃得有些饱了,觉得这玉米总没有第一口吃起来那么美味:"可能是没有灵感了吧。"

谈恋爱写歌,难怪最近连演出都没有,看来是忙着获取灵感去了。

她们听罢说薛与梵太损。

回宿舍之后,薛与梵一点胃口都没有了,拿着换洗衣服第一个去洗澡。在下铺磨磨叽叽到最后一个才关灯上床,今天一点都不想画画,薛与梵点开平板开始看电视剧。

一个多小时时长的一集电视剧播放完之后,薛与梵习惯性地拿出手机,无聊地刷新了一下朋友圈。

最上面一条是代购。

第二条就是周行叙。

失踪人口发了一张图片,配文是一个"十八禁"的emoji表情。

图片是一个男生赤条条的后背,没有正脸。

就算没看备注,薛与梵也能凭借他后颈上那个"光环海豚"的文身知道那是周行叙。

这次图片的重点是后肩肌肉上多出来的新文身——他的车牌号。

薛与梵蹙眉，之前还和她说文身得有纪念意义，现在他居然把车牌号文上去了？

一头雾水地从朋友圈退出去，平板里已经自动播放了下一集，薛与梵刚准备关手机，就看见左下角有一条未读信息。

失踪人口发完朋友圈，破天荒地给她也发了条信息。

倒是和文身没有关系。

可能是今天薛与梵在便利店遇见左任的事情，左任和他说了。他来问薛与梵是不是要去看演出，然后给她发了乐队最近的活动安排。

平安夜和圣诞节那两次是在校外，三十号还有一次在学校，是元旦晚会。

薛与梵想到了今天在宿舍楼下看见他的车，以及那个从他车上下来的女生。如果他现在又有女朋友了，薛与梵还是有基本的道德的。

没有犹豫，简单地回了他。

薛与梵：不了，我没空，就不去了。

将手机丢在床尾，拒绝的话已经说出口了，原本电视剧里无与伦比的特效和故事情节都让薛与梵着迷，但现在强迫自己看了半个小时，却一点故事情节都没有记住。

再看就是浪费睡眠时间了。薛与梵将平板关掉，摘了耳机入睡。

早上，闹钟准时把她们吵醒，方芹从蚊帐里伸过手来，摸了摸薛与梵的脑袋，喊她起床。

下周又是实训周。宿舍约好今天下课一起去买材料，薛与梵把昨天在便利店买的面包分给了室友，简单地打扮了一下，裹了一件最耐脏的黑色棉服，临出门了才想到自己手机没拿。

踩在椅子上去够床上的手机，手机的锁屏上显示一条信息。

周行叙：好吧。

很简单的两个字。

薛与梵不知道是不是自己想太多，总觉得这两个字里有些失落。

但下楼在拐角遇见那个传媒系小学妹，薛与梵就知道是自己自作多情了。

别人温玉在怀，她算个屁。

她不去看，有的是人去看他们演出。

这股情绪一直影响了薛与梵一上午，最后她付出了惨重的代价。锯丝断了十根，她一整包锯丝，半个月还没到就没有了。

小八看了都心痛："你这是度劫呢？"

等到了中午吃饭，薛与梵在三号食堂买糖醋小排，轮到她的时候没有了，她就知道今天是度劫失败。

小八更心疼了："要不我这份让给你？"

"不要。"薛与梵怄气，不情不愿地去买了一份炒河粉。

小八挽着她的胳膊安慰道："仙女水土不服，回去我给你画一张邪魔退散符。"

出了三号食堂，小八指着对面的超市："我请你喝可可奶。"

薛与梵没客气："爱你。"

走到拐角，她们远远地就看见超市门口的车。车顶上落了几片叶子，路过的人都下意识地朝着车窗里看一眼。

黑车，大约是进口的，她们叫不出名字。

小八认出那是周行叙的车，这下跑去超市的脚步更轻快了："走走走，车停这里肯定是去超市了，我们快去。"

薛与梵脚步越来越慢，也越来越重，重心靠后，最后小八都没有拉动她。想到自己昨天晚上拒绝了他不去看表演，薛与梵有些不想见他。

站在原地，让小八自己去。

小八好奇："怎么了？"

小八还没有搞懂薛与梵怎么突然变卦了，就看见一个人从超市里走出来。

他手里晃着一串车钥匙，然后解锁了车，驾驶座的车门刚拉开，他看见了不远处的薛与梵，朝着她挥了挥手。

薛与梵看着朝自己挥手的人无动于衷,甚至眉头蹙得更紧了。耳边传来小八的声音:"啊?怎么是周景扬。"

十分熟

周行叙是打车去的文身店,文身店的老板和他是熟人了。老板朝着店外看了一眼,没看见周行叙的车,还以为他停到有些远的地方走过来了。

周行叙没解释,扯过老板对面的椅子,开始讨论今天的文身图案。

他想文他的车牌号。

——X11X9。

周行叙,行叙的拼音首字母,以及他的生日,十一月九号。

"X11X9"这几个字,用最简单的一个黑色框框起来。

确定了字体和大小,老板把设计图画出来给他看了一下。

等周行叙提出了意见,老板修改到他满意之后叫周行叙脱了上衣趴在空调下。

衣服脱掉,露出了他后颈下面的文身。

一个带着天使光环的小海豚,图案是周行叙自己设计的。

寓意也只有他自己知道。

老板随意地和他聊着他的乐队,但没讲几句之后两个人都不说话了,老板戴着耳机不知道在听什么歌。

周行叙趴在皮椅上,突然想到上次遇见薛与梵的时候,那时候是乐队成员帮他补过生日,他真正的生日是回家和周景扬一起过的。明明是同一天生日,但周景扬仿佛是唯一的主角。

后背上虽然酥麻,底下却是火辣的疼痛感。不知道怎的就想起那次在商场的吸烟室门口,薛与梵问他文身疼不疼。

其实还好,因为每次当他决定来文身的时候,都是心情最糟糕的时候。那一堆烦心和令人寒心的事凑在一块，文身再疼也疼不过那些事情。

昨天，霍慧文给他打电话，周行叙当时刚结束乐队训练，以为只是母亲饭后随便的关心。

毕竟也是血脉相连的母子，曾经用一根脐带相连的两个人，周行叙没聊几句就听出了霍慧文话里有话。

"妈，有事你就直说。"

霍慧文这才说，是周景扬刚学完车，想要他的车开两天。

霍慧文怕周行叙不肯，劝着："小叙，你就给你哥哥开几天。我们已经帮他买好车了，就是什么改装、落地还需要一点时间。"

周行叙没说话，踩着刹车，将车停在了红灯前。

十二月的天，一入下午五点就暗了下来。路灯准时亮起，不知道是十字路口的红灯漫长，还是这通电话让时间拉长，流逝得愈加慢。

车载音响里传来霍慧文的声音，最后一句还是那么让人熟悉。

"小叙，你就让让你哥哥。他从小就身体不好，你可以在外面独立，你学完车爸爸妈妈立马给你买了车，你看看你哥哥什么都没……"

周行叙猛踩了一脚油门，引擎的轰鸣声在那一刻也通过手机传到了霍慧文的耳朵里："我知道了。"

"好好好，妈妈就知道你最乖了。"霍慧文又扯了几句，"那你慢点开车。我去和你哥说一声，他都在我耳边唠叨好几天了。你一答应，妈妈也能耳根清净了。"

周行叙下了课，在教学楼楼下碰见了左任，他说今天主唱旺仔请客吃饭，叫他千万别忘了。

周行叙手里拿着两本书，说没忘，旺仔生日所以今天请客吃饭。

不过今天他课最多，所以最后一个才到商场。

最近他的车都在周景扬那里，不过还好是学校外面的商场，走个十分钟也到了。

碰见薛与梵是因为他中途出来抽烟,隔着抽烟室的透明玻璃望出去,看着那抹清瘦的身影,步履轻巧地从外面走过。周行叙突然想到上次他生日碰见她,也是自己出来抽烟。

没抽两口,周行叙把烟按灭在垃圾桶盖上,大约等了两分钟她就从厕所里出来了,手上还沾着一些水珠。看见他,她先是有些意外。

薛与梵没注意,等快要走到周行叙跟前了才看见是他。商场里很暖和,他就穿了一件卫衣,倚靠在过道的招商广告牌上。

脚步停在他跟前,薛与梵站定了。转过身看他,但一直没讲话。

周行叙不知道怎的又想到了上次和她对视,还是他生日那天,左任提醒他薛与梵在,他一抬头就撞上了薛与梵的视线。

幼稚的对视小游戏,谁先错开,谁就输了。

就像现在,好像谁先讲话谁就输了。

上次是周行叙赢了。

周行叙很懂有来有回,这次先开了口:"很巧。"

他一说,视线里的人,眉一挑,沾沾自喜的得意表情泄露了几分:"嗯,好巧。"

"和室友出来吃饭?"周行叙问。

薛与梵点头:"对啊,下周实训周我们出来买材料。"

上次买材料是周行叙送她去的,想到那些锯子和锤子,还有那分量不轻的几升油,周行叙下意识地开口:"怎么没叫我送你……"

说一半,周行叙才想到自己的车被周景扬开走了。

没有继续说下去,但是薛与梵知道他想说什么。

朝他扯了扯嘴角,表情从刚才喜悦的小得意变得有点嫌弃:"车被你哥开走了?"

周行叙没想到她知道。

既然她知道,他也没有什么好藏着掖着的,开口语气淡淡的:

"嗯,他之前不是发朋友圈,学完车拿到驾照了。所以问我借了车,开几天。"

说完,周行叙脑子里不知道为什么突然蹦出很多个薛与梵可能会说的话。

比如"好吧""哦",甚至可能是"你们关系还真好"……

都没有。

她只是站在原地,看着他。虽然她的长相没有攻击性,但不代表是个清淡寡言的女生,不笑或是认真严肃的时候会让人觉得有距离感,但是只要笑起来,或是多一些小表情又显得邻家和柔和。

不知道她是不是戴美瞳了,周行叙在某一瞬间觉得那双看着自己的眼睛很亮,很好看。

她不太信:"是被借走了?还是抢走了?"

如果只是借,他可以拒绝。但他借了,却去文身店文了一个车牌号在身上,可见这次借车不是件他心甘情愿的事情。

周行叙不反感借给周景扬东西,他从不是个小气的人。如果小气,就不会每次乐队吃饭,他在时都是他去付钱。不在也要转钱给他们,让他们去结账。

他只是不喜欢每次霍慧文都用"周景扬身体不好,要让着他"作为理由。

哪怕霍慧文当时开口,是用一个更普通的理由,说周景扬才学了车,手痒想开开车练练手。哪怕是这样的理由周行叙都能借得更心甘情愿。

而不是每次都让他觉得,他的谦让是理所应当的。

孔融让梨是美德,但是每个人都应该保留自私的权利。

薛与梵说完,见他久久没开口,只是神情复杂地盯着自己看,以为是自己说错话了,但她又觉得自己的直觉没有错。

周行叙只是惊讶于她的"一击即中"。

连这样一个半陌生的人都能一眼看穿,作为母亲的霍慧文却不能。

"你这次文身疼吗?"见他久久没说话,薛与梵摸不准他的具体想法,就把话题扯走了。

"还好。"

听见他回答,薛与梵松了口气,只要肯说话,就是应该也没有太生气:"是去你上次推荐给我的那家吗?"

周行叙:"是的,我所有的文身都是去那里文的,老板审美很不错。"

所有的文身。

薛与梵好奇:"你身上有几个?"

"四个。"周行叙算了算,然后一个个和薛与梵讲,"后颈下的光环海豚,左手手臂上的时间轴,脚踝上的线条吉他图案,后肩肌肉上的车牌号。"

想到车牌是因为被周景扬"借"了车之后去文的,薛与梵有理由相信,其他几个或多或少都和周景扬有点关系。

想着,眼睛里泛起一丝她自己都没有察觉到的同情。那抹神色被周行叙抓到了,他心底一软:"对了,你上次说想文身,要不我哪天带你去?说不定能打个折。"

"行啊。"薛与梵比了个"OK"的手势,"占便宜的事情,谁会不喜欢呢。"

说完,薛与梵想到自己出来得太久了,也不知道菜有没有被那群"进村的土匪"扫荡空,小跑了两步才后知后觉地补了句"再见"。

周行叙站在原地,看见她小跑着跑出五六米之后,又"倒车入库",回到了他跟前。

看着在面前站立的人,周行叙狐疑道:"嗯?怎么了?"

薛与梵忸怩了一下,最后狠狠咬牙说了出来:"平安夜和圣诞节的乐队表演只有地点,没有具体时间。你去查一下,然后告诉我。"

薛与梵还记得之前拒绝看乐队表演,自己打字说"不去,没空"的时候,自以为很潇洒帅气,现在那些拒绝的话就像一个个响亮的耳光。

薛与梵讲这些话的时候低着头,盯着他卫衣上的印花。

诚然她还是一个接受过艺术熏陶的人,一眼就看出印花是著名的图像《胜利之吻》。等薛与梵看了半天印花上拥吻的男女之后才反应过来,这衣服和他本人一样不能久看,视线又慌慌张张地移开,最后落在哪里都觉得不好。

不知道看哪里,干脆说完就准备跑。

周行叙笑道:"不是没空吗?"

薛与梵逃跑的预备动作已经做好了,听见他打趣自己,轻哼了一声:"就想知道一下,我也没有说会去看你们演出。"

她跑远了,恍恍惚惚听见身后有人喊她:"薛与梵……"

薛与梵在拐角的球鞋店门口停了脚步,远远地看见那个身段颀长、风度翩翩的人。他向她挥着手:"等你来。"

后来回忆起当时,薛与梵枕着周行叙的手臂,讲了句也挺渣的话:"……当时我只是想,如果非要找个离经叛道的人做点不着调的事情,我倒是挺庆幸是你。"

周行叙听罢之后还笑了她,故作语气失落:"原来不是因为喜欢我啊?"

薛与梵和他都知道对方肚子里的坏水,他是为了和他哥抢人,她只是为了向二十年被迫的循规蹈矩开战。

薛与梵枕在他前臂上,听完他的话,抱着被子滚到他身旁挨着他:"毕竟热汗情迷的时候,抱着你比和我前男友那种人接吻来得有感觉。"

十一分熟

圣诞节就要到了,学校里那股想谈恋爱的风气又出现了。

薛与梵从食堂出来,身上的大衣御寒能力不怎么样,和迎面拿着手机走过来的男生对视了一眼,在看清对方手机屏幕上的二维码之后,薛与梵下意识地往旁边走了点。

但对方很敬业,比饭店、商场、餐厅门口发菜单和传单的工作人员还叫老板感动。

最后实在没办法,薛与梵开口直白地拒绝了:"请问是扫二维码关注,送纸巾或话费的活动吗?如果不是,我就不参加了。"

说完,薛与梵趁着那个男生发愣的时候,挽上小八的胳膊直接走开了。

教育人长大的永远是前车之鉴。比如:周景扬,他带给了薛与梵心理阴影,当时她出于礼貌加了好友,现在真是后悔自己那么有礼貌干吗。

不过他身上持之以恒的精神值得薛与梵学习,如果她不是被水滴着的那块石头,她或许能"哇塞"一声感慨水滴石穿的坚持不懈。

方芹她们回来得早,宿舍里的空调已经打开。前几天她们买了拼接的海绵垫子铺在地上,穿着袜子踩上去也不觉得脚冷。

宿舍里弥漫着一股麻辣烫的味道,薛与梵拿着筷子去方芹碗里捞走了一个丸子,大衣外套挨着方芹,方芹感觉到腿上有振动的感觉。

狐疑地摸了摸腿,手背碰到了薛与梵的大衣口袋,发现是她口袋里的手机在振动。

薛与梵淡定地用筷子戳了一个丸子,小口小口地吃得慢条斯理。

方芹怕她没有感觉到,还提醒了她一次。

薛与梵还是不急:"是周景扬。"

这两天薛与梵也不知道他是精神太大条,完全看不懂自己对他的态度,还是圣诞节恋爱的气氛太刺激他了。

他约薛与梵一起去参加学生会的聚餐。

小八把脖子上的围巾解下来,她都惊到了:"所以,周景扬邀请你去参加学生会的圣诞节活动?但你又不是学生会的。"

薛与梵翻了个白眼:"我怎么知道他是怎么想的?"

方芹被娃娃菜烫到了舌尖,吐着舌头,口齿不清:"我知道了,是不是因为他买了新车要和你炫耀一下?前天我和小八去超市买东西,他车子的远光灯大老远闪瞎了我们的眼。"

薛与梵扯了扯嘴角,表情有点嫌弃:"他要是买了辆马车我说不定还感兴趣一点。"

不过,人有的时候真是怕什么来什么。下午薛与梵找到了一本还没有还的书,她正好画稿子遇上瓶颈,准备把书还掉之后再去借两本,不然等到元旦过后的考试周,什么书都别想看见了。

小八拿着手机躺在床上煲剧,听见薛与梵随口在宿舍里问有没有人需要还书的,她从蚊帐里面举手,指了指自己书架上借回来都没有看几眼的艺术史,让薛与梵帮忙带去图书馆。

上午下课时穿的那件大衣薛与梵是不打算再穿了,从衣柜里拿了件带帽子的黑色羊羔绒外套,系上一圈保暖的围巾,最后就露了一双眼睛在外面。

图书馆离宿舍区不是太远。树叶被风吹得簌簌作响,不知道今年法学院门口的梅花开没开,也不知道今年圣诞节首府会不会再下雪。

图书馆里的咖啡店已经装饰上了圣诞"限定皮肤",放在门口的小黑板上写着圣诞节的活动。薛与梵下意识地瞄了一眼,迈步正要离开的时候,咖啡店的门被人从里面推开。

对上那张充满笑意的脸,薛与梵一点笑容都挤不出来。

图书馆里空调开得足,她一进来就摘了帽子和围巾,现在她没有任何伪装手段可以骗过周景扬,她不是薛与梵。

"你怎么来图书馆了?"

薛与梵以为自己抱着几本书已经够明显了,听还有人这么问,她扯了扯嘴角,扯出一抹假笑道:"我来吃饭。"

"啊?这里有饭?"周景扬没理解,还真思考了一遍,"这里只有书，咖啡店里也没有饭。"

说着说着，他突然"哦"了一声，那副恍然大悟的样子也让薛与梵挺迷惑的，他能悟出什么来。

周景扬："书本是精神食粮。"

听完，薛与梵给了他一个白眼就走了。

周景扬下意识地开口叫她，但是薛与梵脚步没停，周景扬返回咖啡店拿起外套和车钥匙，追出去的时候人已经没影了。

艺术类的图书有不少，薛与梵还完书之后，慢慢悠悠地穿梭在书架之间，踮着脚看着最上排的书。目光从书脊上一一扫过，她没有芭蕾的基本功，最后只能手扶着书架的其中一层，一点点地挪着脚步。

一本书轻敲在她脑袋上的时候，像一把锤子打地鼠。薛与梵脚酸，没踮住脚，随着脑袋上那一下，她整只脚着地，真像是那本书把她砸矮了一截。

画面效果很好，所以罪魁祸首在笑。

"大胆刁民"四个字还没有说出口，薛与梵回头撞上笑吟吟的周行叙，有句话叫"伸手不打笑脸人"，薛与梵的火气也没有发出来。

他问："要拿哪本？"

薛与梵随口说了一本，等他拿下来了之后，她就说不是，把最上层每本书都拿了一遍，最后他手上沾满了灰，指尖也脏了。

周行叙知道她是故意的，也没有恼。最终还是拿到了薛与梵要的书，给书前，他拂了拂书面，又捏着书脊抖了抖灰才递给薛与梵："脾气还不小。"

薛与梵"嗯哼"了一声，随便翻起了手里的书："娇生惯养没办法。"

本来还想听他抬杠几句，薛与梵却见他突然表情变得有些疏离，视线越过她落在她身后。薛与梵不用想也知道大概是周景扬找过来了。

周景扬晃着手里的车钥匙，外套拿在手里，身上穿着一件印着迈克尔·杰克逊印花的黑色卫衣。走到他们旁边，周景扬打量着薛与梵，妄图找到他们关系熟络的证据："你们在干吗？"

薛与梵懒得搭理他，就装作没看见，继续翻着手里的书。

"帮她拿本书。"周行叙指了指最上层，"她拿得费力。"

"是吗？"周景扬很警觉，"你怎么跑艺术类的书架这里了。"

周行叙见招拆招，拿起手上的曲谱："过来借几本，拿回去练练手，顺便找找灵感。"

周景扬找不出什么破绽了，"哦"了一声正要说话的时候，薛与梵从两个人中间挤了出去："不打扰你们聊天，让让。"

可恨兼职的学生办理借阅手续速度不够快，薛与梵刚走到大门口，周景扬又追了过来："我上次和你说参加学生会活动的事情，你怎么拒绝我了？"

"不想去所以拒绝了。"薛与梵边走边系围巾。

周景扬"哦"了一声，语气有点失落，不过他向来能找到别的话茬儿："你回宿舍吗？我送你吧，天挺冷的。"

薛与梵双手插兜，快步走下阶梯："用不着，一脚油门的事情，人到宿舍门口了，车里的空调还没有暖和呢。我自己走回去好了。"

他问："你为什么总是拒绝我？"

薛与梵没有想到现在这个年纪还能听到有人问出这种问题。

她是不知道他的原生家庭是怎么样教育孩子的，能把他想得到一样东西的欲望培养得那么强烈。他好像只要撒泼哭闹，就一定能从父母那里骗到自己想要的东西的那种小孩。

薛与梵直白地讲了："因为我不喜欢你。你可能会觉得我这么说不给你留面子，但是不拖泥带水也是基本素质。"

有了这段插曲之后，薛与梵的手机安静了好几天。她突然感觉连天空都放晴了，小八好奇："难道被人追不应该是件高兴的事情吗？"

教室里叮叮当当的击打声此起彼伏却不让人觉得噪耳。

薛与梵很难产生共鸣，将烤好的棉花糖丢进热可乐里，喝了一口之后活力恢复。拿起锉刀开始干活:"可能分人吧。"

"那你喜欢什么样的?"小八拿着自己的戒指棒过去,手里抡着锤子一下一下地敲着套在戒指棒上的银环。

薛与梵睨视了她一眼:"怎么感觉你要给我介绍对象?"

"隔壁院有个男生问我要你的联系方式。"小八随手换了个薛与梵的锤子,"你说我要不要给?长得不错。"

"不给。"薛与梵拒绝了,放下锉刀看了眼自己手里的戒指,还差点感觉。

小八好奇她是真不想谈恋爱还是有喜欢的人了。她的八卦劲头上来了,谁都压不下去。不过薛与梵和她做室友两年多了,小八也知道,薛与梵不想说的事情,谁也套不出她的话。

退一步,反问她理想型。

薛与梵不说,朝她笑了一下,开玩笑道:"我的理想型是你。"

小八自然是听出她在开玩笑,拿着锤子的手搭在她肩头:"你长这么漂亮,我有的时候也因为不能让你怀孕而悔恨自己生错了性别。"

方芹在对面抬起头,摘掉脸上的护目镜,朝她们抛去一个如同脸抽筋一样的媚眼:"要不我去变个性,等我来帮你代劳一下?"

薛与梵将她胳膊打下去,各送了她们两个一句"神经"。

十二分熟

最近学校的水果店已经在宣传平安夜的苹果了,小八和方芹一早就进了好几箱苹果,定价不贵,但也不便宜,就比水果店卖得便宜两块钱,买得多的再赠送情侣对戒。

那些情侣对戒都是当时练手用银条做的最普通的对戒,本来也是浪费了,现在都拿出来送人了。

薛与梵被奴役,待在宿舍帮她们一起打包苹果,工资是一个苹果。

无情的地主小八还给她安慰:"如果没有人送你,你明天就拍张照,说是别人送的。万一,你突然在平安夜那天遇见真命天子,你就有苹果送给喜欢的男生了,多好。"

薛与梵停了手里打包苹果的动作,做作地用袖子擦了擦眼泪:"还需要我再为你的贴心哭两声吗?"

"把眼泪往心里流,快打包。"小八叫她打住,拿着手机在回信息,"楼上有两个女生要再加三个。谁再折三个打包盒给我?"

薛与梵把面前的三个递给她:"要我说,你就让学校水果店老板娘赚一次呗。"

小八将一个人的订单装在一个袋子里,给账号那头说了价钱后对薛与梵进行了批评:"无良奸商,我乃正义化身。"

虽然也是沾了铜臭味的市侩正义。

薛与梵笑道:"就因为开学那次她卖给你一个厚皮有籽西瓜?"

小八:"那是厚皮吗?我一刀下去还以为是个冬瓜,差点没忍住就准备送去质检中心,让他们帮忙查查是西瓜出了轨,还是冬瓜劈了腿。"

等忙完的时候,距离平安夜还有四个小时。

薛与梵用劳动力换来了宿舍第一个洗澡的好处,指腹因为折了太多个盒子而泛红。小八给了薛与梵一个苹果,叫她:"明天要大胆勇敢。"

薛与梵将手里的苹果轻轻抛起:"还好我不是白雪公主的后妈,不然你这是教唆犯罪。"

小八做了一个开枪的手势:"我现在是丘比特。"

薛与梵没讲话,爬上床的时候,其他三个人也磨磨叽叽地准备洗漱。将手机和平板充上电,最近周景扬不找她了,现在薛与梵每次拿起手机都没有那种看见十几条信息时的烦躁感。

将平板架在支架上,都还没有来得及新建文件工程,手机就响了。

一个头像挤下了不少公众号变成了她列表里的第一个。

未读标记挂在他头像上。

周行叙：来不来？

在心里默念这三个字之后，下铺还有室友的动静，有人提了一嘴，说明天要不要宿舍集体去聚餐，否则孤家寡人在宿舍看着秀恩爱的朋友圈要吃狗粮，还不如一起去开小灶，热闹热闹。

小八和方芹靠着卖苹果赚了一笔，说是明天可以请大家喝奶茶和看电影。

这个提议全宿舍通过了，她们没听见薛与梵的声音，方芹踩在上铺的台阶上，将脑袋伸进薛与梵的蚊帐里："亲爱的，怎么说？"

薛与梵将手机的聊天界面下意识地扣在床上，朝着方芹卖了个惨："明天平安夜是周五，我好久没有回家了，准备回家看看我爸妈。"

合情合理，方芹她们也只是说了两句羡慕本地人的话。

方芹离开后，薛与梵将已经自动锁屏的手机重新打开。在此期间他又发了一条消息过来。

周行叙：明天几点下课？

看着周行叙发来的那条信息，薛与梵手指摸着手机壳上的浮雕，想了想之后打字回复。

薛与梵：三点。

薛与梵：都这么问了，就是时间不凑巧也不能不来接了吧？

消息不知道回得快不快，总之薛与梵拿着手机按了两次屏幕，防止手机自然熄灭屏幕。手机正准备第三次暗屏时，一条消息推送进来，屏幕瞬间恢复到亮屏的状态。

周行叙：我也一样，哪里等你？

口是心非这点，有的时候不由人。

薛与梵：我没说要去。

周行叙：我都这么问了，就是没说要去也不好意思拒绝别人了吧？

反将一军。

周行叙的车才拿回来不久，中途又去补了一次漆。

罪魁祸首是谁不用说，还车的时候也没见周景扬抱歉一下，还是第二天周行叙无意间发现前面保险杠上的漆被磕掉了一块。

前两天回家吃饭，为了周景扬买车这件事，还没进家门就听见霍慧文叹气的声音："扬扬你拆了的，你怎么不拿？"

"给阿叙。"周景扬提走了另一个纸袋子，刚起身准备回房间就和门口换鞋的周行叙遇见了，"老妈给我们买了围巾。"

吃晚饭的时候，霍慧文知道了周行叙去补漆这件事，怕小儿子不开心："都是一家人，到时候你和你哥换车开。"

随口一说的玩笑话，不过是用来安抚周行叙的，结果周景扬气得跳脚。

周景扬："我才不要借给他呢。"

吃完饭霍慧文把小儿子送出家门，站在儿子车前还挽留了他："就在家里睡一晚上，你和你哥不是一样的课表吗？他都在家里睡一晚了，你明天早上和他一起走，也不要紧。正好路上跟在你哥后面，他是个新手，我还有点不放心呢。"

周行叙踩着刹车，没打算留下来："不了，我的书还在公寓里呢。不然明天上课还要绕个地方。妈，你进去吧，我走了。"

见小儿子心意已决，霍慧文叫他等一会儿，她去拿个东西。

霍慧文来去两分钟不到，回来的时候手里拎着一个袋子。

里面是条围巾。

"我前两天逛街，给你们兄弟两个一人买了一条，这条是你的。最近要降温，你要注意保暖，小心感冒，知道吗？"霍慧文把纸袋子从车窗里递进去，拢了拢身上的外套站在门口目送着儿子消失在拐角处。

周行叙给薛与梵发消息的前几分钟，他刚洗完澡穿着睡衣躺在床上。在朋友圈动态里看见了周景扬显摆霍慧文买的围巾。照片里围巾叠得整整齐齐，纸袋和包装盒上拓印的商标显眼得不得了。

周行叙从床上起身,伸手去拿被他放在旁边的购物袋,里面只有一条围巾,没有周景扬照片里的包装盒。

霍慧文不会这么明显的偏袒,想起刚回家时听见妈妈和哥哥的对话,周行叙能猜到是周景扬拆了一条围巾后,拿走了另一条没拆的。

跟薛与梵聊完天之后,虽然她没有明确给出回答,但是没有直接拒绝也是一个答案。

周行叙将手机搁在床头柜上,扯过被子躺在床上。

后来,他说每次因为周景扬不开心就喜欢折腾她。

她唾弃自己"祸水东引"的行为,每次以一个可爱的白眼为开始,以一个背对他的后脑勺而结束。

他们两个各取所需,动机都不纯粹,但到最后一次架都没吵过。

二十四号降温了。中午回宿舍的时候,小八卖完了最后一点苹果,收入非常可观。等从金钱的喜悦中回过神来,才发现薛与梵在化妆。

方芹啃着鸡腿,饶有兴趣地看着薛与梵对着镜子开始涂涂抹抹:"你怎么化妆了?"

薛与梵画眼影的手一顿,以前上课不懂装懂的演技到现在还没有退步,薛与梵抖了抖眼影刷上的粉:"今天回家。"

"回家见爸妈更不需要化妆了。"方芹抓住盲点。

薛与梵开启头脑风暴:"万一回家路上遇见帅哥了呢?"

还好当代社会撒谎不会鼻子变长,薛与梵心虚地听见小八在数钱声中对她竖起大拇指:"这种思想觉悟,芹儿你也要有。"

方芹敬礼:"学到了。"

女人在某些方面的敏锐程度的确很可怕,等薛与梵化完妆换掉了身上那件保暖的棉服,穿起要风度不要温度的裙装配大衣时,宿舍三个人狐疑地看着她。

方芹啃着鸡腿骨头上的最后一点肉:"衣服就不需要换了吧?你

穿这么少回去，爸妈会批评的。"

薛与梵整理内裙领子的手一顿："既然美了，就要美到底。神兵配良驹，一身戎装最后骑着哈士奇战八荒，总差了点威武霸气。"

小八算完钱了，点评起她："你这叫妈见打。"

薛与梵下午出门去上课时，别说妈见打了，她自己都想打自己，这么冷的天气穿这么少是真的脑子有病吧。

哆哆嗦嗦地走到教室，身上的暖宝宝就像是一个装饰，人不热它也不热，人热了它也跟着热。

下午的课是中国宝玉石发展史，纯知识点的课程，薛与梵本来就不大喜欢，现在的心情和小孩子春游前一晚一样，平时就觉得漫长的课，现在觉得时间过得更慢了。

好不容易熬到下课，偏又遇上不少学生上课打盹儿，老师被气得讲了一刻钟的大道理。

也不知道周行叙在约好碰头的地方等了她多久，但车里的暖气已经足了。

这个点学校里人不多，没课或是放学的早就走了，没走的都是要上到四五点的人。薛与梵系上安全带，虽然不是第一次坐他的车了，但还是有点拘束。

今天阳光不错，树影斑驳，它们将影子投在地上，车慢慢碾过那些影子，天窗没开，但是挡板拉开了，明与暗在头顶变化。

"这个时间点去是不是有点早了？"

周行叙右手扶着方向盘，左手搭在车门上："邀请你来看演出，总不好连顿饭都不请你去吃吧？"

"这么好？"薛与梵手撑在车椅子上，看着车窗外的行人和车辆，"难怪你那些前女友和你分手之后还夸你。"

最后薛与梵还补了句，语气听上去不像是夸赞的赞美之词——有一套。

他笑道:"感觉你在诋毁我呢?"

"夸奖你呢。"薛与梵不认,"你都要请我吃饭了,吃人的嘴软。"

她今天化了妆,和周行叙在学校里偶然碰见的几次不太一样,没有那么不修边幅的。他不是很了解女生在化妆方面的学问,只觉得薛与梵每次化妆后都挺漂亮的,没有夸张的亮片和看上去又脏又乱的苍蝇腿睫毛。

周行叙又想到周景扬第一次带她去看他们乐队演出的时候,她好像也专门打扮过的。那天穿的裙子很漂亮,托某一任女友的福,他知道了有在锁骨肩头涂高光的操作,但他看不出来那天薛与梵露在空气中的手臂和肩膀有没有涂。

只是那次,他视线一往下扫,频频在人群里看见她。

"嘴软?"周行叙趁着红绿灯转换的间隙,朝着旁边的人看了一眼。

这话讲出来,真得分人。

又有可能是她双标了,倒是没觉得周行叙把这话说得有骚扰感。这点技能是他哥学不来的。

周行叙身上那股浑然天成的浪子感,大概是讲出这句话的基础。

羞赧被薛与梵藏得很好,她耳周上戴着一个碎钻的耳钉,从天窗照进来的阳光落在上面,折射的光很亮。

汽车行驶在大学城,街旁的行人和电瓶车来来往往。她转过脸,将视线对上他的时候,副驾驶位车窗外的景色立刻虚化,她在视线最中心。

她反问他:"不信?"

| 第三章 |

甜甜的草莓蛋糕

十三分熟

  他们两个都是本地人,但决定吃什么的时候还是犯了难。周行叙是真的对吃的一点要求也没有,薛与梵刷着手机也犹豫不定。
  最后他们选了评分最高的一家网红餐厅。
  毕竟是经过了吃货的检验后,获得了最高的评价,想着味道应该不会太难吃。周行叙用手机扫了点餐的二维码之后,把手机递给了薛与梵,他吃什么都差不多,没有最爱吃,也没有最不爱吃。
  摸手机壳是薛与梵的小习惯了,所以她偏爱浮雕的手机壳。彼时周行叙的手机被她拿在手里也没有躲过被摸的命运。
  和她的手机是同一个牌子和型号,大概是手机屏幕保护膜和手机壳的原因,拿在手里总感觉不一样。
  等她按照两人份点了几个菜之后,听见对面传来的笑声,投以疑惑的目光。
  周行叙在喝茶,将茶杯放下:"都要被你摸平了。"
  "习惯性动作。"薛与梵将手机搁在桌上封住了自己的"后路"。
  最后看了眼购物车里的菜品,薛与梵点的大部分都是招牌菜,这样不容易踩雷,正准备下单的时候,一条短信从手机屏幕上方弹出。手机就摆在薛与梵面前,她想看不见都难。
  备注是全名,一个很女性化的名字。

——我下课了,你来接我。

薛与梵准备和周行叙说的时候,同一个备注的电话也打了过来,她把手机还给他:"电话。"

周行叙接过薛与梵递来的手机,看着手机屏幕下意识地皱着眉头。也没有起身离开去接电话,还坐在薛与梵对面,他手里那杯大麦茶少了一半。

语气听不出什么情绪,接通之后,他一开始只"喂"了一声,等电话那头说了些什么之后,他抬起手腕看了眼手表上的时间,才又开口:"你和他们一起过去,我现在不在学校。"

电话很快就挂掉了,周行叙把手机重新递给了薛与梵,他没说是什么事情,当然薛与梵也清楚他没有和自己解释的必要。

下完单之后,薛与梵把手机重新还给他。

餐厅里在放音量适中的歌曲,歌单挺杂乱的。

从粤语歌放到小众英文歌。

薛与梵很多都听不出歌词,只能听旋律。和前两次不太一样,他头一次坐在自己对面玩手机,大约是因为刚才那通电话,他可能在处理什么事情,打字的手一直没停。

他在和人聊天,但薛与梵看不清手机界面,不知道是不是刚才那通电话的女生,又或者是别的什么事情。

情绪这种东西真的很难说,清楚的认知也不代表你能相应做出符合理智的行为。

薛与梵想开口和他说话分散他的注意力,但等到餐厅的歌曲都换了一首她也没开口。

最后反而被新的歌曲吸引了注意力。

服务员过来确认菜单,周行叙正好处理完事情,和又给他们重新添了一壶水的服务员说了"谢谢"。周行叙察觉到了薛与梵在认真听餐厅此刻的背景音乐。涂着指甲油的手,无意识地跟着音乐轻叩着桌面。

周行叙用新添的水壶给她倒了杯热水,拿着水杯递过去的手打断了薛与梵的专注。

他问:"你喜欢这首歌?"

"调子挺喜欢的。"全英文的说唱歌曲,餐厅里也有点嘈杂,她不太听得清楚歌词。

周行叙表情憋着些许笑意,赞同地点了点头。

那笑实在是让人很难不在意,薛与梵想要问他,可是第一道菜上了餐桌,食欲弯道超车挡在了她的好奇心前面。

周行叙还是吃得不多,早早的筷子就停了。

薛与梵也有包袱的,没有大快朵颐,周行叙先起身去付了钱,回来时他手里没拿小票,这顿饭显然轮不到薛与梵去掏钱。

临走的时候餐厅开启了就餐高峰,周行叙帮她拿着外套和包站在洗手间外面等她。样子不奇怪,因为四周背着女士背包的男人不少,对视的时候大家都相视一笑,一副同道中人的惺惺相惜。

薛与梵小跑着从洗手间里出来,第一眼就看见站在不远处拿着她外套和包的人。让她心动的点总是很奇奇怪怪,比如他手背的青筋,又如他此刻拿着自己的外套和挎包等着自己。

他听见脚步声,将手机收起来,抖了抖臂弯里的大衣,先把外套给了她,等她把外套穿好,才递上包。

到目的地的时候,薛与梵已经在路上睡了一觉,十二月的天外面已经全黑了,等薛与梵从瞌睡中醒来的时候,车刚停好。

迷迷糊糊地还没有反应过来,倒是听见旁边的人开了口:"刚准备喊你呢。"

薛与梵脑子没跟上,但是手已经在解安全带了。下车后,冬日夜里扑面而来的寒风轻而易举击破身上的大衣。

一个哆嗦后,薛与梵彻底醒了。

她抬手准备揉眼睛，又想到今天化了眼妆，她涂了睫毛膏不能揉，只好眨了两下有些干的眼睛，所幸一个哈欠帮她润了眼睛。

门口有个蹲在花坛边上抽烟的女生先朝他们挥了挥手，她穿了件黑色的棉夹克，领口大开，脖子里戴着一条朋克风格的choker（项圈），开口就是抱怨之词："第一个出学校，最后一个到。你架子大，都等你一个了。"

薛与梵一直觉得自己不是个能记住别人脸的人，所以每次在网上看见那些办业务途中发现逃犯的工作人员都让薛与梵由衷佩服，但她记得面前这个女生。

倒不是她长得多有记忆点，可薛与梵就是认出她了，是周行叙送自己去买材料那天，和周行叙在便利店门口讲话的女生。

"没迟到不就行了。"周行叙等薛与梵走过来，没给她介绍那个女生是谁，只是带着她往店里走。

和上次一样，带着她找了一个位置坐下来之后，给她点了杯酒，照旧在噪耳的音乐里凑过去提醒她少喝点。

薛与梵坐在位置上目送着他往里走，他从侧面上了台，不知道和在调试的队友说了什么，换来了他队友频频侧目往下看。

本来她以为那个门口的女生是和她一起看演出的，直到薛与梵看见她叉着腰站在立麦前，在灯光和音乐的配合下开了嗓。

那声音很特别，特别到让薛与梵记起以前学校举办过"校园十佳歌手"的活动上，好像听过她唱歌，音色是老天爷赏饭吃的那种。

只是以前薛与梵没记住她。

一首接着一首，有摇滚，有舒缓情歌，曲风不一样的每一首歌他们都配合得很好。

她不是个善于聆听的人，一年一度的春晚又或是学校大大小小的各种文艺表演她都觉得冗长无聊，半途溜走更是常事，偏偏在这里开了一个先例。

当一个人在自己心里不普通和不寻常之后，相反这太容易把自己在对方那里变得太普通。

可今天水波纹的氛围灯在帮他，他拿着拨片扫弦时手背凸起的青筋在帮他，主唱在唱的小情歌也在帮他……

连自己的心跳都在露馅。

她已经没有办法中立地去想演出的时间是否过短，只是跟着大家一起在鼓掌。周行叙的短信来得很快，说等会儿去接她一起走。

今天演出结账的钱，周行叙照旧一分钱没拿，把沉甸甸的信封丢给他们，他懒得干分钱的活。

打火机的火光在昏暗的走廊里短暂地照亮了周行叙的侧脸，最后一口白烟的出现将火光扑灭。

猩红的红点像混在星空里的飞机，一明一暗。

刚分完钱，钟临拿着烟朝周行叙凑过去的时候，周行叙下意识地躲了一下，她踮着脚，嘴里叼着烟："借个火。"

周行叙蹙眉看着凑过来的人，把打火机丢给她："自己点。"

那头其他人照旧还是分出了周行叙那份钱，只不过他还是没要，那钱最后还是用作今天的夜宵钱，周行叙没有异议。

一根烟抽了一半，就被他按灭了："你们先让朱师傅把乐器运走，我去前面接个人。"

一个皮肤白白净净像奶油小生的男生应了一声，朝周行叙挥了挥手："行，哥，你到时候直接开车走吧，我们这几个人打车。"

等他目送着周行叙消失在走廊上之后，朝着钟临看了一眼："钟临，这回还是轮不到你。"

"要你管。"钟临将烟掐灭，随后将烟蒂丢在那根只抽了一半的细烟旁边。

周行叙找到薛与梵的时候她正在被搭讪，他没打断，手肘搭在吧台上，看她从善如流地应对着别人的胡搅蛮缠。

最后是对方有些着急准备上手拉她过去喝一杯的时候，周行叙伸手把人拉回自己身边，朝对方抬了抬手，算作打招呼："不好意思，她跟我一起来的。"

说完也不给对方询问纠缠的机会，拿起薛与梵搭在旁边的外套和包，拉起她的手腕带着她往外走。

将人甩在身后很远之后，周行叙才松手，站在门口将外套递给薛与梵让她穿上："等很久了吗？"

薛与梵抖了抖大衣："还好吧，也没有等多久。就五声'嗨，美女一个人吗'和两声口哨。对了，还有一声'哇那么久'。"

最后的"哇"是学那个搭讪的人的语气，样子有些滑稽。

薛与梵将外套穿上之后，伸手要拿回自己的背包，五金的链子有些凉意。周行叙松手后，包的重量全部落在了薛与梵手上。

"走吧"两个字卡在她的喉咙里，还没有讲出口，一抬眸就看见周行叙在因为自己刚才学人讲话而发笑。

一双手在她视线里朝着她伸过来，指腹擦过她的后颈，他帮她整理了衣服的领子。手上有一股烟草的味道，算不上难闻。

酒吧里嘈杂，他站在自己面前，手上动作不紧不慢："真得看紧些你了。"

十四分熟

薛与梵挨着周行叙坐在包厢里，来之前他问了她要不要跟他们一起去吃夜宵。

薛与梵点了头。

他们那个乐队，薛与梵只认识那个踩了自己一脚的鼓手，还记得他叫左任。

其他几个人也做了自我介绍，但薛与梵一下子记不住，但记不记得住都不妨碍她吃夜宵和听他们聊天。

周行叙还是那副食欲一般般的样子，夹了几筷子之后，就拿着杯金骏眉茶坐在薛与梵旁边，也不讲话，偏着头在听其他人说话，或是时不时地看她一眼。

餐桌上有人开了口，不知道怎么就说到今天是平安夜。

那个像奶油小生的男生叫唐洋，是乐队的主唱："我今天一个苹果都没有收到，是不是现在不流行送这个了？左任你收到了吗？"

左任被辣到咝声，灌了两口果汁："没有，我们那栋楼只要保洁阿姨不进去，一天都不会出现一个女的。冬天了，连只母蚊子都没有了。"

坐在薛与梵对面的那个女生笑了笑，弹了弹烟灰，视线扫过薛与梵，最后落在周行叙身上："你们应该问阿叙，他要是没收到，那就说明平安夜不流行送苹果了。"

在喝茶的周行叙没有跟上聊天的节奏，转头看向薛与梵："什么苹果？"

"平安夜会送苹果。"薛与梵把嘴里的白菜咽下去，给他解释。

周行叙也不知道听没听懂，若有所思地点了点头，伸手抽了张餐巾纸递给薛与梵后，转头继续和他们讲话："我说怎么今天下了课去完洗手间回来，桌上摆了苹果呢。"

薛与梵将纸巾对折起来，擦了擦嘴角后，抬头和钟临对上了视线。她大大方方地靠在椅背上，坐姿有点洒脱不羁，隔着吐出来的烟雾一直看着薛与梵。

剩下的几个男生还在聊天，问周行叙是不是没收。

周行叙"嗯"了一声："我不喜欢吃苹果。"

"那苹果也不是用来吃的。"

周行叙显得有些不解风情，他说人还没走，不需要上供。

薛与梵不傻，他花丛里过了那么多趟，不可能光靠那么一张脸，还得靠脑子。他是聪明的，在下一个要下手的目标前不解风情便是最解风情。

那头还在聊天,薛与梵被烧烤上的辣椒粉辣到吐着舌尖在找剩下的半瓶果汁。突然耳边传来低低的声音,声音不大,混在那边的讲话声中却格外清晰。

"你收到苹果了吗?"

薛与梵往自己空掉的玻璃杯里倒了一杯橙汁,摇了摇头。

她挺能吃辣的,但吃辣带来的身体反应却藏不住,眼角泛着红,连带着鼻尖都是红的。吸着鼻子像是哭过一样,红唇微启:"没有。"

"行情这么差?"他在说笑,但开完玩笑,他又问,"要不要给你去拿瓶酸奶?"

"没事。"薛与梵吃完碗里最后一串鸡翅也不动筷子了。

"看来晚上那顿你没吃饱。"周行叙给她抽了张纸巾,"怎么当时没多吃点?"

薛与梵不好意思说是因为他没有怎么动筷子,但说自己吃饱了又饿了也不太好。最后支支吾吾讲不出,干脆擦完嘴,就起身去上厕所。

周行叙常来,所以知道位置:"出去,右手边,不走到底。"

这才是当代最正确的指路方法。

不要说什么东南西北,新时代的青年分不清东南西北,除了麻将里的东西南北风。

洗手间算不上干净,但还好没有什么奇怪的味道。

薛与梵上完厕所出来,外面的洗手池旁边靠着一个吞云吐雾的人。

挤上洗手液,慢慢搓出泡沫,再用手腕托起水龙头的开关,水柱慢慢冲洗掉手上的泡沫,等汇入水池里的水彻底没有泡沫后,薛与梵将水龙头关上。

薛与梵垂着两只手,看他抽烟的样子。没忍住抬起手,将手指上的水珠弹向他。

他没生气,最后两口烟抽得有点猛,似乎是准备把烟快点抽掉。

他转身开了水龙头,将烟蒂打湿后丢进垃圾桶里。他站在烘手机前,叫薛与梵过去。

烘手机的风不暖,得两次才能把手彻底吹干。

手腕被他握着,今天在这些小事情上他似乎很有耐心。等第二次吹风结束,他才松了手,安静地开口:"他们等会儿还要去唱歌,你想去吗?不想去我先送你。"

薛与梵:"明天没课。"

听上去答非所问,但其实也回答了。

KTV 是就近的一家,还不错的。

路上路过一家水果店,不知道是谁开玩笑,说自己没有收到苹果,最后说着说着变成叫周行叙给他们各买一个,好让他们发朋友圈炫耀一下,这是多少女生得不到的礼物。

水果店里老板喜笑颜开,再过几个小时苹果的价钱就又要跌回去了,最后六个各便宜五块钱递到了周行叙手里。

只是一个个递过去,最后到薛与梵面前,没苹果了。

"老板,没苹果了吗?"

老板拿着手机在看转账是否到账,钱赚到了,售后态度极差:"没了,就六个。"

左任离薛与梵最近,偷瞄了她一眼后把手里的苹果递过去:"给你吧。"

薛与梵两只手揣在大衣兜里,没接:"不用了,你们拿着吧。"

少了一个的情况下,他们几个拿也不是,给薛与梵也不是。

倒是钟临,拎着苹果泰然自若:"她不要你们就自己拿着呗。人长这么漂亮,说不定都是按箱收的苹果。再说了,阿叙他哥这么喜欢她,肯定送了啊,还需要你们谦让吗?"

这话也就表面听着像是好话,薛与梵也不傻,这有指向性的杀意,她多少知道原因。

小插曲过后,他们去隔壁的KTV订包厢,薛与梵走在队伍最后面。她直线走得不直,胳膊好几次撞到了旁边的人。

钟临此刻杀气腾腾的,周行叙挨着薛与梵一起走在队伍最后面。

他拉住往前走的薛与梵:"附近应该还有水果店。"

薛与梵侧着身被他拉停在步行道上:"我也不爱吃苹果。"

他微微偏头打量着薛与梵的脸,认真地不放过她脸上任何一个细小的微表情。浪子有浪子的好处,他很会:"不爱吃也得有。"

"对啊。"薛与梵反手拉住了他,"有这句话就好了,真不用给我再去买一个。"

钟临站在门口看着拉拉扯扯的两个人,耳边传来唐洋和左任的声音:"进来啦,站门口干吗?"

"他这次的感觉不一样。"钟临带着冬日夜里的一身寒气跟了上去。

左任耸肩,他没谈过恋爱,不懂这里头的弯弯绕绕。

倒是唐洋看见钟临这张黑脸有些不悦:"反正你只需要知道阿叙和你没可能就好了。"

"你怎么知道我们没可能?"钟临瞪了他一眼。

唐洋气不打一处来:"我就是知道,你就不是阿叙喜欢的类型。"

钟临轻哼了一声,睨视着唐洋:"是,我不是他喜欢的类型,我是你喜欢的类型。"

说罢,钟临快步追上了最前面的一个方阵,只留被戳中小心思的唐洋和左任走在一起。

唐洋看着钟临的背影,气得肝疼:"你说说她,你瞧瞧她……"

"你啊,就是给自己找罪受。随她去,反正阿叙不喜欢她,你叫她去阿叙那里碰壁死心不就好了。"左任抬手拍了拍好兄弟的肩膀,"她这个人轴得很,劝了也没有用,等头撞南墙就知道回头了。"

说到周行叙,唐洋回头看了眼身后的两个人,周行叙谈过不少女朋友，他们见过的和没见过的都有。

薛与梵是第一个被带出来跟他们一起吃饭的，而且还没当周行叙女朋友就被带过来了。

唐洋好奇："你说阿叙这次来真的吗？"

左任："你问我？我又没谈过恋爱。"

唐洋抽了抽嘴角："那你刚才和我分析钟临的时候说得头头是道，瞎说是吧？亏我还被安慰到了。"

薛与梵和周行叙走在最后面，薛与梵进去后就找了个最旁边的位置坐着。那几个人个个都是麦霸，她就看着点歌机被围得水泄不通。

周行叙将果盘推到她面前："你不去？"

薛与梵拿了块西瓜："这要唱不就是关公面前耍大刀了？"

"勇闯天涯。"周行叙拿了个抱枕，夹在胳膊下，手长脚长的人坐姿慵懒些就得把腿伸过来，"我给你亮灯。"

"你怎么不唱？"薛与梵两三口吃掉了一块西瓜，再去够橙子的时候，给他也拿了一个。

橙子被切好了，就是带着皮，薛与梵啃了一瓣之后，还没听到他讲话，偏头看他，只见周行叙把那一瓣橙子皮剥了一大半，最后就剩下一点点被他用手拿着。

那吃法比她精致，正自愧不如的时候，他手里那瓣橙子递到了她嘴边。

薛与梵往后躲："你自己吃啊。"

"我不太爱吃。"他手一伸，橙子擦过了她嘴边。

都碰到她嘴巴了，薛与梵不得不吃了。大概能理解自己以前挑食，或者是不肯当顿吃饭的时候，向卉生气的原因了。

薛与梵又塞了一瓣橙子给他："年纪轻轻的，要趁着牙口好，没有三高和糖尿病的时候敞开了吃，不然以后老了忆往昔，方恨年少。"

薛与梵手上有橙子汁水，手肘搭在腿上，人前倾，两只手垂在垃圾桶上方，未扎起的头发从肩头滑下去，挡住了她半张脸，只剩下上半张脸出现在他视线里，眼睛弯弯的，头顶那盏氛围灯正好落在她眼睛里，像是画作灵魂的高光。

随后薛与梵又给他讲了一通水果的营养价值。

周行叙吃了一瓣，他手也碰过橙子，用干净的一根小指帮她将头发别到耳后："你和我妈看的同一个养生频道吧。"

十五分熟

从厕所洗完手出来，唐洋正在唱情歌，薛与梵将脚边的垃圾桶踢到旁边，专注地欣赏，被挨着她落座的周行叙打断了。

"你会唱歌吗？"薛与梵有些好奇。

唐洋唱到歌曲高潮那部分，音量如同海啸瞬间把薛与梵的声音一个浪花拍死在了沙滩上。

周行叙将脸侧过去，耳朵对着她："什么？"

包厢里光线昏暗，老歌经过时间的沉淀更有韵味，歌词在唱"忘掉爱过的他，当初喜帖金箔印着那位他"，原唱的和声混着唐洋的声音意外地很好听。

"我说，"薛与梵凑到他耳边，"你会不会唱歌？"

他听清楚了，转头的时候人没有靠回去，脸与脸之间只有一个拳头的距离，鼻息交织在一起，那包厢里的空调似乎一下子就超功率运转了，带起薛与梵一身的细汗。

周行叙说："没有他们唱得好听。"

没说不会唱，这话留了一个尾巴给薛与梵去抓。薛与梵看着视线里的人，眼睛一亮，饶有兴趣的模样："那你等他们唱完了要不来一首？表演表演？"

薛与梵心里打着小算盘，周行叙没拒绝，只是人慵懒地拿了个抱枕往沙发椅背靠，抬手将抱枕塞到薛与梵身后，讲话的声音不大，被唱歌的声音盖住了，只能看见他动了动嘴巴。

薛与梵靠过去，他给她塞抱枕的手臂还没有收回去，她往后一靠，半巧不巧的像是坐进了他怀里："说什么？我听不见。"

周行叙闻到突然出现的柚子味，喉结滚了一下，又重复了一遍："我说好。"

然而，薛与梵低估了酒足饭饱催人眠，也忽视了酒吧那大半杯鸡尾酒在此刻催化睡意起了关键性作用。

那头劲歌、情歌都来了一遍，薛与梵窝在沙发上照旧睡得下去。周行叙玩了一会儿手机，久久没察觉到旁边的动静，耳边传来的是纯背景音乐。

抬眸，左任拿着麦克风在给他使眼色，周行叙扭头才发现薛与梵枕着沙发扶手，不知道睡了多久。

那群人准备歇场了，问："要不要叫醒她？"

周行叙走过去，拉起她的手，因为睡觉，手暖暖的。就十根手指，戒指倒是套了好几个。

各种款式，而且卡在各个位置。有指节上的，有指节下的。

他将灯光挡住了，影子投在她身上。睡着的薛与梵和醒着的时候还是稍微有些反差感。睡着的人多了一丝幼态，脸颊上的肉看着手感极佳。

周行叙将她的手握在自己掌心里，晃了晃她的胳膊，入耳是梦呓一般的哼唧声。她蹙着眉，妄图在沙发上翻身继续睡。

没有叫人起床只叫一次的，可左任就看着周行叙叫了一次没成功后，放弃了。

周行叙对他们说："你们先走吧。"

薛与梵惊醒前，梦见自己在悬崖旁边走路，虽然不知道梦里的自己为什么要脑抽地走在悬崖旁边作死。

但下一秒,梦里的她脚一滑,从山上掉了下去。现实中的她腿从狭窄的沙发上掉了下去,梦境和现实重合,一瞬间的失重感让薛与梵惊出一身汗。

一杯闷得配一个酒嗝,一觉之后也要配一个懒腰。

只是脚绷直了之后,手往上一伸,碰到了什么东西。

薛与梵立马从沙发上坐起来,视线对上了一张笑盈盈的脸,他拿着手机,不知道坐在旁边玩了多久。

"醒了?"许久没讲话,周行叙嗓子哑哑的。

薛与梵如同大梦初醒一般环顾着四周,入目是昏暗的包厢,麦克风和点歌机前都没有人了。

视线一扫,看见了面前茶几上的一个苹果。

薛与梵伸手去拿,苹果放在她掌心里,她朝着周行叙晃了晃苹果:"给我的?"

周行叙:"只剩下没有包装的了。"

像是答非所问,但又带了很多信息点,应该是她睡着之后去买的,本来就说过不需要了,但是他还是特意去买了一个给她。

薛与梵看着手掌心里那个苹果,普普通通,大概是丢在苹果堆里打乱后再也找不到的那种。问他:"几点了?"

周行叙把手机锁屏对着她,快凌晨四点了。

薛与梵一时间觉得可惜:"都过了平安夜了。"

周行叙没讲话,拿着手机面部解锁没有成功,他无比娴熟地输入了密码,点开相册后,给她看了张照片。屏幕的正中间是沙发上遨游梦境的人,一起入画面的是茶几,以及茶几上那个苹果。

再上面是拍摄的时间。

昨天。

下午 11:58 分。

平安夜最后两分钟。

他说:"我送的时候可没有过。"

还好,照片里她睡相及格了,薛与梵下意识地抓了抓头发整理了一下睡醒后的样子。周行叙收回手机,歪头看她。

薛与梵把苹果放在自己腿上,两只手顺着头发,欲盖弥彰的小动作将她的羞赧挡了三四分:"你居然用十二小时制的。"

照片的拍摄时间是下午11:58分,不是23:58分。

周行叙扶额,笑得很无奈:"你关注点很奇怪。"

头发顺完了,沙发上睡了一觉之后,浑身都不太舒服。薛与梵转着手里的苹果,下意识地看向周行叙:"你睡了吗?"

"没有。"周行叙把正在充电的手机拔掉,随手折着手机数据线塞进卫衣的口袋里。

"你怎么不睡一会儿?"薛与梵打着哈欠,"因为我磨牙打呼噜了吗?"

听她自损,周行叙也不说她睡觉其实很乖,好久都不会翻个身,仿佛能用一个姿势睡到天亮。

他笑道:"是的呀。"

薛与梵皱起眉头,不太信。这么多年宿舍生活,她从来没听室友说过她睡觉动静大。懒懒地坐在原位,像是脱力了一样,也不知道周行叙一晚上没睡怎么还有精神的:"他们什么时候走的?"

周行叙想了想,给了个模糊的答案:"十点多吧。"

"你怎么没叫我起来?"薛与梵记得那时候自己应该睡了没多久。

"叫了,没叫醒。"周行叙活动了一下脖子,"这个点早餐店也开门了,要不要吃完早饭我送你回去?"

薛与梵点了点头,往沙发另一边躺下去:"好。"

他中途出去了一趟,回来的时候拎着从便利店买的洗漱用品。薛与梵刷完牙出来,将洗手间让给他。包厢的幕布上正随机放着歌曲的MV,无声的画面只有光线明暗在空间里不断变化。

他的外套脱了放在沙发上，薛与梵看见衣摆马上要拖在地上了，伸手帮他拿起来，却发现外套上有些潮湿。

薛与梵把外套铺开放在沙发上，整理的时候周行叙已经洗漱完了。

背着手站在不远处看着她："怎么了？"

"你外套上怎么潮潮的？"

周行叙没在意，走过去把外套拿了起来穿上："外面有点雨夹雪。"

"雨夹雪？那今年应该很早就会下雪吧。"薛与梵是首府本地人，见了二十多年首府的冬季，对冬季常有的雪总没有南方人那么热情。

刺骨的寒风在推开店门的那一刻扑面而来，薛与梵握紧了手里的苹果，不御寒的大衣使她成了寒意来袭时立马缴械投降的懦夫，她吸了吸鼻子跟在周行叙身侧。

难怪他买完东西回来，外套会湿掉。这雨夹雪一点都不小。

周行叙注意到了她哆哆嗦嗦的样子："你在店里等我，我去把车开过来。"

下午五点多的首府，天还没亮。薛与梵重新推开店门，KTV前台的服务员在打盹儿，四下安静得不得了，没有了高峰期的鬼哭狼嚎。

门外的天灰沉沉的，这不是一座适合观赏夜空的城市，信号塔和霓虹灯扼杀了记忆里的一片繁星，这是高速发展的代价。

老城里的早餐店已经亮起了灯，电车线切割着天空，在家庭、社会双方面付出和被压榨的人已经准备起床了。

突然想到，在睡着之前周行叙答应自己要唱歌的，但忘记讲"明朝有意抱琴来"的人是她。

有人说低音嗓的人最适合唱情歌，不知道他会不会唱。

他的车进入了视线里，最后靠在路边闪着灯在等她。薛与梵推开店门，加快了走过去的脚步。

车里的暖气正在制造，薛与梵没有把外套脱下来，现在算是吃到了要风度不要温度的苦头。

"早饭吃什么?"周行叙慢慢开着车,想等她说出来之后,好决定自己等会儿走哪条车道。

"我还好,不是很饿。"薛与梵系好安全带,看着感应式的雨刮器没有节奏地刮着前风挡玻璃,"你呢?一晚上没睡不困吗?"

"那我送你回学校。"周行叙胃口一直都很一般,早上如果不是上课去得早了,不吃或者随便吃都是常态。

薛与梵不知道他是什么做的,一晚上没睡精神还这么好。车里暖气慢慢变足之后她又困了。打了一个哈欠,嘴巴里都是牙膏的柠檬味道。

脑袋自然地朝一边垂着,打到第三个哈欠的时候,她最终在周行叙非常不错的车技中再一次睡着了。

这次她一睡着周行叙就发现了。趁着红绿灯的间隙,他帮薛与梵调了一下座椅,她大约是家长口中有福气的人,吃得下睡得香。

车开进学校没有多大的问题,他把车停在离宿舍区最近的车位。

薛与梵睡在副驾驶位上,手里还握着昨天夜里他特意出去买的苹果。

这事算他越了线,昨天晚上买完苹果,寒风扑面朝他袭来,把他吹清醒了。他本意是报复周景扬的,她到底是无辜的,把人玩了,多少会遭天谴。

虽然周行叙不太信苍天有眼,天道轮回。

苹果摆在她腿上,原本拿着苹果的两只手因为睡着了,也慢慢松开了,像是护宝一样放在苹果两侧。

周行叙还是像昨天晚上叫她起床一样,将自己的手塞到她掌心里,只是现在她手冰冰凉,一点也不像昨天晚上睡着时一样暖乎乎的。

他没怎么和女生牵过手,记忆最深刻的是小学的时候,在某一年做完广播体操还要跳舞,这舞蹈成了不少男女生牵手的契机。

但时间已经久远到周行叙都不记得和他牵手的小女孩是谁了。

好像是坐在他后面那个班长,又好像是音乐课代表。

听薛与梵说起过她的专业,又是锯子又是锤子、锉刀的,但她手里一点老茧都没有。周行叙把玩着她手指上戴着的戒指，细细的麻花款式指环，很简单。

他没有叫醒薛与梵，还是她自己醒的，这一觉睡到天彻底亮了。

脖子上的酸痛感明显，薛与梵下意识地抬手想揉一揉，只是胳膊一动，她才发现有一只手被人牵着。

男生的手，很大也宽厚。因为弹吉他，指腹上有茧子。

他的椅子放倒在和她差不多的位置，薛与梵一转头就看见了他侧着的脸，到底也是个人，他眼底有一些乌青，是昨晚没睡好觉的证明。

睡颜没有被观察几秒，他因为薛与梵手上的动静醒了。

左手抬起，搭在额头上，醒神了几秒后，他才按下座位的调节按钮。薛与梵反握了他的右手，故意五指用力了几下。

是叫她起床的时候，牵的手。后来看她手太凉了，暖着暖着自己也睡着了。

她看着牵着的手，傻兮兮地笑了一下，眯着眼睛看着他："周行叙，你牵我手。"

周行叙"嗯"了一声，也没什么好辩解的："我本来还想给你脱衣服的。"

话讲得太直白反而不能叫人想歪："等会儿下了车，你就知道冷了。"

手最后还是松开了，薛与梵两只手温度完全一个天一个地。看着车窗外那棵正随着寒风摇曳的樟树，薛与梵吸了吸鼻子："慷慨赴死去了。"

他笑着从车后排拿了条围巾给她："系上吧。"

一条灰色格子的围巾，手感摸上去很不错，上面带着用不同颜色细线编织出来的品牌商标，昂贵得很。

围巾对她来说稍微有些大了，薛与梵解开安全带，提醒他回去路上小心。寒风阵阵，薛与梵将脸埋在围巾里，全新的围巾没有什么味道。雨夹雪不知道什么时候停的，只留下湿漉漉的地面。

走了几步之后,下意识地回头看去,他还没有走。

在她频频回头时,手机响了。

周行叙:不冷吗?走这么慢。

她用手臂夹着苹果,很给面子地站在大冬天的寒风里给他回了信息。

薛与梵:知道了。

看完这三个字,周行叙再抬头,那抹清瘦的身影小跑着穿过路旁的铁树,气喘吁吁地跑到了宿舍楼下。

重新发动车,周行叙正准备挂挡离开的时候,隔着有些远的距离,他看见了今天不知道为什么突然早起的周景扬。

周景扬的视线刚从薛与梵身上离开,然后落在远处的周行叙这里。

周行叙还没有到校门口,就接到周景扬的电话。

电话接通的时候连称呼都省掉了,像是审犯人一样张口就是质问。周行叙观察着路况,回答起来的语气听着漫不经心,所以显得有些故意。

"你不相信我说的'没什么',就自己去问她呗。"周行叙笃定薛与梵懒得搭理周景扬。

事实也是如此,等他挂了电话在家里补完觉之后,连霍慧文都打电话来问了,说周景扬好端端的怎么突然身体又不舒服了。

周行叙拿着手机进浴室洗澡,那是周景扬从小胡诌的话,不顺他心意了就用这招,屡试不爽。

周行叙随口敷衍着霍慧文:"不知道,可能是碰见不干净的东西了吧,还是太爷爷太奶奶又找他了?"

霍慧文有点封建迷信,想了想觉得小儿子说得有道理,商量着准备带着大儿子去烧个香。

薛与梵在宿舍补觉到中午,她们宿舍关系都很不错,她睡觉的时候也没有特别吵的动静。等她睡醒之后,床边露出半张脸,小八踩上了椅子,问她要不要吃饭:"我们去食堂,要不要给你带饭?"

"麻辣香锅,微辣,深谢大恩。"薛与梵抱拳作揖。

宿舍买饭的去了两个,剩下坐享其成的是方芹和薛与梵。

方芹听见薛与梵和小八讲话,知道她醒了。摘了耳机拍了拍薛与梵的床头:"你今天早上怎么回来了?"

当时化妆打扮给自己找的借口就是要回家住,现下真是搬起石头砸自己的脚,薛与梵顿了一下才开口:"我爸妈不在家,还不如回学校和你们待在一块热闹呢!"

方芹知道薛与梵家的情况,她爸爸是做生意的,一年到头都很忙,她妈妈是补课中心的老师,每个假期和周末也见不到人影。方芹没多疑:"也是,大家待在一起热闹一点。一个人在家太冷清了。"

薛与梵洗漱完吃午饭的时候,想到要给小八转钱,站在椅子上去够床上的手机,未读消息不少。

都是周景扬的。

今天早上周行叙送自己回来被他看见了。

早上八点,一个很暧昧的时间点。薛与梵老规矩无视他的信息,翻着列表去找小八。

下午她在宿舍看看电影画画稿子,翻个身下床去上厕所才发现外面天又黑了。

周行叙他们晚上还有演出,薛与梵没去。洗过澡之后一身清爽地坐在下铺的位置上看他发的朋友圈动态,顺手给他点了赞。

然后退回到聊天列表等他的消息发过来。

三分钟,点完赞后周行叙给她发消息的时间。

比她想象中还短的时间。

周行叙:醒了?

薛与梵:上午就醒了。

给他回完消息,薛与梵把早上带回来的苹果洗了一下,拿着滴水的苹果去找小八借水果刀。小八头上裹着干发帽坐姿洒脱:"你也开始减肥了啊?"

"白天运动量太少,总觉得有点积食。"薛与梵接过水果刀又返回卫生间把水果刀也冲洗了一遍。

"也是,积食是真的不舒服。但是……"小八身子朝后仰,揶揄起了她,"你哪里来的苹果?昨天回家一趟就带回来一个苹果?"

薛与梵哽了一下,手一抖,长长的果皮被削断了,掉进了垃圾桶里:"就……长得漂亮,路上被人搭讪送了个苹果。"

小八扯了扯嘴角,感觉是自己给自己找打击:"行,当我没问。美少女的事情我少管。"

薛与梵削完苹果后,把水果刀洗干净用纸巾擦干水分之后还给了小八。看她在看综艺,饶有兴趣地站在旁边啃了大半个苹果也看了好一会儿。

还是方芹洗完澡听见薛与梵手机在振动,提醒她:"梵梵,你手机在振。"

薛与梵将果核丢进垃圾桶里,拿起手机看见语音通话上的备注,像一个炸弹在心里炸开了似的。

抽张纸巾擦了手之后,披上羽绒服拿着手机去了阳台接电话。

她们宿舍全是单身的,平时有电话不是父母就是外卖、快递或是售楼的推销电话,都是一些待在宿舍里面就能接听的电话。小八第一个反应过来,趴在宿舍的移门上,将八卦的本质从头至尾贯彻起来。

方芹的面膜都没有来得及贴服帖:"什么情况?男人?"

小八贴在玻璃门上,什么都听不见:"这什么宿舍?左边吵、右边吵还有上面吵都听得清清楚楚,怎么阳台搞这么隔音?"

薛与梵在睡衣外面穿了一件长款的羽绒服,羽绒服只到小腿处,剩下的脚踝和半截小腿在寒风里瑟瑟发抖。

电话那头环境很安静。

薛与梵握着手机撑在阳台的栏杆上:"你那边怎么不吵?"

"出来给你打的这个电话。"说着,薛与梵听见电话那头传来打火机的声音,薛与梵甚至能想象到他吞云吐雾的样子,"我哥来烦你了吗?今天早上送你被他看见了。"

"烦了。"薛与梵老实说,"我没理。"

那头笑了两声,就此两边都安静了,寒风灌入羽绒服,薛与梵往没风的移门处站了站。

电话那头的人咳嗽了两声,她听见洗手的水声。

薛与梵换了只手拿着手机,将被风吹凉的手放进口袋里暖和一下:"我今天下午刷学校论坛,在元旦晚会节目单上看见你们的名字了。"

他问:"你去看吗?"

元旦晚会,薛与梵去了。

那通和周行叙的电话被薛与梵糊弄过去了,她胡诌是一个同学要把弟弟送进薛与梵妈妈的补课中心去补习。

正巧要赶上寒假,大家也都没有怀疑。

三十一号下了课大家都要回家了,虽然说是元旦晚会,但是三十号晚上就开始了。宿舍有小八,这种活动不可能少了她,等她随口在宿舍问起有没有人要一起去的时候,薛与梵顺坡下,说是可以陪她一起去。

幸好三十号她们下课还算早,去的时候还有几个好位置,虽然比不上前排正中间,但也好过蹲过道。

小八从口袋里抓了一把巧克力给大家分了垫肚子:"今天帅哥的节目时长不拉满都对不起我今天饿着的肚子。"

薛与梵没要巧克力,她今天和方芹是吃了晚饭过来的,结果吃太着急,现在总感觉最后一颗丸子卡在喉咙口了。

会议中心里已经坐满了人,薛与梵拧开矿泉水瓶,喝了两口水想把晚饭压下去。她脚边还放着一个纸袋子,小八跷二郎腿的时候没注意,不小心踢到了。

小八狐疑地朝下看:"梵梵,你带了什么东西?"

"没什么。"薛与梵将袋子拿起来放到自己腿上。

里面是周行叙之前借给自己的那条围巾,薛与梵昨天才从干洗店拿回来,她准备今天找机会还给他的。

他们的节目很靠后,等得小八都已经靠在薛与梵肩头睡了一觉,最后在一阵掌声中惊坐起,擦了擦嘴角的口水,一惊一乍地问薛与梵自己是不是错过了。

"没有。"薛与梵帮她理了理头发,"下一个就是了。"

话音刚落,四下的灯光暗了下来。

在一阵窃窃私语和突然冒出来的大胆高声表白之中,幕布慢慢拉开。

学校论坛有一个没有科学依据,且楼主发帖的时候说过不负任何法律责任的帖子。帖子说每次运动会结束后或是学校各种文艺汇演结束后总能迎来一波恋爱配对率的小峰值。

帖子写得玄乎极了,但薛与梵看了之后想这不就是传说中的滤镜吗?

会运动、会乐器、会唱歌的男女生总能为自己加分不少。

周行叙今天拿的不是那把黑白拼色的吉他,换了一把原木色和黑色撞色的吉他。

衣服是件很挑人穿的宝蓝色卫衣,衬皮肤的一个颜色,黑色裤子,脚上穿着一双某牌的黑白蓝拼色的球鞋。

他不是一个和观众互动的吉他手,但架不住那副好皮相站在那里就吸引人。

乐队的表演将活动气氛推动了起来,比商演的时间要短,三首歌之后他们就下场了。于是不少观众从下一个节目之后开始陆陆续续离开了。薛与梵拎着袋子借口去上厕所,回来的时候后排已经没有人了。

她没重新去找室友,而是随便在没人的后排找了个座位,有些同情台上卖力表演但只能眼睁睁看着观众慢慢离开的小品演员。

薛与梵看得算不上认真,旁边椅子有人坐下来的时候她就发现了。他在宝蓝色的卫衣外面加了件黑色的夹克,看见了薛与梵手里装着围巾的袋子,抬手捏了捏她那件大衣的厚度:"不冷?"

"宿舍离得近。"薛与梵把袋子递给他,"你等会儿还要开车走?"

"嗯。"周行叙接过袋子随手放在旁边,环顾四周,最后三四排已经没人了,"你一个人来的?"

"没有,和我室友一起来的。"薛与梵指了指隔壁半区靠前的位置。

周行叙:"位置挺靠前的,来得应该挺早的吧,吃晚饭了吗?"

"吃了。"但薛与梵想了想又说,"你呢?"

"没有。"

他正对着舞台坐,背景显示屏投出的光,越过几十排椅子最后照在他的脸上,光影因为五官而错落。

薛与梵朝他伸手,在小品搞笑的对话中,她声音不大,但四下无人,存在感很强:"走,带你去吃晚饭。"

他们摸黑从会议中心走了出去,周行叙指腹上有练琴的茧子,但掌心干燥,不像很多男生手汗严重。他手里只剩下一个随冬日夜风飘荡的纸袋子,袋子里的围巾又戴到了薛与梵脖子上。

不远处有还没走远的人,嗓门大得离得很远都能听见他们在讨论节目的精彩。

华灯初上,他的车停得不近,不靠近宿舍区,越走人越少。

两个人算不上并肩而行,薛与梵步子稍稍落后他一些,抬头望去只能看见他大半的背影。不过地上的影子有交叠重复的一部分。

夜风将衣角吹起,他看上去穿得也不多,但手掌心里热乎着,连带着薛与梵被握着的手也暖和起来了。

没在学校后面那条街吃晚饭,他开车去了最近的那个商场,还是上次的茶餐厅。薛与梵把围巾解下来放回袋子里,犹豫了一下,没把袋子再还给他。

今天餐厅里放的不是《旺角卡门》，是另一部粤语片《天若有情》。他们到餐厅的时候，已经播放到了结尾，吴倩莲一袭婚纱的奔跑镜头，不知道是多少女生曾经幻想过的场景。

周行叙依旧吃得不多，他好像是个机器人，吃得不多，也可以一晚上不睡。薛与梵本来就是吃饱了去看的演出，全程坐在那里也没有消化的机会，现在对着这一桌的菜，周行叙吃不了多少，她要是再不吃，就得浪费了。

从小奶奶就不准薛与梵浪费，她硬是又吃了一些，最后撑得走路都快不了。周行叙坐在对面，似乎喝水都喝饱了，他看了眼时间，随口聊起了她元旦的计划。

薛与梵靠在椅背上，手搭在肚子上，摸着今天的"战利品"。想了想往年："先去奶奶家吃饭，然后在家里睡两天就开学了。"

他又问了他们院的考试安排。

六门课，年前考五门，还有一门过完年后再考。考试时间也通知过了，比他们早一天考完。

周行叙若有所思地点了点头，问她有没有计划过年去旅游。薛与梵想到每年都得到奶奶家多日游，扯了扯嘴角："在地狱仰望光明。"

周行叙卡着门禁的时间点把薛与梵送了回去，进校园的时候，天空飘了几片雪花下来，和前两天平安夜夜里的雨夹雪不一样。

临下车前，薛与梵告诉他雪天小心驾驶。

今天他好像不着急走，等薛与梵走到宿舍楼下了，隐隐还能看见他的车灯。

薛与梵回宿舍的时候，方芹刚洗完澡，和她在宿舍门口撞见了："天啊，你跑哪里去了？给你打电话也不接。"

她在回宿舍的路上就编好了说辞："吃坏肚子，去学校医务处了。"

她吃得撑，慢慢走路的那副样子倒也像极了吃坏肚子的人。让食堂二号的砂锅店老板帮忙背了黑锅。

十二月尾巴落了一场雪,雪下了一天一夜,已经慢慢积了起来,首府的大雪也上了热搜,不过薛与梵这个在首府生活了二十多年的本地人一点反应都没有。还不得不提醒她爸来接她的时候注意雪天路滑。

薛老板是个慷他人之慨的好人,放了司机的元旦假期,自己开车来接她。可惜光辉的慈父形象没有维持多久,他开错了校区,历尽千辛万苦找到薛与梵后,在她宿舍楼下和人追了尾。

等双方解决完之后,薛与梵坐在副驾驶位上把玩着手机,忍不住说了她老爸一句:"都叫你注意雪天路滑了。"

薛老板自知理亏,用一千块钱封了薛与梵的口,让她别给她妈打小报告。薛与梵收了钱,望向车窗外的时候看见了背着书包往宿舍走的周行叙,猜到他们财管大概刚下课。从口袋里摸出自己的手机,点开了被公众号挤到下面的那个账号。

噼里啪啦打了几个字后,删删减减,最后发出去的时候就一行字。

薛与梵:雪天路滑,开车注意安全。

消息发出去之后,备注很快就变成了"正在输入中"。

周行叙:刚下课。

周行叙:你也是。

每个当爹的都会好奇自己女儿在和谁聊天,薛鸿晖开着车也没有忍住偷偷瞄了一眼,他看不清字,但也知道是微信的聊天界面。

"和谁聊天呢?"

听见自己老爸的话,薛与梵简单地回了周行叙一句"好的",就把手机收起来放回外套口袋里了。

薛与梵说是"同学"。

薛鸿晖不知道哪里来的直觉,总觉得不简单,忍不住用起了"此地无银三百两"的刺探之法。

胡诌的话张口就来:"我怎么听你妈妈说你最近喜欢上了一个外

地的男生?"

这话破绽百出,薛与梵知道老爸最好奇自己有没有谈恋爱。

偏偏女儿长大了和爸爸就是有点生分,很多知心的话宁可说给朋友听都不说给家长听,就是说给家长听也是说给她妈妈听,怎么都轮不到他这个当爹的。

薛与梵挑眉,憋笑:"是啊,就是老妈觉得那个男生,一米六、跛脚,是个瘸子不太好。"

薛鸿晖差点把油门当刹车,心里不信又担心这是真的:"真的假的?"

薛与梵继续逗着她爹:"你问问老妈呗。"

薛鸿晖这才听出是薛与梵在开玩笑,好不容易松了一口气。一回家就听见明明在车上收了他钱的"同党战友"在向"敌军出售情报"。

薛与梵还没进屋就扯着嗓子喊了一声"妈",小跑进厨房,朝向卉伸手:"妈,给我两百块,我告诉你一个关于老爸的秘密。"

她是从车库的小门进屋里的,闻见饭菜香味就往厨房里跑,也没有往客厅看。

向卉在厨房,油烟机的声音不小,等她听见女儿声音的时候,薛与梵已经跑了过来。薛鸿晖车里开着暖气,所以她把棉服脱掉了,内搭是故意做旧做破的 V 领毛衣,下摆塞在冬装的裙子里,裙子里面是条保暖的光腿神器。

向卉吓得锅盖差点没拿稳,表情复杂地给薛与梵使眼色:"你奶奶来了。"

薛与梵还没有反应过来这句话,客厅里的电视机被关掉了,一瞬间四周安静了不少,一道声音从客厅飘了过来:"回来了?"

薛与梵僵直在原地,被向卉半拉半推地带去了楼梯口:"妈,先叫孩子上楼去换件衣服。"

沙发上的人虽然白发苍苍但精神看上去好得不得了,不似七十多岁的老人。

她多年吃斋尊道，脸上没有面目可憎，说话从不吹胡子瞪眼睛，但就算一池春水一般，也叫薛与梵从小就不寒而栗。

"去换了吧，以后不要再穿这种衣服了。"奶奶挥了挥手，又补充了一句，"脸上也不要擦么红了，去洗把脸。"

薛与梵小跑着回了房间，从衣柜里面翻出一套衣服，脱掉身上的裙子和毛衣，将自己塞进那套略显土气的套装里。

手指上的戒指，耳朵上的耳钉全部取下来，家里有备好的卸妆水，她手上动作很快，没多久就把自己脸上的妆卸干净了。

再下楼的时候，正巧向卉准备上楼喊她下来吃饭。

奶奶已经坐在餐桌旁边了，扫了一眼薛与梵的打扮后叫她洗个手过来吃饭。

薛与梵应声照做，只是千算万算，她忘记自己手上涂了指甲油。

筷子一拿起来，奶奶就看见了。

还是那些翻来覆去说了很多遍的话，说起太姥姥年轻的时候那些女人，为了保命剪掉了头发，打扮更是没有的事情。

薛与梵低着头，但皱着眉，拿着筷子的手垂在桌子上，向卉坐在女儿旁边，捏了捏女儿的胳膊，叫她别顶撞。

但自己还是为女儿开口了："妈，梵梵这个年纪正是爱美的时候。身边的同学都打扮，现在时代不一样了。"

"前两天不还有女孩子上新闻，时代变了，但是混账的人一个都没有少。"奶奶坚持道。几十年的观点了，没有办法被逆转。

最后还是薛与梵松了口说："明天一定去店里把指甲油卸掉。"奶奶才没讲话。

那顿饭有薛与梵爱吃的蛋黄鸡翅、糖醋小排，最后她却一点味道都没有尝出来。

薛鸿晖送老母亲回家，薛与梵站在厨房帮向卉洗碗，看着布满油渍的碗更打不起精神了。

向卉从她手里拿过洗碗球:"去休息吧。"

手里的洗碗球易主了,薛与梵没走,靠着料理台看着厨房明晃晃的灯:"妈,我奶奶是这样一个人,你当初为什么还愿意嫁给我爸?"

"因为你爸很尊重我,你奶奶是不好,但是那些不好的经历让她把你爸爸和大伯都教育得特别好。再者我是嫁给你爸爸,不是嫁给你奶奶。你爸爸也不是个愚昧愚孝的人,他会听我的话。"向卉看出女儿的不开心,也理解女儿。人生就一次的二十岁,这个年纪要是灰头土脸,以后回忆起来都是遗憾。

"放寒假我能不去奶奶那里吗?"

向卉刷着碗,说:"我和你爸爸寒假都要忙,寒假是我们补课中心最忙的时候,到时候你一个人在家里早上不起晚上不睡,顿顿点外卖。去你奶奶那里,至少每顿都是当顿吃的,早睡早起,身体也好。"

仿佛是看一本书,已经被剧透了结局是悲剧。

薛与梵闷闷不乐地回到了房间,第一件事就是把身上那件丑死的衣服脱掉,扔在床上,泄愤地来了两拳。

两拳打完之后,卸力一般地倒在了床的另一侧。

手机有软件在推送消息,薛与梵拿起手机,将消息随手滑掉,点开购物软件又报复性地买了两条小裙子。

一条比一条颜色亮,一条比一条裙子短。

最后等头脑清醒了,才发现裙子都是夏天才可以穿的。

无力地起身去洗澡,洗完澡回来,宿舍群里热闹得不得了,小八家附近还没有禁烟花,她在宿舍群里发了好几段烟花的视频。

首府的城区已经禁烟花好几年了,薛与梵也很久没有看过烟花表演。扬声器里传出噼里啪啦的鞭炮爆竹声,她看了几秒就从视频里退出来了。

正准备打字的时候,看见大拇指上好看的美甲,心有不舍地从聊天界面切出去,拍了张美甲照片发了条动态。

也没配字，就配了个心碎的表情。

卧室门外传来妈妈的声音，向卉给她切了盘水果，又端了杯水。薛与梵起身去接："妈，你和我说一声，我自己下楼去拿。"

时间对于青年人来说还早，但是对于即将奔向半百的人来说，白日里上班的疲倦已经使人产生了不少的困意："别生气，吃点水果就赶紧睡觉，明天还要去你奶奶家吃饭呢。"

薛与梵有气无力地"哦"了一声，重新关上卧室门，被她随手丢在被子上的手机亮起屏幕。

薛与梵没有那么多计较的，直接把果盘放在床上的电脑桌上，坐在床上一手拿着叉子开始吃，一手戳着手机屏幕。

是周行叙的消息。

周行叙：难过什么？九阴白骨爪没有练成功吗？

他说的是自己那张美甲动态的照片，薛与梵有的时候想，她就是双标，他不解风情她不生气，换作他哥就不行。

薛与梵：不觉得我的美甲很好看吗？

周行叙：好看，所以你心碎什么？

薛与梵把叉子重新插在蜜瓜上，朝着床头靠过去，打字回他。

薛与梵：为现代封建糟粕心碎。

消息发过去，他好久没回。

等薛与梵慢慢培养出睡意了，他传过来一段视频，也是烟花。

薛与梵听着扬声器里发出来的鞭炮爆竹声，视频里有产生的白雾，拿着根烟站在镜头里的人不是他，是他们乐队的一个人。

不是多璀璨好看的烟花。

甚至还没有小八放出来的烟花阵仗大，但她从头看到了尾。

视频看完后，他电话也打来了。那头已经没了烟花绽放的响声，反而听见汽车关门声。

薛与梵从床上坐了起来，视线落在面前的折叠电脑桌上，拿起金属的叉子，漫不经心地把玩了起来："首府很多地区不是已经禁止放烟花了吗？"

不知道是不是上了车，空间变化的原因，导致他说话的声音和平时听上去有些不一样："我在郊区，再开十分钟的车就要到隔壁省去了。"

"都快要元旦了，你不在家感受亲情？跑郊区去放烟花？"

电话那头传来他的笑声："你在家感受亲情不也心碎了吗？"

拌嘴没说过他，薛与梵赌气地来了句"挂了，我要睡觉了"。电话那头一时间没了声音，薛与梵不知道自己在期待什么。

期待他来一句"别挂"或是"再聊聊，陪陪我"吗？

不过，薛与梵幸好没有期待。他只是沉默了一会儿，说了句："好，那你早点睡，我也准备回家了，晚安。"

她这种人，其实很适合谈恋爱，不会因为恋爱中的生气冷战而睡不着觉吃不下饭。薛与梵和周行叙挂了电话之后，吃掉了一盘水果，然后一觉睡到第二天早上向卉来喊她起床。

人的一生不一定会遇见真爱，但都会遇见睡醒找手机的时候。

薛与梵一边嘴上应着卧室外的向卉，一边眯着眼睛用盲人摸象那一套手法在伸手可及的地方摸找着手机。

锁屏上的时间已经跳转到了新的年份，薛与梵清除着通知中心的应用程序推送消息，当微信出现的时候，她还是下意识地点了进去。

在一众祝福里，他的头像和备注都不是最突出的。

但黑色的像素小点堆积出的那三个字，比起他带着花里胡哨emoji表情的备注还容易夺走薛与梵的注意力。

当她重新点开微信后，滞后的推送消息这才亮出横幅通知栏。

周行叙：新年快乐，薛与梵。

十六分熟

元旦假期结束，返校的学生拖着大大小小的行李箱从地铁、公交车上下来。

原本学院之间隔得就不算近，薛与梵好久都没有碰见周行叙，连平时阴魂不散的周景扬都不见了。

也轮不到她去张贴"寻人启事"，一大堆能冲平均分的作业要做，薛与梵这种平时也不算偷懒的人都有些忙。

当小八第五次佯装"跳楼"时，终于消耗光所有室友的演技和配合度，她发现没有搭戏的配角之后，就一个人啃着包子，骂着苍天无眼。

"三十张画，等我画完了，图书馆后面那条巷子里站街的女人伺候十个客人后跟我掰腕子，我说不定都输给人家。"小八瘫在她的沙发椅里，发着牢骚。

方芹画完一张，起来活动身体："小八你快点画吧，老王的作业你完不成，就等着他真变成抽皮条的老爹。"

薛与梵还算比较轻松，问她们要不要喝咖啡的时候，小八顶着一副随时抽刀切腹自尽的表情看着薛与梵："梵梵，你都不觉得痛苦吗？"

薛与梵点了杯厚乳拿铁把拼单消息发到了宿舍群里："不会有人平时一点作业都不写吧？"

方芹朝她砸了一包虎牙脆小零食："你可闭嘴吧。"

薛与梵笑盈盈地接过了抛过来的零食，从架子上拿下饼干盒子，开了盖子在宿舍发了一圈，趁机活动一下筋骨。

咖啡的外卖来的时候，薛与梵被使唤，她也没有异议，裹着件棉服和外卖小哥说了声"稍等"就下了楼。

熟人倒是遇见了一个，是之前还一起吃过一次饭的钟临。

她和一个室友手挽着手，在讲话。两个人不知道说什么，擦肩而过之后，薛与梵都快要走到宿舍楼门口了还听见她们两个的笑声。

薛与梵权当作一段无伤大雅的小插曲。

忙了大约一周之后，他们院开始考试了。小八卡着死亡线在全宿舍的帮助下，终于把老王布置的作业交了。

她抱着薛与梵的脖子，在她耳边高歌了一曲《感恩的心》。薛与梵被抱得有点呼吸不过来，不知道是她抱得太用力，还是歌声太让人窒息。抬手拍着小八的胳膊："你这个调子跑得……"

薛与梵嫌弃地揉了揉耳朵，继续说："博尔特都追不上。"

毕竟是帮自己完成作业的"再生父母"，小八捧着薛与梵的脸，硬要送上一吻："今天中午我请客，想吃什么？我去给你们买饭。"

宿舍其他人也没有和小八客气，薛与梵换掉脚上的室内棉拖鞋："我跟你一起去吧。"

叫她一个人拎四份饭回来，薛与梵也于心不忍。

小八在路上把她夸出了花，薛与梵叫她打住："溜须拍马，谄媚至极，有失艺术家风范。"

小八挽着她的胳膊："没有办法。爱意如泉涌，遏制不住。"

薛与梵笑道："你不是也挺会撩人的吗……"

话说到一半小八就抬手打断了薛与梵接下来的话，她百分之一百二十一是要说她第一次表白那件事。

小八这辈子就表白过一次，那一次就足以载入史册。

那个男生薛与梵认识，和薛与梵的初恋前男友还是好朋友，两个人总是一起打球。小八就是有几次陪薛与梵一起去看她前男友打球，于是目光锁定了总是和薛与梵前男友站在一起的男生。

两个人接触了一个月之后，不冷不热。小八就让薛与梵帮忙旁敲侧击地问了好几次，最后在一次宿舍醉酒后，小八自己拿起手机拨通了那个男生的电话。

醉醺醺地说出那句惊世骇俗的"名言"。

——"哥哥,你这么喜欢打篮球,那你知不知道妹妹比篮板好上。"

第二天小八带着社会性死亡的心情,发现自己被那个男生拉黑了。

薛与梵还安慰她:"至少这个男生不是随便的人,他不占你便宜,不是那种先骗小姑娘干坏事,心里却不爱的人。"

小八顶着宿醉的憔悴,反问:"难道不是因为我长得不像你那么好看吗?"

后来这件事就告一段落了,没多久薛与梵和她前男友也分手了,再过了一段时间他们也毕业了。

离宿舍最近的食堂很热闹,薛与梵照旧给自己买了一份炒饭。从排队的队伍离开准备去旁边帮方芹买炒河粉的时候,小八给她指了个方向,望过食堂不太整齐的桌椅,她看见了许久没见的一个人。他坐在角落的位置,戴着耳机。

一手拿着筷子,一手拿着手机,吃得一点都不专心,也不尊重消化系统。

昨天夜里落了雪,今天早上出了太阳,阳光此刻穿过靠窗的玻璃,落在他四周。只是雪后的太阳暖意不足,就像他此刻朝四周散发的气场一样。

小八和薛与梵排在长长的买炒河粉的队伍里,小八视线一直落在周行叙的方向:"他怎么来这边的食堂了?"

薛与梵不知道,但觉得大概是在等人。

上次看他这样等人是他在三号食堂和女生分手,这次薛与梵不知道,里面不确定因素太多。

薛与梵和他也好久没有联系了,他好像很忙,朋友圈也处在停止更新的状态。薛与梵之前一直觉得是因为考试周,也许他们不能在考试周出去商演。

现在看他这么等人,停止更新的原因似乎没有那么简单。

买炒河粉的队伍移动缓慢,和他吃东西的速度差不多。对菜挑挑拣拣的,最后干脆把筷子放下了,倚着椅背朝着前方抬眸。

薛与梵站在他的视线里,只是四周人群停停走走。等周行叙再出现在薛与梵视线里的时候,不知道在哪个窗口排了很久队伍的钟临端着餐盘坐在了他对面。

她不会唇语,也没有顺风耳,不知道他们在说些什么。

两个人聊天的样子,不像是突然的偶遇。钟临也住宿,这个食堂离宿舍楼最近,他应该是来找她的,没错。

薛与梵不知道他们聊了大概多久,可能是两份炒河粉出锅打包的时间。薛与梵按照方芹的口味帮她加了凉菜和辣椒。和老板说完"谢谢"转身要走的时候,周行叙正好也端着餐盘起身,只是马上就可以一起下楼的机会被钟临破坏了。

钟临抓着他的外套衣摆,没松手。

越走近他们,就越靠近楼梯口,就离餐盘回收的地方越接近,不锈钢餐盘碰撞的声音淹没了钟临和他的声音。

薛与梵最后落了一眼在他们身上,然后头也不回地下楼走了。

回宿舍后,她的手机一直保持着安静,手机似乎比她这个处在考试周的学生还懂"人情世故"。

她托着腮看着黑屏的手机,四个小时之后她意识到自己想太多了,期待收到周行叙的消息是一件很愚蠢的事情。

日子一天一天地过。

等最后一门考试结束,薛与梵准备去图书馆把借阅的书都还掉,宿舍其他几个人因为要赶去车站,所以她们都慌慌张张地整理着行李,薛与梵二话没说帮她们去代办了还书。

每个学院考试、放假时间不一样,自习区埋头翻书的学生不少。分分钟都能看见一个因为《民法典》抓头发的法学生,也有因为"中国新闻史"而戴上痛苦面具的新闻系学子,最后含泪和医学生抱在一起讨论考试周是什么,他们只知道考试月。

薛与梵还完书之后,想了想还是准备再借两本书带去奶奶家看。

来图书馆次数多了,书架的位置熟悉得不得了。

薛与梵看着最上排的书,退堂鼓已经敲了起来。实在不行就当作有缘无分,不是她不想好好学习。

正打算打道回府,回去路上不用抱着书就可以解放双手去吃一份关东煮。她要加多多的魔芋丝,这个计划仅用五秒钟就建立了起来。

但破灭似乎更快,周行叙背着书包,不知道什么时候出现在她身后,因为图书馆里的暖气,他单穿了一件卫衣:"又要拿什么书?"

薛与梵听见他声音本能地回头望去,他臂弯里搭着外套,鼻梁上还架着一副眼镜。头一次见他戴眼镜,他额前的碎发有点乱,卫衣的袖子扯到了前臂上,青色的血管格外得显眼。

"不知道,想随便借两本。"

他"哦"了一声,朝着她走过来:"那我随便帮你拿两本?"

薛与梵说都行,侧身给他让了书架前的位置,人移动搅乱了空气中悬浮的灰尘颗粒,空气流动,将香氛分子带进她鼻子里,淡淡的雪松味道。

"你今天来图书馆复习了?"薛与梵微仰着头,有些不习惯地看着他那副眼镜。

"嗯,明天还有两门课要考。"周行叙把书拿起来,灰尘正好落在仰着头的薛与梵的脸上。

薛与梵立马捂着口鼻开始打喷嚏。

周行叙把书拿远了一些,伸手挥了挥四周的空气,等她停止了打喷嚏时,再抬头就是因为打喷嚏而像是哭过一样的眼睛。

周行叙是个男生,没有随身带纸巾的习惯,摸了摸口袋也的确没有。他把书拿到另一边抖了抖,拂掉了上面的灰尘。再拿书的时候自己还没有提醒她,薛与梵就用袖子捂住口鼻,躲开了一些。

办理完借书手续，外面的天灰蒙蒙的。

周行叙看了眼时间，之前吃饭的时候两个人就说过彼此的考试时间，周行叙知道她比自己早一天考完，只是不知道她哪天回家。

"我爸今天七点才来接我。"

周行叙说"好"。出了图书馆，他将卫衣的袖子放下了："那还来得及一起去吃饭。"

两个人今天没去附近的商场，而是从学校北门走的，直穿学校后街。

这个时间快到晚饭点了，但是托考试周复习的苦和冬日的冷，大部分人宁愿节约时间偷懒点外卖。

店里没人，薛与梵说她请客，举了举手里的书："就当是谢谢了！"

"那你的钱也太好骗了。"周行叙笑道。

薛与梵哼了一声，扭着头看着红底黄字贴在墙壁上的菜单："这叫积德行善，希望今年不要挂科。"

点完餐之后，薛与梵发现他不知道什么时候已经把眼镜取下来了，拿着眼镜腿不太熟练地包在眼镜布里，薛与梵看不过去了，伸手拿了过来。

薛与梵自己是戴眼镜的，包眼镜的手法比周行叙还是熟练一些。

她度数不算特别高，两百度，不戴眼镜也可以。像上发展史这样的文化课或是没化妆的时候会戴眼镜，其他的时候就像没近视一样。"不过，你们不是还没有考完试吗？你都不着急回家好好复习吗？居然还叫我一起吃晚饭。"

他说笑："有句话叫作'临时抱佛脚，越抱越蹩脚'。"

这话在考试周说出来很晦气，薛与梵"呸呸呸"了三声："也有一句话叫作'临阵磨枪，不快也光'。"

"看来你对我了解不太深。"周行叙说他智商其实还可以。

薛与梵想到他以前在三中念书的，有句话叫"进了一三五七九，大学完全不用愁"。初中想升"首府五小强"念高中也不是一件容易的事情，要看成绩、要看户口还要看有没有学区房。

他是财管的，折磨了几届人的西方经济学，周行叙当年拿了全系最高分。

薛与梵知道这件事，因为那次西方经济学挂科率太高，老师在论坛上被骂了好久。她抱着事不关己高高挂起的心态，欣赏着别人的痛苦。

正要夸他两句的时候，只听见餐厅的门帘被掀开，周行叙先是一愣，然后抬手，朝着薛与梵身后挥了挥手。

薛与梵回头的时候，进餐厅的那个男生正好摘掉御寒的帽子。

是唐洋和左任。

"这么巧？"左任朝着他们走过来，拉过周行叙旁边的椅子坐了下来，"拼个桌。"

唐洋走在后面，剩下的位置只有薛与梵旁边了，他倒是有点不好意思了，看了一眼周行叙："你们两个对我这么好？留给我和美女坐一块的机会？"

周行叙瞥了他一眼，没讲话，给了他一个"见好就收得了"的表情。

这家小饭馆上菜速度不快，大概是外卖订单太多了。

唐洋跟老板点完菜之后，抽了张纸巾擦桌子，冷不丁提了钟临："那件事搞定了没有？"

周行叙："还没。随她去。"

薛与梵竖起耳朵没讲话，乖巧地当个听众，只是这八卦没头没脑的。突然想到了考试周开始之前在食堂看见周行叙和钟临，不知道是不是和那件事有联系。

左任是够讨厌的，他做个抽烟的手势，把他们喊了出去，薛与梵听不到后续八卦了。他说："反正上菜慢，来一根。"

三个人拿着打火机和烟出去了，从玻璃门望出去，三个人站在路灯下。白烟在他们嘴边上升，店铺外面的门店招牌彻底消失不见了。

抽烟的时候话题应该不怎么愉快，唐洋情绪有点起伏，大约是接着之前钟临的话题。

一根烟的工夫,上菜的时候周行叙也进来了。

店里鹅黄色的灯光将他的影子投到白色桌面上,旁边的椅子被扯开,寒意且带着烟草的味道漫在薛与梵的左手边。

因为这顿饭多了对面两个人,薛与梵就埋头吃自己的。四个人是一起出的店门,周行叙问要不要送她,旁边唐洋多听了一耳朵:"我们帮你把她送到宿舍楼下,你又不顺路,就放心吧哥,不会把你的人弄丢的。"

天黑了,雪天路滑,薛与梵也想他早点回去。站在唐洋他们身后,朝周行叙挥了挥手:"你回去吧,路上小心。"

薛与梵和他们两个也说不上多熟,回去路上他们还在说钟临,这回有了个头,好像是钟临签了个不靠谱的卖身契合同,现在要么是不当个人一样地拼命唱歌,要么就是赔违约金。

食堂那次是她找周行叙帮忙。

左任他们一直走在薛与梵前面,没怎么和她说话,但就像他们向周行叙保证的一样,把她送到了宿舍楼下才走。

放了寒假之后,薛与梵住进了奶奶家里。

除了每天早睡早起,穿着奇丑无比的衣服,其实在奶奶家也没有什么不好。只要不触及奶奶的禁止事项,一整天坐在楼下画画、看书,也惬意得很。只是免不了听了一周的经文,她现在甚至幻听能听出大悲咒。

我佛慈悲,就是这"福地洞天"不适合她这个年轻人。

最近隔壁姐姐给儿子过生日,她是个离异了的女强人,母亲去世后,父亲也再婚了,今年儿子生日只有他们母子两个。

奶奶允许了薛与梵去隔壁吃蛋糕。

只是那个蛋糕坯里夹心的水果带了菠萝。

薛与梵是个对菠萝过敏的人。她本来就是一个贪食的人,不看见蛋糕还好,现在看见了蛋糕还吃不了才是最痛苦的。

但菠萝是小寿星最喜欢的水果,薛与梵给他拍了张寿星照片,照片里他抱着薛与梵送的玩具车,露出少了一颗门牙的标准"八齿"笑容。

她把照片发了朋友圈。

"直到你告诉我你最喜欢的水果是菠萝之前,你都是全世界最棒的小孩。"

他妈妈看见了薛与梵发出来的照片后,考虑着要不要用修图软件里的画笔帮他画一颗牙齿,以此保护一个五岁小男孩未来的择偶权。

薛与梵没在邻居姐姐家待得太晚,卡着奶奶的七点门禁回去了。奶奶洗过澡了,手里盘着佛珠坐在客厅的沙发上,听见开门声后看了眼墙壁上的钟,确定薛与梵没有超过规定的时间后,没有生气。

客厅的电视机里正在放某个城市的一名失联大学生的新闻,奶奶嘴里念念有词着,大约是在给人祈祷。

新闻里的主人公是和异性友人一起旅游时出现了意外。薛与梵刚看见新闻的时候就知道,免不了要听奶奶说两句。

"你们总是觉得我啰唆,多管闲事。你看看太平吗?你要是出什么事情叫我们怎么办?"

薛与梵嘴巴上"嗯"了,但腹诽着保护归保护,也用不着这么极端。不准打扮不准晚归,不准和男生说话甚至是一起出去玩。

小时候她在奶奶身边甚至没有穿过裙子,奶奶会说你改变不了内里坏掉的人,只能尽全力保护自己。

她小时候要是不听话,还会被奶奶恐吓:"要是你非要穿裙子,那我就去后院拿抔泥巴抹在你脸上,让你非要好看。"

这种话薛与梵从小听得特别多,尤其是当附近有个和她同龄的女生在初中毕业后见网友,跟人跑去了外地。

"去洗澡吧,早点睡觉。明天早上吃油条和豆浆。"说完,奶奶关掉了电视,慢慢起身回了房间。

薛与梵睡在二楼,房间不大,小时候寒暑假过来住就一直睡在这里,她甚至还记得书桌后面的白墙上还被她用铅笔写过讨厌奶奶之类的话。

洗过澡她下楼倒水喝的时候,楼下已经是一片漆黑了,只剩下奶奶卧室门缝透出来细细的一条光。

八点多,照例给向卉发了个日常闲聊的视频通话。向卉看见她朋友圈了,知道她今天去隔壁邻居家吃了蛋糕,还没来得及和女儿聊两句,浴室里的老薛开始喊了:"帮我拿个换洗的衣服。"

向卉:"你洗澡东西不准备好,洗什么澡?"

今天的视频电话结束得格外早,薛与梵从和向卉的聊天界面退出去,看见了朋友圈上的红色数字。全部都是点赞评论她今天发的那条邻居家小孩生日照片的动态。

留言的人不少,只可惜周行叙只点了个赞。

自从寒假开始之后两个人就没见过面,也没聊过天。

没有演出,他的朋友圈就很安静,和周景扬被蚊子咬了都要发出来的性格简直就是两个极端。

一个点赞没法让他们时隔一周多了开始聊天,薛与梵从微信界面切出去,戴上耳机随手点开一个电视剧。

她看电视剧向来是无所谓电视剧的质量,好看就是赚到,不好看就当是培养睡意了。

怎么着都是不亏的。

当时她这么说,小八说她年轻:"等你看见那种剧情人设能把你气死的电视剧,你就知道什么叫作'越看越激动'。"

但薛与梵自诩是个看淡的人,flag(此处指"目标")高高立起,今天还是被打脸了。

正准备用键盘加入评论区嘴炮大军的时候,手机屏幕上有推送横幅跳出来。

已经是滞后了十几分钟的消息。

周行叙：你不喜欢吃菠萝吗？

一瞬间，战斗状态解除。薛与梵从视频软件退出去，看着十几分钟前就发过来但是自己一直没有看见的消息，瞬间把电视剧抛之脑后了。

薛与梵：我对菠萝过敏。

消息发过去后，他没有秒回。

薛与梵随手刷着微信等待着消息，无意间刷到了他半个小时前发来的"心碎"表情的朋友圈动态。

重新点开周行叙的头像进入对话框。

薛与梵：你心碎了？

薛与梵：心碎什么？怎么？你九阴白骨爪也没有练成功吗？

消息发过去后，回复没有收到，他电话倒是来了。

他"喂"了两声，解释："我在开车，回消息不方便。"

"哦。"薛与梵拿着手机，心跳因为几秒前突然跳出来的通话界面而加了速，想说可以等他不开车了再聊，但话到嘴边又变了，"潇洒啊，不像我们这些家里还有门禁的。"

周行叙："蛋糕吃了还不开心吗？"

薛与梵叹了口气："没吃，蛋糕里有菠萝。"

周行叙在开车，半个小时前他忍无可忍地摔门出去了，霍慧文在喊他："小叙，你哥哥身体不好，你爸说得也没有错，你就让……"

屋里是他爸爸的斥责："让他走，走了就别回来了。"

他干了小时候最想干的事情——吵架就离家出走。

现在他二十多岁了，可以打点行装上路，想去哪里就去哪里。车载音响里传来薛与梵的声音，虽然只有声音但也能想象到她此刻的小表情。

她在手机那头说着人类进化这么伟大居然没有进化掉过敏。

想见她。

这个念头产生的那一秒，如同从手电筒照出的光，如同亿万个分子的迸发，一发不可收拾。

就现在，去见她。

"薛与梵。"

"嗯？"薛与梵被他打断了话，"怎么了？"

"给我地址。"

客房的窗帘没有拉，树影绰绰，光秃秃的枝丫投出来的影子如同恶魔之爪。但"光明哨卫"出现，车灯光出现在窗外的那一刻，薛与梵从床上下来，拿起棉服趴在窗口确定了外面那辆黑色车是他的之后，她蹑手蹑脚地从房间出来，却被周行叙告诉她自己到楼下的短信吓了一跳。

手忙脚乱地把手机静音，轻手轻脚地换上鞋，开门再关门。

他站在车边，身上的黑色衣服，很好地融入夜色之中，除了手上那个粉色盒子。

薛与梵认出那是在一中旁边买的蛋糕："给我带的？"

"不然呢？"周行叙把盒子递给她，给她拆了把一次性的叉子。

薛与梵小心翼翼地拆开盒子，看着和奶油以及蛋糕坯相互成就的草莓，竖起大拇指："这才是蛋糕。"

她吃了一大口，满足的小表情藏不住。

夜里温度降到了零摄氏度以下，讲话的时候白气就会出现。周行叙看着她吃，抬手帮她把棉服的帽子戴起来："好吃就行，不枉费我开了一个小时的车过来。"

奶油在嘴里融化开了，这话的杀伤力很大。

"就为了给我送个蛋糕？"

周行叙："顺便见你一面。"

说完,周行叙就看见她的表情变了,先是像网上特别流行的"地铁老爷爷看手机"的表情,很快她放过了自己的五官,表情还是不信之余带着些惊讶的欢喜。

但薛与梵心里还是有点数。

她并不觉得自己有多了解周行叙,但能猜到一些些:"是不是周景扬又抢你东西了?"

——所以你不开心,所以你想来折腾我?

周行叙瞳孔一颤,不久前家宴上的事情再次浮现在脑海里,霍慧文叫他让,却从来不觉得是周景扬在抢。

只有她觉得是周景扬在抢他的东西。

帮她戴帽子的手还在她脸颊边,五指越过帽檐,指腹慢慢抚上未施粉黛的脸颊。粉色的唇边沾着奶油渍,她感觉到了自己脸颊上的手指,茫然地从蛋糕的美味中抬头看着他。

雪松味压境而来。

他的唇有点凉,尤其是在炽热的鼻息对比下。薛与梵僵直在原地,呼吸停止,唇上的凉意转瞬即逝,她感觉到下唇被包裹在一片温热潮湿之中。

身体之间的距离骤减,薛与梵下意识地推了一下他,掌心下是异性有些硬的胸口。

周行叙没防备,被她推了一下,他松了口,但人没有离开,脸还停在她几厘米外的地方和她对视:"怎么了?"

薛与梵感觉到他说话时,呼出来的气洒在自己脸上,脸颊一热,开口,丢人地开始结巴了:"蛋……蛋糕,你靠过来……蛋糕要掉了。"

说完,吻重新落了下来,续上了刚才的动作。

薛与梵感觉到手里的蛋糕易主了。他随手把蛋糕放在车顶上,手臂搂上她的腰肢,将人往自己这边带。

鹅黄色的路灯即便四下无人也会亮着,它投了一束光在他们身上,仿佛舞台的聚光灯。

不得不说,周行叙吻技很好,他会收着牙齿,不会一开始就大开大合,循序渐进很有一套。薛与梵这个没接过几次吻,而且以前体验感还极差的人,终于体会了一把什么叫作"腿软"。

垂在身侧的手,不由得扶上了他的手臂。

薛与梵有些激动,身后是奶奶的房子,在夜晚还能借着路灯看清一个房屋的轮廓,那里是她从小的礼法教义,是她二十年来的墨守成规,是对她圈围了二十年的来自奶奶的封建糟粕。

而面前这个人,是离经叛道,是恣意妄为,是随心所欲,明知不可为还会去为之,他活着讲究一个从心,遵一个随意。

他来自薛与梵至今不曾踏足尝试过的另一个世界里。

他主动将扶在自己手臂上的手握住,沿着手臂找着她的手腕,再通过手腕找到她的五指,和她十指相扣。

雪松味渐渐染上别的味道,他结束时,薛与梵已经有些喘不过气了。夜色冲淡了薛与梵脸上的娇羞,她调节呼吸,注意到了自己腰后的手,也反应过来两个人刚刚做的事情。

接吻啊!

薛与梵强装镇定地看向他,然后竖起大拇指:"吻技不错,比我前男友好多了。"

周行叙笑,可能是因为自己在这方面赢了。抚摸她脸庞的五指有意无意地摸着她脸颊的软肉,他问:"喜欢吗?"

薛与梵无法违拗真实想法,点了头:"喜欢。"

"喜欢啊?"周行叙听到答案后,笑意更浓了,将她抱到车边,她后背靠在车门上,"喜欢的话,那我们就再亲一会儿。"

十七分熟

前男友以前说过薛与梵一次:"你为什么每次接吻都不给我反应?"

给什么反应?

满是烟味的吻,磕牙,让人觉得时间过得和做平板支撑时一样漫长?

直到现在,薛与梵才知道真的会有一个吻能吻到人全身发热酥麻,好像不是在冬天的夜里。

但在这个隆冬的夜晚,她身体里好像装着一个盛夏。

雪松和柚子两种风马牛不相及的味道纠缠在一起,背后的车门让她没有丝毫退路。

一只手托着她的后颈,让她可以在微仰着脖子的情况下,更久地投入这个吻。

带着茧子的手隔着薄薄的睡衣贴在她的后腰上,舌尖被吮得发麻,舌根也发酸。

结束时,他蜻蜓点水似的一啄落在薛与梵的嘴角。

薛与梵站不住了,靠着车身,扶着他的手臂,脑袋靠在他胸口,卫衣的印花贴着她脸颊,薛与梵将脸埋在他怀里大口地喘着气。

接吻时搂着她后颈的手,捏了捏手掌下的皮骨后扣上了她的后脑勺,五指穿过她的头发。声音从她脑袋上方传过来:"怎么汗津津的了?"

薛与梵气还没顺:"你技术好。"

她说完,听见隐隐的笑声。身上的手撤走了,周行叙帮她拢了拢身上的外套:"去车里吧,别感冒了。"

这一排最后一个路灯,不知道是电压问题,还是灯丝的问题,时而亮,时而灭。

薛与梵没出息地出了一身的汗，埋着头坐在副驾驶位上吃着剩下的另一半蛋糕。奶油蹭到了泛红的嘴唇上，她下意识地舔唇，想要卷走奶油。

舌尖擦过，几分钟前还覆在她唇上的感觉再次袭来。细细的薄汗又冒出，薛与梵用余光偷瞄着坐在驾驶位上的人。

旁边的人拿着手机不知道在和谁聊天，消息的提示音一直在响。

这次和周景扬吵架就和平常每次一样，周行叙没再回复手机那头来询问关心他的霍慧文。他不再聊天打字后，车里一下子就安静了下来，只有薛与梵坐在旁边吃蛋糕的声音。

车载的蓝牙开始放歌，摇滚乐因为冒不出头的音量条发挥不出它的劲爆澎湃。

"我和我哥虽然长得不像，但我们是双胞胎。"

薛与梵吃掉最后一个装饰草莓后，旁边的人冷不丁开了口。

座椅往后放了，他双手揣在卫衣前面的口袋里，透过头顶的天窗看着漆黑的夜空："产检的时候医生告诉我妈，其中有一个小孩可能生不下来，生下来了也可能养不大。"

那个小孩就是周景扬。但是霍慧文舍不得打掉，周景扬最后还是被生下来了，就是从小身体不好，大大小小的手术做了一台又一台。

小时候他也不是没有质问过为什么明明周景扬是哥哥，但都要他这个当弟弟的让。

有个亲戚半开玩笑地说："在你妈妈肚子里抢走了你哥哥那么多营养，他都差点生不下来，你现在让让怎么了？"

于是，周行叙开始让，让了一次又一次。周景扬也在他无条件的退让里变本加厉。

霍慧文宠周景扬，周行叙能理解。

从出生开始就被医生诊断活不久的孩子，辛辛苦苦小心翼翼养到这么大，周行叙现在过得越是好，她就会越心疼周景扬，原本这个儿子应该和小儿子一样健康,去做他想做的事情。

霍慧文每次都会用这招让周行叙服软:"你看看你哥哥,你设身处地地想想,要是换作你是身体不好的那一个……"

"所以呢?"周行叙今天摔门出去前,反问,"妈,所以我就是没资格过得比我哥好,是吗?"

薛与梵安静地坐在旁边听他讲,路灯透过车顶的天窗照进车内,视线里的他在鹅黄色的灯光里变得有些模糊。

薛与梵问他:"所以这次他又抢你东西了?"

旁边驾驶座上的人"嗯"了一声,声音低低的,听上去情绪也有些低落。

"你哥喜欢我,但是你比他先亲到我,想想是不是心里稍微平衡了一些?"薛与梵用半开玩笑的语气安慰他,"不过,一吵架就离家出走,爽不爽?"

周行叙听到她的话,扭头看向副驾驶位上的人,很认同她的话,眼里带着些许笑意地点头,但是很快又垂下眼眸:"我有的时候觉得世界好大。"

——我有的时候觉得世界好大,大到好像世界就剩下我一个人了。

像个孤儿,像个被遗弃者,像个挤不进那个家庭的外人。

蛋糕已经吃完了,薛与梵以前在一中念书,当时这家蛋糕店就开了,那时候只要她考试考得好向卉就会奖励她蛋糕。

没考好的时候也有的吃,是向卉买来安慰她的。

草莓和奶油的味道彻底盖住了薛与梵嘴里似有似无的雪松味道。

她手里拿着无处可丢的蛋糕盒子,看着旁边的那个人:"周行叙。"

她叫他的名字。

等他抬眸,又继续说:"世界大是为了让你有更多可以去的地方,有其他的容身之所。"

——不是让你觉得孤单的。

夜幕更重了，周行叙看着她平静地说着话。侧脸的背景是车窗外模糊的街景，她不知道自己什么时候突然成了他这方天地的聚焦点。

薛与梵一直以为周行叙和自己好是因为周景扬的关系，她无所谓，因为自己跟他好也是想要离经叛道。

就连周行叙也一直这么以为，他以为自己是为了报复周景扬，所以他勾搭薛与梵。他甚至没有反应过来刚才亲下去的冲动，此刻心头的悸动，是因为她懂自己，理解自己，和周景扬没有任何的关系。

回过神，听见她说要走了。

周行叙伸手拿过她手里的蛋糕包装盒："放着我去丢吧。"

薛与梵没客气，"毁尸灭迹"的活有人干，也好过万一明天被奶奶发现带来的麻烦。

"什么时候回家？"周行叙把蛋糕盒随手放在中控的杯槽上面。

薛与梵多机灵："我撒谎把开学日期提前了几天。"

她拢了拢身上的棉服准备下车，车载音响正好放下一首歌，薛与梵听出了是平安夜那次在餐厅吃饭的时候，餐厅的背景音乐。

"你回家路上小心。"薛与梵开了车门，临关上前朝他挥了挥手，"顺便把这首歌推给我。"

当天晚上回到房间之后，薛与梵就收到了一首歌曲的分享链接，以及熊猫头的害羞表情。

薛与梵不明所以地看着那个表情，戴上耳机躺在被窝里准备好好欣赏，前奏非常好听，薛与梵看着歌词从制作人信息开始慢慢滚动起来。

直到三十秒后，薛与梵发现了这是一首小黄歌。

重新点开和周行叙的对话框，薛与梵想解释，解释自己只是喜欢歌曲的调子。

但想想自己都能大大方方承认喜欢和他接吻，听首小黄歌怎么了。

最后什么消息也没有发出去就睡着了。

临告知奶奶的"寒假"结束前,薛与梵帮奶奶给隔壁邻居姐姐送了一盒子水果。

开门的时候隔壁那个爱吃菠萝的小屁孩刚刚因为不愿意收拾玩具挨了一顿打,站在墙角一边罚站一边哭鼻子。

邻居姐姐收下水果后,回礼了一篮子乡下特别新鲜的蔬菜。她打包了两份,一份送给薛与梵奶奶,一份让薛与梵带回去给向卉。

薛与梵站在旁边拿着袋子帮忙打包,冷不防听见邻居姐姐开了口:"你谈恋爱了?"

"嗯?"薛与梵下意识地想要否认。

"我上次起夜上厕所,生了孩子之后睡眠变差了,一直没睡着。我们这里大晚上都没有什么人来,我就看见窗户外面有车灯亮。起床一看,就看见你和那个男生在……"

薛与梵手一软,一袋子土豆差点全部滚落在地上。说到这里,邻居姐姐没了声音,大概是知道小姑娘脸皮薄,她没再说,而且保证一定保密。

"二十岁就是二十岁。"她一个经历了失败婚姻的离异之人,却依旧感慨了一句爱情,"相信爱情就好,哪怕不去寻找,只要相信就好。"

薛与梵从邻居姐姐家离开的时候,哭鼻子的小孩打着哭嗝站在墙角和薛与梵挥手说再见。

从奶奶家离开时已经吃过晚饭,向卉从补课中心下了班之后开车来把薛与梵接走了。

向卉说她就是一只放出鸟笼的小麻雀,回家一路上都在叽叽喳喳:"在奶奶家就这么不开心?我看你气色好了,果然早睡早起,按时吃饭身体就是好。"

"也不是不好,复习开学要考的发展史,每天看书、画画的日子过得也挺不错。"薛与梵扁了扁嘴,"就是奶奶有时候讲的那些话让人听起来不舒服。"

被子在薛与梵打电话给向卉说要回家的时候就晒过太阳了，换了新的被套平铺在床上。

把行李箱里的东西收拾好，薛与梵躺进自己久违的被窝时，突然想到自己是不是应该和周行叙说一声，告诉他，自己从奶奶家回来了。

再一想，又觉得没必要。

毕竟谁跟谁呢。

他们什么关系也不是。

只是薛与梵回家的第二天就碰见了他。

昨天夜里落了一阵雨夹雪，早上起来路面上湿漉漉的，窗户上因为室内的暖气布满了水珠。

薛与梵随手在上面画了个笑脸，端着粗粮和一杯牛奶从厨房出来。

这是早饭，但是薛与梵到中午才起床，电饭锅的保暖效果非常好。手机里堆着向卉问她中午吃什么的信息。

薛与梵还没来得及胡诌一个，向卉的电话就打了进来。

是让她帮忙送一份文件。

"梵梵，你看看书房的桌子上是不是有一个文件袋。"

薛与梵拿着手机上了二楼，果不其然，在向卉的书桌上看见了一个标注着一串代号的牛皮纸文件袋："看见了，妈妈。"

向卉显然在电话那头松了一口气："你现在帮妈妈送到补课中心来，好不好？"

薛与梵挂了电话之后换掉了身上的睡衣，在抽屉里找围巾的时候，才发现周行叙之前借给自己的那条围巾，她一直都没有还。

黑色的围巾，摆在她那堆花里胡哨的围巾里反而最显眼。

网约车进不了小区，薛与梵拿着文件袋小跑到小区门口的时候，网约车司机已经到打了两个电话来催她了。

车里打着暖气，她一上车就和司机师傅说了声"抱歉"，但还是不免被唠叨了两句："小姑娘你还真是磨叽啊！"

薛与梵扯了扯嘴角，有些心虚地不爽。

路上没有堵车，司机不是个健谈的人，最后把她放在了补课中心对面的马路边上，一脚油门汇入车流，快得薛与梵一抬头就只看得见一个尾灯了。

补课中心楼下的保安照例给她登记，薛与梵说来找向卉之后，保安眯着眼睛隐隐从薛与梵脸上看出了像向卉的眉眼，随后咧嘴一笑："向老师的女儿是吗？上去吧。"

补课中心薛与梵不是第一次来了，熟门熟路地找到向卉的楼层，打电话给向卉的时候她刚进电梯，电梯到达楼层时，向卉已经在电梯门口等她了。

一个端着保温杯路过的同事看了眼向卉，又看见了薛与梵，推了推半框的不时髦眼镜朝着她们笑了笑："向老师，你女儿来了？"

向卉拿过牛皮纸袋子，塞了把办公室里同事给的糖在薛与梵口袋里，和同事打过招呼后，问薛与梵："我今天五点下班，晚上六点半还有班。你是到五点和我一起吃饭，还是自己现在回家？"

"我先去旁边逛逛，看看衣服，到时候再说。"

向卉说行，让薛与梵有看中的衣服拍照给她看，缺钱找她要。

见到周行叙是薛与梵刚走进商场的时候，他刚在旁边的游泳馆游完泳，正准备坐直升电梯去地下停车场。

他穿了件带帽子的球衫，脸隐在球衫帽子里，帽子下是微潮还有些滴水的头发。顺毛的样子看上去年纪小了一些，他看见面前的薛与梵后，把帽子摘了，笑得眼睛弯弯的："你说我们两个是不是特别有缘？"

十八分熟

网红甜品店门口排起了队伍，薛与梵说她想吃。

他没二话，说行，就跟着她一起排队了。

商场里的暖气很足,他头发很快就全干了。两个人的餐品摆在一个托盘里,周行叙请的客,周行叙端的托盘。

空位置在角落,旁边还有一株似真似假的绿色装饰植物。

薛与梵用勺子挖了一大勺芋泥,淡紫色的芋泥浸在白色的热牛乳里,令人味蕾满足。相反对面的人只是点了杯果茶和最不甜的提拉米苏。

他说他是去旁边的游泳馆游泳的,因为游泳馆的停车场在维修,所以他把车停在了商场楼下。

"你还会游泳?"

"我小学的时候被选去过游泳队。"周行叙喝了口果茶,觉得有些甜了。

他们两个都是首府人,论起游泳的天赋实在是不比南方水乡的人。薛与梵就是一个旱鸭子,复习班常去,兴趣班也不少,就是从来没去过游泳馆。

周行叙用吸管搅了搅玻璃杯里的果茶,又喝了一口,反问薛与梵:"很意外?"

"有那么一点。"薛与梵品着嘴巴里的芋泥香糯的口感,嘴巴上说着一点,但语气和表情都让周行叙觉得何止一点。

他拿着餐叉,挖着一块提拉米苏,指尖不小心蹭到了奶油,他说游泳都是小学的事情了:"现在就锻炼身体而已。"

薛与梵出门的时候没带包,所以身上也没有纸巾。钱和力都是对面的人出的,她放下勺子起身去柜台拿纸巾。

纸巾四四方方,上面印着店名和商标。

晃着一小沓纸巾朝着角落走过去,他低着头,吸管抵着唇边,正在试图让味蕾习惯果茶的甜味。

低头的动作露出脖子后的皮肤,从卫衣的领口看过去,能隐隐看见那半个"光环海豚"的文身。

周行叙感觉到了有个人停在旁边,抬头对上薛与梵的视线,问她怎么了。他突然福至心灵似的用没有沾到奶油的手摸了摸后颈,大概知道薛与梵在看他后颈上的文身。

薛与梵把纸巾递给他,在他对面的沙发上落座,拿起勺子搅动着甜品里的芋泥:"没事。"

周行叙用薛与梵递过来的纸巾擦了擦指尖的奶油,垂着眼眸,认认真真地把手都擦了一下:"海豚是因为以前会游泳,去了游泳队。加光环是某些原因不再继续训练游泳了。"

薛与梵慢条斯理地吃着牛乳芋泥,听见周行叙的解释,半开玩笑地问:"这个原因不会是姓周吧?"

"是我哥。"周行叙没打算隐瞒。

薛与梵看人是一眼定生死的,对有好感的人一开始就会带着友好的滤镜,对第一眼就没有好感的人,能不甩臭脸就是她有礼貌了。

但她总觉得自己太双标了,周景扬说周行叙坏话,即便那时候不了解他,都觉得周景扬在瞎说。可是每次听周行叙说起那些她没有亲眼见到的父母区别对待,她都会相信。

周行叙家里有个游泳池,但已经干了有十年出头了。

那时候他进了游泳队,爸爸很反对,觉得大儿子身体不行,得让小儿子走商管这条路。霍慧文当时没有反对,她一门心思,一肚子牵挂全在又病发的大儿子身上。

就这样他带着一半的不支持和一半的不在意继续练着游泳。

他喜欢家里那个游泳池,虽然不符合场馆的那种标准,但是被水包裹着的感觉周行叙很喜欢。

直到周景扬差点溺死在那个游泳池里,一直到现在,家里那个游泳池都没有再注过水,上面的封板也没有拆掉。

那天霍慧文抱着被救上来的周景扬崩溃得大哭,周行叙就站在旁边看着周景扬躺在霍慧文怀里一动也不动。

后来他也站在游泳池旁边,看着里面的水被抽干,一群工人将游泳池封了起来。霍慧文站在他旁边，搂着他的肩膀，说起大儿子之前惊险的一幕："不要练游泳了，太危险了。"

全身的力量仿佛和游泳池里的水一起被抽干了，他扭头看向霍慧文，看着母亲满脸的担忧。

视线再往那边看，是周景扬，他附和着母亲的话："是啊，阿叙。我已经这样了，你要出什么事情，妈妈和爸爸该怎么办？你不要再练游泳了。"

他看着妈妈和哥哥，他想说，哥哥他没有腿抽筋，没有摔倒。

六年级的周景扬身高一米五还往上却差点淹死在一米二的池子里，怎么可能呢？

周行叙张了张嘴，却讲不出一个字。

……周行叙手里的果茶已经过了最佳口感的饮用时间了。他向来吃什么都一般，小时候他爱吃什么，周景扬就也要吃什么，渐渐地周行叙就变得对任何吃的都胃口一般了。

他没再继续吃，靠在椅子上看着薛与梵胃口很不错地把一碗芋泥牛乳吃掉了，脸颊微鼓，她吃东西总喜欢东看看、西看看，好像心不在焉，却吃得比谁都认真。

望着她。

看她头发从肩头落下，看她在餐厅仿自然光线的灯照下五官明艳，看她这样坐在自己面前展示给他不曾展示给周景扬看过的好态度。

羡慕嫉妒，争抢竞争，一直以来在人类基因里根深蒂固。它们可以独占一个人，也可以和一个人的美德和平相处。

周行叙承认自己是个俗人，他不知道自己从什么时候开始便在薛与梵身上尝到了易得的满足感和看似爱情却不是爱情的幸福感。它们重建起了他的感情观，并占山为王。

周行叙将后背从椅背上移开，身高摆在那里，手长腿也长，手臂轻而易举伸到薛与梵耳边，帮她把吃东西时垂到前面的头发别到耳朵后面:"上楼的时候我好像看见旁边有一家饰品店,我去帮你买根发绳吧。"

女生不爱问句,他没用问句。

薛与梵快吃好了:"不用。"

他就说:"回家吗?回家的话我送你。"

下午四点半,干着工薪阶层最爱的朝九晚五工作的员工都还没有下班,冬日的太阳再早落下此刻天空也还亮着,他们在薛与梵家门口分开了。

薛与梵突然想到一件事又让他等一会儿,自己上楼把周行叙的围巾拿给了他:"我后来送去干洗店洗过了。"

薛与梵把围巾还给了他,站在家门口朝他挥了挥手:"路上小心。"

今天爸妈都因为工作回来得特别晚。向卉给女儿带了夜宵,闻见香味的薛与梵光着脚就从房间里跑了出来。

薛与梵站在厨房门口,看着向卉把打包的夜宵重新倒在锅里加工。

望着油烟漫起的白雾之中向卉的背影,薛与梵说了句向卉觉得没头没脑的话:"妈,真好。还好你就我一个女儿。"

向卉没听明白:"怎么了?"

"我有个认识的人,他爸妈可偏心了,就对他哥哥好。"

没说男女,向卉自然第一反应以为是哪户人家重男轻女,向卉哼了一声:"所以我当初就只想要一个孩子。"

向卉把锅里热过的夜宵重新装盘盛出来,又补了句:"你那个朋友还真是可怜。以后早点结婚,就有机会从家里搬出去解脱了。"

薛与梵不知道会不会有机会解脱,她只知道今天的夜宵闻起来很香。

就像以前一样,她和周行叙又没有再联系对方。

距离开学还有一周不到的时候,薛与梵准备重新再复习一遍发展史,这两天她刷朋友圈,看见周行叙和乐队其他人聚餐的照片,想着他最近应该挺忙。

周行叙是挺忙的。

大姨家的小孩过整岁生日,叫了他们全家去吃饭。周行叙从他自己的公寓出发的,最后一个到。仿佛真应了那句"父子没有隔夜仇",他们一家照旧表面和和气气地坐在一起。

周景扬跷着二郎腿在打手游,听见周行叙在霍慧文的提示下,正在喊人。

"小姨,姨夫,姐姐,姐夫……"

周景扬刚刚在游戏里冲阵杀敌,还没有来得及在团战里坚持上五秒钟就被集火掉了,抬头往旁边看的时候,周行叙刚坐下来,在解脖子上那条围巾。

霍慧文给他们买的,一人一条一模一样的围巾。

大姨穿着新衣服笑得脸上褶子全出来了,她在家里有绝对的话语权,此刻接待客人也全是她的工作,端着酒杯客套地让大家别客气:"都随意一点,敞开了吃。这家饭店的菜好,还得提前订,我们差点都没有订上……"

小辈们礼貌地称呼了一声"大姨",大姨看见了霍慧文的两个儿子,又瞧见对面妹子家已经结婚的小辈,自然要对结了婚的说上一句"早生贵子",对还没有对象的来上一句问候:"找女朋友了吗?可以谈起来了。"

这话其实蛮遭嫌,但今天她家做东,几个小辈自然笑着点了头。

周行叙胃口很一般,动了两筷子之后也没有尝出这家饭店有什么值得提前预订的,有同感的还有周景扬。

周行叙把果汁都放远了,拿起开席前人手一杯的茶:"说提前预订什么的,都是充面子用的,给自己增加点优越感。"

"也是。"周景扬把筷子也放下了,"等会儿回去要不要一起去小区门口吃姚记?"

他有时候好像也会做出一副哥哥的样子,霍慧文隐约听见旁边儿子们的对话，照例先是嘴上说他们好好的酒席不吃，但接着便伸手去拿包："要不要我请客？"

周行叙喝了口茶："不了，今天回我自己那里住。"

他爸喝了点酒，这顿饭早不了，周行叙准备去抽根烟就提前走了。卫生间在走廊尽头，走廊尽头的窗户正对着马路。

晃眼的车从饭店门口驶过，未能赶上闪烁的绿灯的司机在车里骂人，百分之八十的司机会骂前车开慢了，剩下的百分之二十会懊恼自己怎么没有加点油门。

地毯将脚步声掩盖了，周景扬走过去拍了拍周行叙的肩膀："一转头你人都不见了，我以为你已经走了呢。"

"有事？"

周景扬指了指厕所："废话，上厕所。"

他上完厕所出来的时候，周行叙一根烟快到底了。周景扬不抽烟，连吃东西都清淡，他从娘胎里带出来的身体底子经不起他像周行叙一样去折腾，去随随便便尝试。

"问你件事。"

周行叙看他甩着手上的水珠走过来，拿着烟的手伸到了窗外："什么事情？"

周景扬："你谈过的恋爱比我多，你说要是一个女生对你爱搭不理，你会怎么追？"

没说名字，周行叙也知道他说的是谁了。

人半凑到窗外，吐了一小口烟圈，故意给了周景扬最不喜欢的答案："不追。"

答案他不满意，所以周景扬换了个问法："但如果你很喜欢很喜欢，就非要追到手怎么办？"

红色的星子已经燃烧到了最末的烟蒂，周行叙把烟按灭在垃圾桶盖上，顺手将窗户关小了一些："薛与梵？"

被猜到了。周景扬不太想承认，但怕周行叙不知道是谁给不出意见，不情愿地点了点头："如果是薛与梵这样的女生你怎么追？"

"薛与梵这样的？"周行叙笑道，"没追过，给不了意见。"

窗户关上后，走廊明显回温了一些。

周行叙扬了扬唇角，看着周景扬："要不我去追追看？追到了给你意见？"

| 第四章 |

等你的回答

十九分熟

开学那天下了毛毛雨。

外面天已经黑了,华灯初上。偶尔也有几个拖着行李箱走在学校里的人,这个时候老薛就会来一句,"看看别人多独立"。

这话说出口,车里的向卉和薛与梵都不接话。

宠薛与梵的是他,宠了之后又要唠叨啰唆的也是他。

雨刮器和车载蓝牙里刀郎的《西海情歌》正在"工作"。

薛与梵抱着自己的被子坐在后排,看着窗外:"每次都这样,只要开学,冬天毛毛雨,夏天大暴雨。"

宿舍里薛与梵是最后一个到的,她在家里吃了晚饭才出发来学校。小八只比她早一点点,薛与梵到宿舍的时候,她正在和方芹她们研究怎么套被子。

向卉听见几个小孩喊阿姨,笑着应声,过去帮小八把被子套好了。喜提小八一句:"阿姨你长得好美啊,难怪梵梵也长得好看,你们两个站一块一看就是一家人。"

连带着把薛与梵也夸了。

薛与梵的衣服在打包的时候就连带着衣架一起放里面了,挂起来也方便。方芹她们来得早,顺带帮薛与梵把柜子、桌子还有床板都擦过一遍。

没花多长时间就整理完了,她还不忘给正在回家路上的向卉发了条语音,让他们回家路上注意安全。

把从家里带来的东西满宿舍地分享了一圈,睡觉前不知道是谁起的头说寒假无所事事。

"我也是,我发展史都没有复习,还好半个月之后才考。"小八接话了,但立马又改口了,"但是我这个寒假看了一部好好看的电视剧啊,男主角实在是太帅了。导演好会拍,接吻镜头看得我脸都红……"

宿舍其他两个人都在笑,薛与梵拿着平板和电容笔藏在床帘后面,没出声。

接吻啊……

薛与梵想到了那天夜里的画面,雪松的味道,唇齿相磨的感觉,想着想着她就没出息地出了一阵汗。

回过神来,宿舍不知道怎么就针对小八的"接吻"一词在讨论。

方芹是个美学破坏专家:"接吻也就电视剧上拍出来好看,你看看我们宿舍楼下那些冬天不怕冷,夏天不怕热,学校那么大,宾馆那么多还非要在楼下卿卿我我的小情侣,你看他们接吻,是美学吗?"

她们宿舍有个存在感很低的大好人,她和小八睡在一边的,温温柔柔的,让人觉得说句重话都下不去嘴的女生:"就是啊,小八你每次路过不是都要高举火把吗?"

"佳佳,你居然不站在我这边。"小八开始呼叫最后的希望,"梵梵你说呢?"

薛与梵抬手擦了擦脖子上不存在的汗,只觉得皮肤有点烫。她还没有来得及回答,旁边的方芹就像个反派一样开始笑了:"放心吧,梵梵肯定也站在我们这边。她怎么形容她前男友的,你忘记了吗?"

薛与梵知道,有这个话题她今天是画不出画来了,那头小八还等着她的仗义执言。薛与梵把平板关上,随手丢在床尾,将半张脸埋在被子里,支支吾吾地说:"我觉得不错。"

话音一落，没有她想象中的惊掉下巴，只听方芹脑回路清奇地来了句："梵梵真是大好人，前男友这样了，还没有对接吻感到破灭。"

薛与梵："……"

前男友没能摧毁薛与梵对接吻的美好幻想，但是一个实训周就可以轻而易举地摧毁四条年轻的小生命对未来的憧憬。

薛与梵是里面生命力最顽强的一个，留了半口气给小八来了致命一击："实训周结束后的一周就要考发展史了。"

书到用时方恨少，考试的大刀没有落下的时候，那课本上的字就跟不认识似的。实训周结束后，薛与梵趁着考前三天一直往图书馆跑。

她从小学习就不错，毕竟不能砸了向卉的招牌。

每天看点书做点作业是向卉从小给她养成的习惯。

薛与梵背着书包站在椅子上凑到小八的床边，之前还信誓旦旦说要和她一起去图书馆奋斗的人，如今蔫了吧唧地躺在床上。

薛与梵问她："那你还去不去图书馆了？"

小八哭叽叽："我感觉我还没有从实训周里缓过来，我好累啊！"

最后还是薛与梵一个人去的图书馆，现在不是大批院系的考试常规期，图书馆人不多。薛与梵找了一个四下没有什么人的位置。

这份资料她寒假在奶奶家的时候就复习得差不多了，现在别人天天补习，她也能相对悠闲地查漏补缺。

只是资料看到一半，她觉得这图书馆的空调开得实在是太足了，外套脱掉之后身上还是汗津津的。用外套和书包占着位置，薛与梵拿着校园卡去了图书馆一楼的咖啡店里买了杯降温的冰拿铁。

实训周时连续灰蒙蒙的天，今天放了晴。阳光透过采光特别好的巨型玻璃窗洒进室内，照得一室明亮。

冰块在塑料杯里碰撞，吸管搅动着杯子里的牛乳和咖啡，直到最后两种颜色渐渐混合在一起。

耳边翻书声里隐隐传来几声打喷嚏的声音，大约是有人对空气里的粉尘过敏，回头能看见有人捂着口鼻，在口袋里找口罩。

咬吸管是薛与梵的坏习惯，她拿着拿铁，看着打印纸上大段的答案，将大段的答案拆分成一个个小的知识点。

杯壁上的水珠将纸质的杯套全浸湿，她看得专心，等到旁边的人戳了戳她的胳膊，薛与梵才发现旁边的位置有人坐下来了。

周景扬手里拿了本才借阅的书，小声地问她："还没考完试吗？"

薛与梵敷衍了句："没有。"

大约是看她在认真复习，这个向来话多的人没怎么打扰她。

薛与梵把这次偶遇看作一个巧合，结果第二天还是在图书馆碰见他了，他买了两杯拿铁，手里拿着一本和他专业不搭边的书在装模作样。

他递过来的拿铁，还是原封不动地摆在那边，薛与梵没有动。复习到一半，小八给她发信息，明天下午就要考试了，她到现在才发现自己少了一单元的复习考卷。

薛与梵把资料拍照发给她，小八在手机那头又在说爱她。

趁着薛与梵看手机的工夫，周景扬见缝插针，问她等会儿复习完去哪里吃晚饭。

这个问题最好绝后路的回答就是说不吃。但薛与梵忘记他是个最擅长另辟蹊径的人，他拿出父母那套说辞，说不能不吃饭。

听他唠叨，薛与梵干脆用他之前那套"书本是精神食粮"给他撑了回去。

周景扬被薛与梵撑了还对她笑盈盈。

对面的男生从笔记本电脑后面抬头望着他们，皱着眉头的样子，像是在用视线批斗他们两个正在讲话的"小情侣"有伤风化。

薛与梵干脆遁入学海，没一会儿翻页的时候，一张字条传了过来。

上面写着附近餐厅的名字。

薛与梵假装没看见，一翻页将字条掀翻到了旁边。

他没放弃，又写了一张。

薛与梵看得眼烦，想着要不要回宿舍，让自己的意志力和宿舍的床比拼一下，也好过在图书馆和周景扬待在一起。

只是，资料都还没有合上，胳膊上一重。薛与梵看着倒在她手臂上的脑袋，反感从天而降，她起身，椅子被拖动发出刺耳的声音，引得四周的人纷纷侧目。

先前靠在她胳膊上的人却没有支起身，而是直直地摔了下去。

然后一动也不动。

薛与梵看着地上的周景扬，一慌："喂，你怎么了？"

前面那桌的男生率先反应过来："好像是晕倒了，快送医务室。"

说话的声音把一个正巧在图书馆看书的老教授吸引了过来，薛与梵看他上手检查的动作，应该是医学院的老教授，老教授问薛与梵："他有什么病史？"

薛与梵想到了之前听周行叙随口说起周景扬有先天不足，从娘胎里带出来的毛病，但具体的周行叙也没有说。

在一众等待看戏的眼神中，薛与梵后退了一步，晃着头："我不知道。"

薛与梵也不知道自己为什么最后会被人推上救护车。

她缩在角落里，不给医护人员抢救增加麻烦，等给周行叙打电话的时候，救护车已经到了医院，周景扬躺在推车上进了抢救室。

电话很快就被接通了。

"你哥进医院了。"薛与梵发誓，天可怜见，她没有动手打人，她才是被骚扰、被碰瓷的人。

周行叙让她别紧张，问清楚是哪家医院之后，说他马上过去。

薛与梵是没有什么好紧张的，她不是躺在里面的那个，也不是操刀的那几个中的一个。

没一会儿一位全副武装的医护人员从里面出来,叫薛与梵去买住院的东西,除了日常住院的东西,特别提了一句叫她买些棉签和一次性的纸杯。

等她买完东西送到病房的时候,周景扬还没有被推出来。同病房的一位大叔看薛与梵抱着从楼下住院部买来的用具,问她是家里谁生病了?

薛与梵还没来得及回答,正巧医护人员推着推车进来。

推车上的人,面无血色。身上放着二十四小时动态心电图检测仪。

护士叮嘱了几句,比如手指上夹着的测量夹需要过两三个小时就换一根手指夹着;又如周景扬现在不能喝水,口渴也只能用棉签蘸水润一下嘴唇……

薛与梵一一记下,顺便把病房号发给了周行叙。

周景扬现在打着点滴,薛与梵也走不了,距离给周行叙打去电话都过去一个多小时了。隔壁床的大叔好奇地看了眼病床上的周景扬,以为是薛与梵的哥哥:"他是得了什么病啊?"

"我不知道。"

大叔一愣:"你怎么会不知道?你不是他家属吗?"

"我不是。"薛与梵耸肩,"人善良美丽罢了。"

"见义勇为是不是?"大叔算是听明白了,"见义勇为好品质啊,就是小姑娘你小心啊,有些人表面看上去老实,但是心里黑,千万不要被他讹了,到时候敲诈你。"

大叔说话很逗,薛与梵不怕被雷劈地坐在病床旁边笑,作揖:"大叔慷慨直言,受教了。"

大叔没一会儿就把话题转走了,年纪上去了之后话多。他说他是心血管上的毛病,还好年轻的时候是编制体系内的工作人员,祖国伟大有医保。他话多,说了不少。喝了口枸杞茶之后,准备去拿热水壶倒水。

薛与梵看见了自然上去搭了把手。

大叔叫她顺便给病床上的周景扬也倒一杯，先凉一会儿，要不然之后想喝再倒就会烫嘴。

电视机里在放上个世纪的老电影，也就大叔看得进去。薛与梵没一会儿还是看起了自己的复习材料。

背了几道题再抬头看见盐水没了，起身去按铃。

护士过来换盐水的时候，顺道提醒了薛与梵一句："病人嘴巴有点干，你帮他用棉签蘸水涂一下。"

薛与梵"哦"了一声，心想着"积德行善，挂科变难"，今天感动上苍，明天考试不慌。将复习资料放在床边，转身去找购物袋里的棉签。

霍慧文和周行叙到的时候就看见薛与梵低着头，头发随便地扎了起来，眼眸低垂着，手摸着一次性杯子试了试温度，拿着蘸水的棉签，看上去认真地在帮周景扬润唇的模样。

二十分熟

来的时候，小儿子已经说过了，说是大儿子被一个同学送去了医院。霍慧文看见病床前的薛与梵，就知道这是小儿子口中的那个同学。看她认真照顾周景扬的样子，感激不已。

霍慧文拉着薛与梵的手，说了八百遍"谢谢"。

薛与梵嘴上说着没事，视线越过面前这个贵妇扮相的人，看向倚在病房门口的周行叙。细细打量之后还是觉得周行叙长得更像他妈妈一些，尤其是眼睛。

握着她手的霍慧文，感谢的话还在说，又问起医生的交代。

薛与梵没听。

应该说是听了但没记住。支支吾吾地讲不出什么，只能把和病情无关的护士叮嘱说给了霍慧文听，结果霍慧文还拉着她的手，等待着薛与梵再说一些。

她没辙，求助似的看向周行叙。

他这才走过来："妈，明天医生查房的时候你问问医生，她转述可能也转述不对。"

说完没再给他妈刨根究底的机会，也没叫薛与梵名字，直接朝她开了口："怎么来的？"

薛与梵："坐救护车来的。"

周行叙问："要回去吗？"

薛与梵费力地从霍慧文手里抽回自己的手，还不忘把病床边的复习材料拿走："回。"

薛与梵小跑着跟上周行叙，临走的时候连声再见都没有对霍慧文说。

周行叙余光瞄着她，刚刚在病房里就看见她一副招架不住霍慧文的样子，现在也像后面有一只吃人的怪物一样，步子迈得飞快："我妈又不吃人。"

薛与梵扯了扯嘴角，老实说霍慧文第一眼给薛与梵的感觉和周景扬给她的感觉差不多。

可能是受先入为主观点的影响，她听周行叙说周景扬的所作所为，在讨厌周景扬的基础上，她对最应该处理好兄弟关系却搞砸了的霍慧文实在是没有什么好感。

小表情有些不悦，嘴上倒还是插科打诨着："怕阿姨看上我，觉得我对你哥细心照顾，人善良又美丽。怕她乱点鸳鸯谱，万一当了你嫂子那多占你便宜啊。"

"这么好？居然不占我便宜。"周行叙笑道，抬手搭在她的肩膀上，"不喜欢这种占便宜的办法？"

两个人走到了电梯口，正是电梯使用高峰期，四周等着电梯的人很多。他凑过来，用只有两个人可以听见的声音，小声问她："看来你还是喜欢上次在你奶奶家门口，我用的办法占来的便宜？"

周行叙说完，听见她骂了句"不要脸"，语气娇嗔，听着像是生气了。但自己搭在她肩头的手臂没有被甩开，周行叙知道她没生气。

他转手腕，捏了捏薛与梵的脸颊："走，带你去吃饭。"

电梯处在超载的边缘，薛与梵庆幸自己进去的时候电梯没叫。只是人太多，别人挤她，她就只好再去挤别人。

后面的这个别人，是周行叙。

他后背靠着电梯厢的厢壁，垂眸看这个矮了他一头的人，看着她一点点后退，最后彻底挨着自己了，笑道："干脆我抱着你得了。"

他说话声音不大，只是四周人挤人，贴得近。这话薛与梵听见了，旁边的人也听见了，一个女生正玩着手机，听见之后，偷偷瞄了一眼。

不知道是看周行叙长得帅脸红了，还是因为听见这句话，有些不好意思。

薛与梵用胳膊肘撞了他一下，叫他注意言辞。

被她用胳膊肘撞了一下，周行叙反而笑得更开心了。

电梯里的人上上下下，一个阿姨拎着两大袋子的东西在中间楼层上了电梯，电梯里本来就没有多少位置了，阿姨仿佛当代爱美人士将自己塞进一条不符合自身尺码的衣服里。

站在薛与梵前面的人都没有回头看一眼，就自顾自地往后退。薛与梵有了上次被左任踩脚的心理阴影，此刻本能地也跟着往后退。

只是和前面那人的距离还没有拉开，后背就撞上一个胸膛。

一只手横在她身前，将她一抱，不知道他从哪里挤出来的空位置，还顺便把薛与梵掉转了个面。

电梯里装了镜子，可能是为了显得空间大一些，头顶的灯光很亮。薛与梵仰着脖子看向他，看见他在笑。

周行叙扬扬得意："看吧，是得抱着才有空位置。"

说罢，旁边那个之前偷瞄还脸红的女生"噗"的一声笑了出来。

电梯走一层停一层,愣是到现在还没有到一楼。后腰上横着一截手臂,他没松开。

雪松的味道和医院消毒水的味道混在一起,薛与梵觉得周行叙是故意的,抬眸看着他:"你哥那么喜欢我,现在他躺在病床上生死未卜,你居然跟我在这里调情。"

说完,整个电梯厢里仿佛连呼吸声都没有了,只有电梯上方铁缆和滚轮滑行的声音。

周行叙听见薛与梵的话,知道她是故意的。先是一愣,随后扫了眼电梯里的人,对上一道道瞄过来打量的视线,格外从容淡定:"对啊,冒天下之大不韪了。感觉到我有多喜欢你了吧?"

薛与梵觉得自己有些晕了,像晕车了一样。她将这个归结在老是停停靠靠的电梯上,一停一行,让人头晕。

他淡然,仿佛这四周的尴尬都和他没有关系。电梯里的灯光经过镜面的反射,将光线的亮度拉高。他们凑得太近,近到体温和各自身上雪松和柚子的味道都交织在一起。

话是情话,语气也像是说情话的语气,连他都像个世间难寻的真挚情郎。

他们坐电梯一直坐到底层。电梯里看热闹的人都散了,他们站在最里面,成了最后出电梯的人。后腰上的手松开了,改为握上她的手。

他掌心干燥温热,薛与梵没少听小八夸她手好看,甚至她们宿舍曾经积极了几天准备弄一个饰品网店,小八还说有薛与梵就不用请手模了。虽然最后网店计划流产了。

薛与梵一直觉得自己的手指修长,结果却轻松被周行叙全握在掌心里。

地下停车场里昏暗,周行叙问她晚上吃什么。不远处有车辆启动的声音,车灯照在他们身上,周行叙看见有光从背后打过来,下意识地把薛与梵往自己这边拉了过来。

薛与梵一愣:"真去吃饭啊?"

周行叙车停得有些远:"不然呢?"

薛与梵想到了他在电梯里当着一电梯的人说的话,她并不认为那是真情话,但还是对他真的要带自己去吃饭有些吃惊:"你居然真的要冒天下之大不韪?"

周行叙:"我妈不出意外要待在医院照顾我哥,她不也得吃,我们吃完给她打包一份。"

理智重新占领高地,是啊,还有他妈妈呢。

或许是真情话,但他一定是"假情郎"。既然他是假霸王,她何必去当个真虞姬。薛与梵一直觉得自己是理智的。至少,此刻想通了之后她也没有特别大的失落感。

他是个浪子,她知道。

反正自己不是冲着花好月圆的美好爱情结局去的,就像是尝鲜。

但薛与梵忘了,忘了他们二十岁出头,正是"为赋新词强说愁"的年纪,常做不合时宜的事情,难压不合时宜的感情。

晚饭在一家本帮菜。

他似乎常来,对这家店的厨师还有招牌菜都非常了解。很少点菜的一个人,今天主动拿过了菜单。

南方菜在薛与梵印象里偏甜、偏清淡,吃起来虽然也是那个味道,不太符合她的口味,却很好吃。

一道道菜首先在精致度上就拉满了。

尤其是汤羹的鲜味一点也不像是用调味料调出来的。

周行叙又给她盛了一碗汤,随口问起她:"今天怎么和周景扬碰见了?"

薛与梵嚼着汤羹里的肉粒和牛肉丸:"就是在图书馆里遇见了。"

他"哦"了一声,没再说别的话。这顿饭吃得不算快,等周行叙把她送回学校的时候,天已经黑了,学校里亮着路灯,最近雨停了,晚上出来散步逛操场的人也多了起来。

薛与梵在宿舍楼附近下了车,和他说了"路上小心"。

等薛与梵把车门关上后,副驾驶位的车窗慢慢降下来,他倾身靠近副驾驶位那边,对着车外的薛与梵回了一句:"明天考试加油。"

虽然知道这声祝福没有多少帮助,但第二天薛与梵发展史,考得特别顺利。

她考完试很少会有觉得天塌了的感觉,那几套复习材料她一个寒假早就背熟了。此刻小八在宿舍里的哀号她显然是不能共情的。

尤其是隔天得知小八报名参加了一个学校的义务活动,为期一个月,仅仅为了一点加分权。

小八每天都忙得脚不沾地,薛与梵落井下石:"你看看现在这么累,只要寒假好好看书就不至于这样。"

小八也委屈,但哪有后悔药:"你成绩好,拥兵自重。可怜我这种每次挣扎在及格线,考试全靠老师同情给个六十分,我还要谢天谢地。梵梵,你不懂我的痛,鱼的眼泪水知道,我的眼泪谁知道啊。"

小八的眼泪没人知道,但是薛与梵下周体育课跑八百米的眼泪有人知道。

周行叙路过操场的时候,薛与梵一个人坐在操场远处的看台楼梯口。垂头丧气得像是被周景扬烦了八百遍似的,丧着一张脸。

"怎么了?"

薛与梵先看见地上的影子,再听见他的声音,抬头的时候他已经走到自己跟前了。最近首府的天转暖了不少,他就单穿了一件卫衣,手里拿着一件因为中午升温而脱下来的黑色牛仔外套。

"我今天要跑八百米。"薛与梵看见是他后,又把头低了下来,两条手臂支在膝盖上,下巴搁在臂弯里,一副有气无力的样子。

全宿舍就只有她一个人要跑,早知道那天她就不试毒去吃那个包子了,否则她也不会错过选太极的机会。

周行叙手搭在楼梯口的扶手上,明知故问:"跑不动?"

"废话,八百米。"如果上帝现在给她一个选择,她宁可去医院照顾周景扬也不想跑八百米,"现代文明发展迅速,代步工具都已经这么多元化了,为什么还不淘汰八百米?"

她诉完苦,那头体育老师在喊集合。

不过是中途抽查的一次点名,轮到薛与梵测八百米还要半个小时。

薛与梵重新走回看台楼梯口的时候发现他还没走,原本在手里的外套团了团,放在地上给她垫着。

周行叙看了眼手表上的时间:"这个老师和我关系还不错。"

薛与梵皱起眉头,一脸震惊地看着他:"你居然和全校噩梦关系好?"

这不是夸张,不知道有多少人的体育折在她手里,人送外号"京首噩梦"。

周行叙小得意,说可能是他招人爱。

薛与梵听罢就给了他一个白眼加一声嗤声,丝毫没有坐在别人外套上的不好意思。

"看见弯道那棵树了吗?等会儿跑到那里之后躲起来,我帮你去引走老师的注意力,等第二圈你再出来。"周行叙不恼,语气偏冷,睨视着她,"再嗤一声?"

薛与梵服软比谁都快,毕竟现在似天塌般的大事被解决了,她双手比了个爱心,下巴搁在爱心上,仰着头朝他卖笑脸。

"你给我比了屁股?"

"爱心,是爱心!"薛与梵把手比的爱心凑到他面前,不过薛与梵还是有点担心,"万一不成功怎么办?"

周行叙耸肩,事不关己的样子:"那就是'京首噩梦'觉得你态度不端正,挂了你的科呗。"

薛与梵:"……"

二十一分熟

薛与梵很紧张。

高中的时候所有人都喜欢体育课,就她不喜欢?因此曾经她是一个月要来三次月经的"经期不调的可怜学生"。没有想到这噩梦般的八百米从初中开始,一直到现在都如同附骨之疽,恐惧如影随形。

周行叙的作战计划,薛与梵心里没底。

那头"噩梦"发声了,吹着哨子喊八百米集合。周行叙伸手把她从台阶上拉起来:"放心。"

很难放心。

薛与梵有气无力地站在起跑线上,如同被送去屠宰场的小猪崽。

哨子声响,真跑起来了,她也还是忍不住频频朝着起跑线张望,生怕他骗自己。

还好,虽然霍慧文看上去不怎么样,周景扬看上去也不怎么样,但好在他们家对周行叙在诚实守信上的教育非常不错。

他真的在自己快要跑到弯道的时候出现在了操场上。他身材颀长,薛与梵隔着一个操场的对角线,穿过绿茵场望过去,还是一眼就在一堆人里找到了他。

配合打得非常不错。

在"京首噩梦"那里登记完八百米成绩之后,薛与梵发现他还没走,站在自己之前坐过的看台楼梯口,低头看着手机,卫衣的袖子扯到了手臂上面,露出的那截手臂看上去很有力。

薛与梵张望四周,操场上的人已经散了,她看四下无人了才小跑着过去,抬手拍他肩头:"走,请你吃饭。"

他把手机收起来,倒也没有客气。

薛与梵拿起他那件之前给自己垫在屁股下坐着的牛仔外套,拎起衣领抖了抖。没给他,说要洗过之后再还。

周行叙把手机揣回口袋里:"我车停那边了,走吧。"

今天跑步,她穿了一身休闲运动套装,日头很足,阳光将影子打在地上,薛与梵看着挨着的两个人影,突然感觉自己这样有些不好看。

球鞋、运动裤的,看上去不修边幅。

她突然在宿舍楼旁边停下脚步,没给周行叙说话的机会,说完"我回一趟宿舍,你等我十分钟"就跑了。

薛与梵说罢,抱着他的牛仔外套,脚上生风,丝毫不像刚才跑八百米时弱不禁风。

宿舍里方芹和佳佳在吃饭,小八还在为了她的加分权当牛做马。

她们两个虽然没去陪薛与梵跑八百米,但是给薛与梵带了午饭,听见宿舍响起开门声,方芹看是薛与梵回来了,指着她桌上的打包盒,说饭买好了。

薛与梵把周行叙的外套团了团,随手塞进衣柜里,敷衍着"嗯"了几声,找了套新买的春装就进了卫生间,还不忘让方芹帮自己看着点时间。

"十分钟?"方芹问。

"对。"

今天跑八百米她就没有想过要化妆。换衣服倒是快,她预留了五分钟给自己简单化了淡妆。

方芹和佳佳扭着头看着突然回宿舍打扮的薛与梵,佳佳嘴里还有一个牛肉丸,讲起话来有点口齿不清:"你要出去?"

"嗯。"薛与梵拿着镜子在画眉毛,板着张脸不苟言笑的认真模样。画完还不忘把镜子拿开,问室友自己画得好不好,"还有几分钟?"

佳佳戳了一下正在放电视剧的平板:"还有三分钟。"

眼影用了最不容易出错的大地色,消肿效果一绝。还好她为了省事去烫了睫毛,这时候眼尾拉个眼线,涂个睫毛膏就搞定了。

佳佳:"还有一分钟。"

薛与梵挑了支最近经常用的唇釉,涂完后用指腹晕开,佳佳贴心地提前抽了张纸巾递给她用来擦手。

薛与梵对着镜子检查自己牙齿上有没有沾到唇釉,余光瞥见递过来的纸巾,跟小八学了一招,对佳佳说了声"爱你"。

时间不等人,薛与梵拿起背包,往里面塞了补妆的东西,又塞了包纸巾,拿起梳子梳了两下头发:"我走了,中午的饭你们分掉。"

方芹看着已经冲出宿舍没有影的薛与梵,一愣:"佳佳,你说她干吗去?"

佳佳做了个一休小和尚的标志性动作:"我觉得是为了男人。"

"佳大神再算一下,是哪个男人?"

佳佳伸手:"香火钱来点。"

方芹嗤声,丢了包开胃小菜给佳佳:"我还不如自己去问梵梵呢。"

薛与梵还是迟到了两分钟,周行叙的手肘撑在车门上,远远地就看见她。三月底,树木开始抽芽了,常绿树木依旧枝繁叶茂。

看她换了衣服还化了妆,坐在副驾驶位上还因为一路小跑有些气喘。

她身上那件衣服看着有些单薄,周行叙将车窗升起来:"不冷?"

薛与梵摇头,她感觉自己脸周甚至还出了些汗。用手背轻碰着脸颊:"吃什么?"

周行叙等她系上安全带,才发车:"你请客,你决定。"

以前他请客吃饭,也没见他做决定。

薛与梵拿出手机搜着附近的美食店铺,提议了好几个,周行叙都没有异议。也不是第一次吃饭了,反正不管吃什么他都是胃口平平,薛与梵干脆满足自己胃口了。

他是没有什么异议,只是坐在粉色餐厅的粉色沙发上时,还是有点局促。看着对面笑盈盈的人,周行叙整理着卫衣袖口,打量着她:

"故意的？"

她供认不讳，但也是真的想尝一下这家少女心十足的店。

店里的东西都偏甜，周行叙原本就吃不了几口，但筷子一直没有放下。只是吃东西吃得比薛与梵还淑女，他吃得特别慢，但为了显得礼貌筷子没停。

服务员过来说有一道菜会上得特别慢，如果不愿意等的话，可以退掉。

薛与梵听罢没接话，第一时间看向周行叙，他说他下午没课。薛与梵也没课，征求意见似的反问："那等等？"

周行叙："可以。"

服务员很有礼貌地说了声"抱歉"，最后送了他们一扎果汁。

"你不去医院看你哥？"薛与梵先往自己杯子里倒了半杯，喝了一口，只有淡淡的果香，不是很甜。将果汁推到周行叙手边，"这个不甜。"

"前几天就出院了，昨天都回学校了。"

薛与梵没碰见，也就不知道。

等餐的时候，周行叙随口说，他下午要去一趟乐器店，就在商场楼上。

那实在是不太方便把她送回去了，几乎是同一时间，两个人一起开了口。

薛与梵："那吃完我自己回去。"

周行叙："要不要一起？"

最近网络上有一个新词汇。

叫"内卷"。

首府这座城市，繁荣发达，本地学生内卷之恐怖可以说是超乎想象。

薛与梵从小就有上不完的补习班和兴趣班。

她有幸接触过好几样乐器，最后学了当时最多人学习的钢琴。只是最后没有坚持下来，考了几次级之后就搁置了。

乐器店的老板和周行叙是老熟人了，他解释今天实在是太忙了，那把琴还没来得及修，让周行叙坐一会儿，自己手上功夫加快一些。

不管如何也只能口头说一句"不急"。回头，没看见身边的人，朝后看，发现她站在吉他墙前面，饶有兴趣地左右扭头在看贝斯和吉他的区别。

周行叙看薛与梵最后取了把展示用的吉他，然后像个小孩想买玩具找大人似的在店里找他的身影。

问他能弹弹看吗？

周行叙转述给老板："可以吗？"

老板从台子后面抬头，之前看见她是和周行叙一起来的，没二话："可以，就是没调音，你叫他给你调。"

老板口中的"他"指的是周行叙。

周行叙坐在休息区朝薛与梵招手，又拍了拍旁边的空位："过来坐。"

叫她过去坐，自己起身去找了调音用的工具。

薛与梵的基因里实在是没有太多音乐上面的细胞，调不调音对她来说都没有关系，因为她自己都不一定能听出来。

玩乐器的人，调音不难。

吉他上放了一个调音器，等周行叙调试好了，把吉他给她："会吗？"

薛与梵没有和他坐在一个沙发上，而是坐在对面的高脚椅上，脚踩在椅子腿的横杠上，有模有样地拨了一下弦："会一点点。"

周行叙把调音的东西放在茶几上，笑道："来一首？"

薛与梵抬眸看他在沙发上大刺刺地坐着，坐姿随意。沙发和茶几之间的距离不大，显得他的腿更长了。

薛与梵清了清嗓子，开始在自己脑子里找会唱的歌："……你毫不犹豫就成了那个令我绝望使我哀伤的人,我不想看你携手新欢,我会诅咒她也诅咒你……"

扫弦是瞎扫的,伴奏全是乱弹的。

唱得也一般般,可就是让周行叙挪不开眼睛。店里的灯光专门设计过,本是为了更好地展示乐器而设计的,但此刻好像店铺的灯光都在为她服务。

薛与梵是个第一眼美女,此刻她没有身披星光那么夸张,但足够璀璨,足够吸睛。

灼目又温柔。

老板听见了,坐在台子后面露出一个脑袋,朝周行叙笑道:"阿叙,歌词听到了吗?"

薛与梵后知后觉这个歌词好像有点不太适合,张嘴想解释,但又不知道要怎么说,干脆低头看着腿上的吉他装耳聋,但下一秒她听见周行叙开口了。

声音带着笑意,是他一贯说话时低低的嗓音。

周行叙没扭头去看老板,但答了一句:"懂了。"

懂了?

懂什么?

这年头风月爱情太过普遍,他仿佛没有爱,也能说出爱情来。

不管多普通的词句从他口中说出来,都能让人浮想联翩。他是个比谁都适合说爱的人,但看上去却不是个适合爱的人。

薛与梵把吉他给他,说起上次在KTV他还说要给自己唱歌,不知道算不算数。

他说算数。

但唱的是薛与梵平安夜在餐厅说喜欢的那首小黄歌,薛与梵听前奏还没有听出来,直到歌词一出。

薛与梵知道他在逗自己,朝他踢了一脚。

周行叙感觉脚踝一疼，抬腿将踢过来的脚钩住。

薛与梵抽了两下腿都没有从桎梏中挣脱，只见他拍了拍自己旁边的座位，对她说："坐过来，教你弹个好听的。"

二十二分熟

他说得很简单，让薛与梵这个只在十几年前接触过吉他的小白都产生了一股自信，拿起角落里落灰的吉他。最后现实很骨感，她没这个天赋。

周行叙握起她的手，看着泛红的指尖，顿了顿："喝不喝奶茶？"

"我是不是特别没天赋？"

周行叙："有好几家，你喜欢喝哪家？"

"你是不是不想教了？"

"这家月销售最高。"周行叙把手机递给她，"喝不喝？"

装聋作哑的答非所问到此结束，薛与梵说了句："喝。"

修琴的时间远比想象中要久，最后连同晚饭都是在商场里解决的。薛与梵回到宿舍的时候，除了小八都在宿舍。

方芹和佳佳一个洗完澡躺在床上了，一个在阳台晾衣服。

看见一天都没有人影的薛与梵，免不了是一顿"严刑拷打"。好在小八回来得及时，她有气无力地爬进了宿舍，但骂起学生会和辅导员的时候，那嗓门一点都不像是累得半死的人。

"不就是个学生会的吗？好像当了个天大的官似的，使唤人的时候简直堪比皇太后。安排活的时候也不说清楚，去问了他们就说'你这都不知道？什么都要来问我'。不问嘛，错了就会说'你都不会，你长了张嘴不知道来问我们吗？'"小八骂了一句，"真是黑的、白的、正的、反的都让他们说了。"

吐槽完，小八摸着肚子，语气缓和了不少："……简直没把我们当人,我晚饭就吃了路边的一个饼,真是累死了……"

原本小八已经足够悲惨,但人衰的时候喝凉水都塞牙不是没有道理。

第二天小八得了急性肠胃炎。小八迈着比昨天还虚弱的步子从厕所出来,用比八十岁老太还慢的速度爬上床。

她说那只是一个饼,里面的肉还没多少。

"肉没多少,细菌不少。"薛与梵在学校的药店买了药之后,给她倒了杯温水递到她床边,"要是还不好,你必须去医院。"

小八吃了药,趴在床上:"知道了。"

下午佳佳和方芹要去上选修课,薛与梵在宿舍陪小八。小八中午就没吃饭,薛与梵中午下了课给她打包了一份白粥,已经快成干饭了。

"肚子饿不饿?要不要我给你重新去买碗粥?"

小八摇头,正准备说话,丢在床头充电的手机响了。

是活动部的学姐打来的,紧急集合。

小八和电话那头说明了自己因为昨天吃了一顿不卫生的晚饭,导致拉了一天一夜的肚子,今天可能没有办法去了。

但遇见好人的所有运气似乎都花在了小八开学分宿舍上了,她没有遇见攀比心严重的室友,没有阴阳怪气只会眼馋别人而手脚不干净的室友。佳佳、方芹和薛与梵人都很不错,一个宿舍客客气气,关系很好。

然而,这个学姐应该就是会被室友挂上网站被吐口水的讨厌鬼。

"随便你喽,爱来不来,不来的话加分就没有了。"

电话那头的人都不给小八解释的机会就把电话给挂掉了。

薛与梵听不太清楚电话里说了什么,只见小八在床上撒了个泼,然后脸色惨淡地准备起床。

"你干吗去?"

小八欲哭无泪,她现在后悔死了,早知道当初就该好好看书,不然也不用为了那么点加分受气。

她把电话那头讨人厌的学姐的话转述了一遍，认命地爬起来。

"你怎么去啊？你换个地方蹲厕所啊？"薛与梵阻止了她，"你把集合地点告诉我，我替你去。"

乐于助人这事讲出去倍儿有面子。

薛与梵还没有走到集合地点，小八从她出宿舍就开始给她发信息，从当牛做马一直说到了对她无尽的绵绵爱意。

薛与梵回了她三个字"少扯皮"。

那个学姐在电话里盛气凌人，真等薛与梵面对面和她说自己是代替小八来的时候，她倒是也没有多说什么，毕竟没人会将免费的劳动力拒之门外。

要不是之前吃饭听周行叙随口提了一句周景扬出院了，今天在活动上碰见他，薛与梵还真以为自己见鬼了。

不过他也没有工夫烦自己，那个学姐拉着周景扬一直在讲话，薛与梵拿着资料路过的时候，就匆匆听学姐在那里说："你才出院，装装样子就可以了。虽然我和你弟弟分手了，但怎么说也在一起过，还是要照顾照顾你的。"

今天是给一场法学院的辩论赛打下手。

薛与梵将评论席的打分表和资料表都发下去，只听见台上有个学长在喊话："谁放的名牌啊？对照一下一、二、三、四辩的名字啊。"

站在薛与梵旁边，刚刚才偷了一会儿懒的女生举手。

那个学长的语气没有因为对方是个女生就变好："你看看资料表上，你告诉我这个反方的周摇也是几辩？"

"三……三辩。"

"那你放哪里了？"

"一辩。"那个女生讲话已经带着些许哭腔了，"你没有给我资料表……"

"没给你，不会跟我要吗？"

薛与梵背对着他们，耳朵竖着，这对话还真是像小八昨天回宿舍吐槽的，黑白正反总有那么几个不要脸的泼皮，横竖颠倒都能讲出有利于自己的道理，比网上任何一家厨具店宣传的不粘锅都要优秀。

旁观者效应到处都在，网上冲浪的时候每个人都能随便指责别人的袖手旁观，对他人的见义勇为一边抱有敬畏之心，一边又觉得这种事情轮到自己，自己也可以挺身而出。

但事实相反，薛与梵没有挺身而出替那个女生指着对方鼻子臭骂一顿，只能递给她一张纸巾，叫她别哭了。

虽然她没有仗义执言，不过还好正义不灭。

"你这么懂，你怎么不来？"

这道女声说出口的时候会议大厅里正因为刚刚的闹剧安静下来，语气清冷，薛与梵回头望去，看见一个穿着正装西服的女生拿着一沓资料站在那个学长面前。她面无表情地从他手里把这个印着"周摇也"的名牌拿走了。

不过是随手把没有放对的名牌调换一下。

台上那个一身正装的女生长着一张极具攻击力的脸，和前一段时间流行的小白花外形是两个极端。

她因为那双眼睛，没有表情的样子也像是给人甩臭脸："犬吠甩锅是一个人无能的最大体现。"

最后反击的话，其实有些没礼貌，但是薛与梵站在台下听得很爽。

这场闹剧没有继续下去，很快双方辩手和观众都陆陆续续进场了。

薛与梵站在会议大厅的最边上，她对学校活动一直不是很感兴趣，法学院和医学院都是京首的王牌学院，以前都坐落在正阳街的校区。

今年法学院和薛与梵那个校区大部分的专业都搬迁过来了，法学院搬家听说是因为医学院和物化生三系要扩建。

因为之前没有和法学院在一个校区，这还是薛与梵第一次看校辩论赛。脑子有时候都跟不上双方辩手的语速，不管是谁发言薛与梵都觉得对方说得很对。

"晚上他们说要慰劳,在学校外面的川菜馆吃饭。"

周景扬的声音冷不丁从身旁传来,薛与梵下意识地往避无可避的墙上又贴了贴。

"不用了,我替室友来的。"薛与梵说自己不去了。

他倒是没有坚持,薛与梵意外又庆幸他今天这么容易就放弃了。

结果等辩论赛散场的时候,薛与梵和几个人把收尾工作结束,给小八打电话的那个学姐拉住了要走的薛与梵。

薛与梵看着臂弯里那双做着夸张欧美风美甲的手,她倒是自来熟。挽着薛与梵还不忘和其他人说:"今天请大家吃饭,辛苦了。"

薛与梵解释了两句自己不去了,那个学姐不知道是不是和周景扬学来的充耳不闻,她说她叫聂蔓:"走吧走吧,就当是多交几个朋友。"

薛与梵还想说话的时候,已经被聂蔓半拉半推着带出了会议中心。

会议中心外还有些没有散场的观众,薛与梵恍惚间看见了一个熟人。

是唐洋。

唐洋拿着手机在打电话,看见了薛与梵之后,朝她挥了挥手。

他们是同路,唐洋走在前面,一通电话没打多久。聂蔓松开了拉着薛与梵的手,小跑着追上了唐洋:"你也出去吃饭?"

唐洋回头望去,先是看见自己肩头那双如同练了九阴白骨爪一般的手。吓了一下,抚着胸口:"对啊。"

"和周行叙一起?"

唐洋"嗯"了一声:"有事?"

"没事。"聂蔓耸肩,"你们在哪家店吃?"

"左任要吃川菜,川菜馆呗。"

聂蔓:"这么巧?我们也吃那家店。"

薛与梵亦步亦趋地走在后面,正想着要不要趁着没有人注意她,偷偷溜走。行动是需要付出实践去证实的,结果刚转身就撞上了今天训人的学长和周景扬。

得了，薛与梵放弃了。

她这个人弹不好吉他，但是敲得好退堂鼓，她管这个叫作"知难而退"。

是个美好品德。

刚走到川菜馆门口，薛与梵就闻见了扑鼻呛人的辣味。

聂蔓就像个恪尽职守的警察，薛与梵就像个没有铐手铐的罪犯，她和唐洋讲话还会时不时回头看薛与梵在不在。

两个包厢正对着，唐洋走在前面，薛与梵看见他推开过道左手边的包厢门，里面还是左任的大嗓门："你是真的慢，你再不来我就准备给你留点辣椒吃吃算了。"

"今天辩论赛结束得晚。"唐洋回，"菜都点了吗？怎么就点这么点？阿叙，菜单给我，我再点两个菜，今天叫左任掉掉血。"

"阿叙"两个字刚出的时候，薛与梵正好走到两个包厢中间，从半开着的门望了一眼进去。

他穿了件夹克坐在正对门的位置上，一只手搭在旁边空位置的椅背上，嘴里叼根烟："浪费可耻，点多了吃不完，叫左任开了你肚子灌进去。"

"你给他省什么钱。"唐洋菜单还没有翻开就扭头喊服务员。

周行叙顺着唐洋扭头的方向朝门口下意识地看了一眼，烟圈吐出口的时候，白烟散开，在灯光的照射下更加雾蒙蒙，他的视线正好对上一双剪水的眸子。

那双眸子正巧也在看他。

只在看他。

二十三分熟

周景扬有些超乎想象的热情，又是夹菜，又是给她倒饮料。

她做了一回周行叙，没怎么动筷子。

看着一桌菜却一点食欲都没有，原来也是一件痛苦的事情。

不知道自己是不是在熬时间，薛与梵觉得这顿饭吃得比想象中还要漫长。

周景扬问她怎么不吃。

薛与梵胡诌："不喜欢吃辣。"

"我也是。"周景扬给她夹了一筷子特别清淡的素菜，"他们还是点了不少不辣的，你吃吃看。"

薛与梵把碗往旁边移了移："不用了，我自己夹。"

门外正准备上菜的服务员端着一大盆酸菜鱼，在半掩着的门前犯了难，小心翼翼地用胳膊顶开门。

但天煞的老板在其他方面抠抠搜搜，偏在门上舍得花钱，装的重工门。

服务员一时间没能推开。

对面包厢的门开了，服务员看他扫了自己一眼，然后走过来，帮她把门推开了，服务员连忙说了声"谢谢"。

薛与梵是背对着门口上菜的位置，只见对面的聂蔓眼睛一亮，朝着门口挥了挥手："周行叙。"

他被喊了进来。

他不是学生会的，但是学校活动参加了不少，不少活动都是要和学生会打招呼的，自然而然熟了一些，又加上周景扬是学生会的，他们亲兄弟关系，学生会的人也都知道。

薛与梵埋头喝着果汁，感觉到服务员走后，自己身后依旧站着一个人，影子一半压在她身上，明明是毫无重量的影子却压得她有些喘不过气。

他一手搭在周景扬椅背上，一手撑在薛与梵椅背上。熟络地和包厢里其他人聊着天，几个和他不熟的女生窃窃私语，大概是在说他长得好看。

"你也在对面吃啊？我们这边可以加个椅子，你要不要端了碗筷和我们凑一桌算了。"

周行叙拒绝了："不用了，下次有机会和你们吃。"

反倒是当哥哥的周景扬一直没和他说话。

周景扬看见薛与梵放下的玻璃杯里的果汁没了，弯腰从地上拿起果汁，又给她倒了一杯。

叮嘱她少喝果汁多吃点菜，免得晚上肚子饿。

倒果汁的动作和叮嘱看上去和听上去都是那么的熟稔又自然，周行叙站在两个人身后的VIP观赏位目睹了全过程。

眼光一暗，面上却依旧挂着笑。搭在薛与梵椅子上的手，拍了拍椅背，仿佛一个无意识的小动作。然后和包厢里其他人说道："你们慢慢吃。"

那股压迫感随着门开了又关了之后，消失了。

周行叙的到来将话题又引走了，那个训人的学长开起了聂蔓的玩笑："聂蔓，你不得敬周景扬一杯，差点成了一家人了。"

聂蔓嘴上骂他神经，但脸上笑盈盈的，拿起酒杯，看着周景扬旁边全程不语的薛与梵，眉毛一挑："是叫薛与梵吗？我敬你和周景扬一杯。"

薛与梵听罢下意识地蹙眉，她不是个傻子，多少还是能听出聂蔓的意思。大概是周景扬和她说了些什么，不是让她助攻就是和聂蔓说了他喜欢自己。

薛与梵自认为自己一身艺术气息两袖清风，不和老薛似的满身市侩铜臭味,但好歹是老薛这个生意场老狐狸的亲女儿。

虽没有喝,也给了个好说法:"不是说要交朋友吗?那有点诚意不得单独敬一杯?"

过了这一茬,薛与梵彻底没胃口了,看着碗里都快堆起来的菜,她起身。周景扬问她去干吗,薛与梵回了句上厕所。

厕所没上成,她都没有走到厕所,就被旁边伸出来的一只手握着手腕拽进了消防通道里。

雪松味被烟味掩盖住了一些,但其他一切还是和那一晚上在奶奶家门口的一样。

薛与梵曾经片面地觉得周行叙吻技好是因为他会循序渐进,会一开始小心翼翼,然后一点点探索。

但此刻变了一种风格的吻告诉薛与梵,她就是对这个人的吻格外喜欢。不管是温柔的,还是这次一开始就带着戾气的。

他没有收着力气,从拉她进消防通道,到拥住她,再到现在和她接吻。

她这个人接吻技术实在是一般,在战线拉长的接吻中她总是先缴械投降的那一个,周行叙听见她呜咽了一声,原本圈着自己脖子的两只手此刻推着他。

那声呜咽,让他脑子里某根神经像是夏日雷雨天脆弱的电箱保险丝。

"啪"的一声,烧掉了。

引得他心软,也勾他愈加戾气。

他想到了之前看见她和周景扬坐在一起,对他哥的抵触情绪达到了迄今为止从未有过的程度。

他有些弄不懂了,弄不懂是周景扬在抢他的,还是自己在抢周景扬的。

周行叙的吻离开时在她下唇留了个微不可察的牙印,脸退开一个拳头的距离。

只听她喘着粗气，直摇头："等等，中场暂停一下，让我缓个气。"

原本扣在她后脑勺的手往下移，掌心贴着她的脖子。四下昏暗，只能通过窗户外落进消防通道的少许路灯灯光看见对方一个大概的身影。

他开口把话说得正派、积极、用心良苦："你得学会接吻的时候呼吸。"

像小学时候老师苦口婆心地说，你们得学会考完试利用多余的时间再检查一遍。

薛与梵自损，且有自知之明："我笨。"

听见他笑了一声，笑声在重新安静下来的楼道里被放大了几倍："我觉得这个比吉他好教。"

薛与梵："嗯？"

她感觉后颈上的手微微用了力，在那股熟悉的味道再次占据她的唇舌前，听见他说："多来两次自然而然就会了，找找节奏，这也是有节奏的。"

一吻先是落在鼻尖，再落在她嘴角。

他是个好老师，为了让她找节奏，这次的吻和第一次在奶奶家门口的吻很像。

温温柔柔，又规规矩矩。

她今天喝了不少果汁，嘴巴里是橙汁的甜味。

他唯一不讨厌的甜味。

贴着她后颈的手轻轻捏了捏她的皮骨，提醒她呼吸换气。

薛与梵感觉自己可能真的是个音乐白痴，她找不到节奏，不管是在音乐上，还是现在。连她自己的心脏都没有节奏地在乱跳。

没办法，她太容易在和他的接吻之中把自己给弄丢了。

像大雾四起的海面上的一叶扁舟，他可能是偷来波塞冬的三叉戟掀起滔天巨浪，引发风暴海啸，搅得她头晕目眩。

也或许，他与阿芙洛狄忒是同谋，她忘记在航海时投以诚挚敬仰换取阿芙洛狄忒的庇护。她被阿芙洛狄忒交于他手中，难逃一劫。

薛与梵其实很想问问周行叙，和她接吻舒不舒服，会不会像她喜欢和他接吻一样，也喜欢和自己接吻。但转念一想，觉得和她这种人的接吻体验感大概率是一般的，她不会主动，节奏全交付给周行叙，只能在某时某刻因为他某个动作，本能地给出回应。

少许月色借了一些灯光落在室内，他们的身影被投出肉眼几乎不可见的影子。如果能看见，薛与梵想，或许比世上任何一对正在谈情说爱的情人都更缠绵。

米兰·昆德拉说："所谓肉欲便是极度调动感官。"还有后半句，形容此刻也很贴切。

——全神贯注地倾听对方的每一丝声响。

薛与梵身上的柚子味彻底被搅浑了，结束时，薛与梵松开了环住他脖子的手，靠在他身上喘气，闻见他脖子里的雪松味道好像没有了之后，嘴角弯了弯。

全靠着他的手臂才得以站着，薛与梵问了很想知道的那个问题。

"你和我接吻舒服吗？"

周行叙抱着她，掉转了一个方向，他后背挨着墙壁。抬眸，他看见了消防通道墙壁上的窗户，和路灯差不多的高度。

可惜被樟树挡住了原本能落进室内的灯光。

伸手摸向口袋，从里面拿出烟盒，掂量着重量，他心里想着糟糕。单手开了烟盖，果然里面是空的。

身体有点燥。

但燥意的来源在他怀里，也不能把人推开。他听见薛与梵问和她接吻舒服吗？

她问完，隔着消防通道的门，外面的人声、脚步声慢慢嘈杂了起来,反而显得他们这里太过于安静。他听见周景扬的声音了,他喊了聂蔓一声:"薛与梵在厕所里面吗?"

聂蔓说里面没人。

也听见聂蔓说:"我觉得那个女生不喜欢你。"

周景扬反击:"我弟也不喜欢你。"

很快,外面的两个人不欢而散。

外面声音一消失,薛与梵感觉到自己腰上的手一紧,他这才幽幽开口:"喜欢的。"

没说舒不舒服。

说喜欢的。

外面的讲话声没了,薛与梵平复了有些乱的呼吸。

从他怀里离开的第一个动作就是理了理头发,问他走不走。

他说等会儿。又问她怎么和聂蔓他们一起吃饭,但问完怕她不知道聂蔓是谁,正准备改口说为什么和他哥一起来吃饭。

薛与梵开了口:"我知道,你前女友。我今天替室友去的。活动结束之后她就拉着我过来吃饭了。"

听他说还要等一会儿,薛与梵缓了缓气:"那我先走了。"

薛与梵先出了消防通道,走的时候周行叙还靠着墙,她拉开门,走廊上的光先落在了她身上,周行叙叫了她的名字。

回头,看见他指了指嘴巴:"口红,记得补一下。"

薛与梵下意识地抿了抿唇,也提醒他:"那你也记得回去前擦一下,我的口红……挺显色的。"

开门后,漏进昏暗消防通道里的光照亮了他的身形,他"嗯"了一声。

打开的门重新关上后,周行叙靠着墙,手又摸到了口袋里的空烟盒,五指用力,把烟盒揉成团。

揉成团的烟盒被丢进了厕所洗手池旁的纸篓里，周行叙看着镜子里的自己，薛与梵说得没错，她的口红确实挺显色的。

隔壁传来隔间门打开后撞在另一扇门上的声响，周行叙关上水龙头正准备走的时候和厕所出来的人撞见了。

好久没见聂蔓了。

她喝了点酒，倚着女厕所门，看着公共洗手区正要离开的人。

熟络且带着一副毫无过往芥蒂的泰然自若表情，聂蔓说好久没见了。

回答有很多种，第一可以是：没有吧，才见过。第二可以是：确实。

两种回答的唯一相同点就是都记得是否真的和她好久没见。

周行叙想到薛与梵之前说是被她拉来的，面上看不出表情，甩了甩手上的水珠，迈步离开："可能吧。"

——没记着你，也没注意你，压根没把你放心上，可能是好久没见吧。

聂蔓一哽。

嘴巴上的口红虽然没了，但是唇还是泛着红，虽然在一起没多久，她知道因为周景扬的关系，他们家都不吃过于油腻辛辣的菜。

那红和今天的川菜没有关系，一想到薛与梵说要上厕所，却没在厕所，她知道了周行叙唇上的红出自谁，因为谁。

出声叫住他："你哥喜欢她，准备追她和她表白，你知道吗？"

视线里的人头也没回。

聂蔓："你这次是要让，还是抢？"

二十四分熟

在厕所门口的时候，聂蔓问他，要让还是抢。

他觉得不算抢，肯定也不让，想了想大约是："关你什么事。"

回到他们那间包厢时，左任和叫翟稼渝的键盘手在划拳，输掉的人就要吃一勺剁椒鱼头里的辣椒。

其他人劝着两个喝上头的人，唐洋没劝动之后，喊周行叙上场。

周行叙扯开椅子，从翟稼渝面前的烟盒里拿了根烟，没讲话，看对面两人。

左任说他必不可能输掉，还说翟稼渝要是怕辣出痔疮菊花残，玩不起就算了。

北方男人，激不得。

翟稼渝扯起袖子，一脚踩在板凳上："等会儿下楼老子去买护菊药，到时候谁要用上还不一定呢。"

唐洋还在吃，听着两个人说痔疮、说屁股的，眉头皱紧，嫌弃无比："有这药？"

周行叙吐了一口烟圈："我看护脑片倒是挺需要。"

唐洋说他太损，讲话看人是基本礼貌，对面两人太闹腾，唐洋刚和周行叙讲话时注意力全在对面，这会儿视线一扫，看见周行叙叼着烟的唇有点不太一样。

唐洋眯着眼睛细细地看，开口语气试探："嘴巴有点红啊？我怎么记得你一筷子辣椒都没动？"

周行叙面不改色，一条腿踩在旁边椅子腿中间的横杆上，一手搭在椅背上："熏的。"

唐洋不信。

烟灰缸被服务员换过一次了，周行叙转了转圆盘，将烟灰缸拿了下来，往里面垫了张纸巾，把喝了没几口的茶倒了一些进去，茶水迅速浸湿了纸巾。

周行叙在烟灰缸旁边，抖了抖烟灰："我要说我抽了个空去亲了个姑娘，你难道更接受这个答案？"

"算了，你招人，我已经习惯了。"唐洋往自己碗里夹了一筷子鱼肉，鱼肉是鱼肚子那一块，没有什么鱼刺，唐洋直接往嘴巴里塞，八卦里带着些许玩笑,"所以亲谁啊?我来的时候看见聂蔓了,旧情复燃?"

周行叙瞥他,话还没有说出口,唐洋收起那副开玩笑的样子:"薛与梵?"

食不言,老话不是没道理。唐洋吃鱼,喉咙卡鱼刺了。

周行叙手搭在桌子圆盘上,把素菜转到他面前:"活该。"

唐洋说完"薛与梵"三个字就开始咳嗽,桌子那头划拳的两个人听见唐洋止不住的咳嗽声便停了。

虽然最后用一筷子白菜把鱼刺咽下去了,但这年头年轻人最怕死,唐洋非要去医院。

他们很快结账走人。

临走前,对面那个包厢的门还关着,里面隐隐传出欢声笑语。

薛与梵回去的时候周景扬拿着手机正在给她打电话,薛与梵看见手机里好几条未接来电信息,没和周景扬解释自己去哪里了,只是随手把锁屏上的信息全部都清空了。

周景扬道歉,说今天把她喊过来一起吃饭,有些唐突了。

有的时候人还真是一种复杂的灵长类动物,无理取闹和谦卑可以同时存在于一个人的身体里,他可以对至亲泼辣蛮横,也可以对没有任何关系的人礼貌有加。

可能是刚才被亲舒服了,现在看周景扬都顺眼了一些。虽然他稍微有些顺眼了,但薛与梵听他说话,还是忍不住讽刺了一句:"原来你也会道歉啊?"

原来他会道歉,怎么没见他对周行叙道过歉呢?

耳边那群人喋喋不休,扣在桌面上的手机振了两下,薛与梵没第一时间看,盘算着什么时候走。隔着门,在旁边聒噪的对话声里,薛与梵好像隐隐听见唐洋他们的声音了。

把扣在桌上的手机拿起来,防偷窥的手机屏就是这点好,她无所顾忌地在周景扬旁边打开手机,任他好奇偷瞄也看不出个什么。

周行叙:还没结束?

周行叙:喜欢吃川菜?

消息已经是两分钟前的了,薛与梵把搭在椅子上的外套拿了起来,起身的动作让饭桌上的话题暂时搁置了。

薛与梵说原本应该来的她那个室友身体不舒服,让她买点药带回去。

周景扬把旁边那个有些醉酒说胡话,跟他勾肩搭背的男生推开:"我送你?"

醉汉这时候格外让人喜欢,他拉着周景扬把刚起来的人又拽回了椅子上:"我跟你说,我太爷爷……"

一出包厢门,耳根都清净了。对面的包厢里已经有服务员在打扫了,薛与梵挎上背包,三两步从二楼楼梯上蹦下来。

三月末有回暖的征兆,白昼总在不经意的某天晚上突然拉长了太阳日照的工作时间。只是今晚的月亮还是爱岗敬业地悬在他们头顶。

周行叙站在樟树和电线杆旁边,薛与梵走下来,想到他发的三条信息。

还没结束?喜欢吃川菜?

以及最后一条。

周行叙:薛与梵,跟我走吧。

走到他面前,他原本就比自己高了一头,薛与梵仰着脖子看着他:"楼上你前女友他们还没有结束,我还好,没有那么喜欢吃川菜。"

他手里拿着包才买的烟,消息发出去之后没有秒回,他就去了附近的便利店买了包烟。就像是坐公交一样,等了半个小时的公交,结果要坐的那一班车还没有来,犹豫着拿起手机叫了网约车,结果网约车来了,公交车也来了。

他现在也差不多,原本没想抽烟,但等了她一会儿,想着应该能在她下楼之前抽完,结果烟刚拿出来,她就出现了。

把烟重新塞回烟盒里。

听见她在回答自己发给她的信息内容。

只有前两句,然后不再讲话了,就这么站在他面前,仿佛没有收到第三条他一时冲动发过去的信息。

他轻咳了一声:"那跟我走,去开小灶吧。"

说完,周行叙目不转睛地看着她,她小表情上失落占比不多,古灵精怪地朝他眨了眨眼睛:"哦,原来是跟你……去开小灶。"

"不乐意去?"

薛与梵忸怩了一下:"有那么一点。"

起夜风了,白日里穿着觉得正好的衣物,现在站在街头会觉得有些冷。况且吃辣还吃出了一身汗,两个人没去开小灶,各自双手揣着兜慢悠悠地散步回了学校。

以前他开车送,觉得路很短,今天和他这么走一走,觉得路途确实挺短的。

这个校区薛与梵大三了才来,也没有好好逛过。一条小河从图书馆后面一直贯穿了大半个校区,河边的路灯投在被风吹皱的湖面上,像一幅油画。

路上,话不多。

中途向卉打了一个电话过来,告诉薛与梵清明扫墓的时间,让她这周末回一趟家。

打电话的时候她下意识地放慢了脚步,等通话结束,她发现旁边那人的步调和她一致。

越靠近宿舍区,路上人也越多,薛与梵知道他的车没停在学校里,等会儿他还要原路返回:"你也早点回去吧。"

入夜了,挺冷的。

他身上的衣服看着也挺单薄的。

风将樟树叶吹得沙沙作响,他说送佛送到西。

这话听着很奇怪。

从拐角的路灯走过去，穿过设在宿舍楼下的花坛路障，远远望过去，一对对相拥的小情侣分布在女生宿舍楼下的各个地方。

耳鬓厮磨、搂搂小腰的亲热都能专心致志心无旁骛，并且高素质地相互不打扰。

薛与梵是知道女生宿舍楼下的壮观的，但每次见到都得感叹一下。

她是真的由衷敬佩大庭广众下小情侣亲热的勇气。

别人不尴尬，她尴尬，咳嗽了两声，对周行叙说："就送到这里吧。"

别扭的咳嗽引得周行叙笑了，他倒是泰然自若："你不是挺喜欢接吻的吗？"

声音不大，甚至风再大一点，树叶的声音都能把他说话的声音遮掩过去。

总被向卉数落喊起床耳背，喊打扫卫生也耳背的薛与梵，偏偏这回一字不落地全听见了。

她莫名生出一种被他故意扭曲了一身正义之姿的感觉，抬手握拳，捶在他胳膊上："我……我喜欢的是自己亲，不是看别人亲。"

薛与梵说两者是有很大区别的。

每次饭吃得都不少，力气倒是没有什么，被打的地方一点也不痛。周行叙没变，依旧是调侃的语气："那我们加入他们，这样你就不觉得尴尬了？"

基因给了他一张说荤话也不会被打的脸，这是老天爷的偏心。偏心给予的东西，被他最大限度地发挥在最吃这一套的薛与梵这儿。

她想，难怪有人喜欢搞暧昧。

兔子急了还咬人，周行叙见好就收，看着近在咫尺的女生宿舍楼，周行叙正想说"快点上楼吧"，却见她突然态度三百六十度地反转了，手摸着下巴，一副若有所思的样子，看着不远处接吻的男女，叫了声他的名字："周行叙。"

周行叙："嗯？"

她望着斜前方，问他："这就是第三视角的接吻吗？自己亲的时候感觉还不错，怎么现在看上去这么没有美感？"

周行叙顺着她的视线望过去，见她一脸认真，语气却道出惋惜，仿佛心中与浪漫挂钩的接吻就此破灭了。

几乎每个女生都看过一部叫作《公主日记》的电影，电影里安妮·海瑟薇扮演的角色曾说和喜欢的人接吻，她的脚就会不自觉地翘起来。

接触那部电影的时候薛与梵觉得很浪漫，如同《胜利之吻》对她的影响一样，后来碰见周行叙，几次亲下来，她觉得接吻确实应该用无数听上去就觉得浪漫的词去形容。

绝对不会是现在这副扎堆在女生宿舍楼下亲昵的小情侣模样。

惋惜心中接吻滤镜破碎之时，一只手落在她肩头，距离他们最近的那对情侣挥手道别了，空出了较多的公共场合的"私人空间"。

他凑到薛与梵耳边："那要不，我现在再给你把滤镜补起来？"

二十五分熟

薛与梵跑了。

像个小炮仗一样，临阵脱逃之前还往他胳膊上又来了一拳头。

周行叙还是头一次站在女生宿舍楼下干目送这事，旁边一位男生明显比他有经验，往左边走了走，女生宿舍楼有一竖排的玻璃窗，不知道是为了具有设计感还是为了采光好。

又或许是两者皆追求。

站在那里能看见上楼的女生，周行叙走过去的时候，薛与梵已经到二楼了，不是观赏的最佳位置，但还是仰着头看着她彻底消失在视线里。

薛与梵回到宿舍，时间已经不早了。

小八以为她是忙到现在这么晚，薛与梵把熏上辣味的外套脱下来，随手搭在自己的椅子上，今天头发也得洗了。

薛与梵找着换洗的衣服："没有，结束之后他们请客吃饭。"

又问小八肚子有没有好一点。

小八说还不错，至少上厕所的次数减少："怎么请客吃饭这种好事从来没有轮到我呢？我怎么每次去就干苦力？"

薛与梵往手腕上套了根皮筋，说笑："颜值红利？"

小八夸她美："那美女周六跟我吃个饭，我好好报答你？"

"不行，我这周末要回家。"

入了清明，首府就得下几场雨，扫墓那天天也阴着，他们一家人需要先去奶奶家把奶奶接上，再一起去墓地。

薛与梵和向卉坐在老薛车上，快到奶奶家的时候，薛与梵随口问了一声："大伯家今天去吗？"

"没听你大伯说不去，应该不和我们一起去，可能时间凑不到一起。"向卉戴着眼镜，拿着手机，正在看表格里学生的考试排名，那蹙眉的样子不知道是因为坐车看小字头晕眼花，还是因为学生考得太差了。

等奶奶上了车，大伯家的话题大家都很有眼力见儿地不提了。

墓地是北环高架桥下去后的先人居里。

薛与梵捧着一束白菊，和向卉走在一起。薛鸿晖搀扶着薛与梵奶奶走在前面。

走着走着，距离之间多了几步台阶，向卉挽着薛与梵，小声嘀咕了一句："你二姐自从生了孩子之后就没有来看过你奶奶了。"

薛与梵："当初奶奶那么说她，这也不能怪二姐，要我我也不来。"

薛与梵到现在还记得，二姐哪怕是挨了奶奶的打，挨了奶奶的骂,依旧像个胜利者一样在雨天飘雨的走廊上罚站,活像个反抗压迫成功的无畏战士。

哪怕身上衣衫不整,看上去狼狈不堪,哪怕面前至亲的奶奶说今天要把她淹死在后面那条河里,她都一言不发,仰着头不肯认错。

向卉瞥她:"但是你要和你二姐一样,你就等着我被你气死吧。"

"那我要嫁给孩子他爹呢?"薛与梵问。

向卉松了口:"原本打断你两条腿,现在给你留一条腿,就打断一条。"

薛与梵和爷爷的关系不亲近,上幼儿园的时候爷爷就去世了,她现在只剩下一个模糊的记忆,将手里的白菊放在大理石的墓碑上,听着奶奶抹着眼泪哭了几声。

从墓地离开的时候,天开始飘起了毛毛雨。

回去的路上,奶奶又说起了今天没来的大伯一家,重点的批斗对象当然是二姐。从未婚生子往前说,到下车前,说到了二姐读书的时候谈恋爱,从小不听她管教所以现在活成这样子。

太姥姥的恐惧充满了羊水,恐惧又化作养分通过脐带连接着还是婴孩的奶奶,最后太姥姥又用"恐惧"的奶水将奶奶养大。

奶奶身上所有的细胞都是恐惧的,是灰色的。薛与梵听着奶奶的话,却侧着脸看窗外,好一会儿都不曾有雨珠落在车窗上了。

那是清明假期的最后一场细雨。

清明一过,天也暖和起来了。

学校要办运动会,这种事和薛与梵向来没有多大关系。但也有人积极响应系主任慷慨激昂的发言,响应号召为系争光。

班长来游说,薛与梵装聋作哑了好几天,最后勉强同意去当一下午的观众。答应完后,薛与梵戴着耳机继续画设计稿,余光里一杯奶茶搁在了她桌上。

抬头把耳机摘了，不解地看向班长："怎么？当个观众把你感动到请我喝奶茶？"

"请美女喝奶茶是我的荣幸。"班长笑道，"不过买了材料之后囊中羞涩，以后有机会我一定请你。这杯是一个男生叫我送给你的，说是谢谢你上次送他去医院。"

有了后半句话，薛与梵就知道是谁了。

奶茶原封不动地被薛与梵放在了最后面的空位置上，结果突然一日三餐都来了，班长不知道收了周景扬什么好处，快递员当得不亦乐乎。

班长把刚拿来的蛋糕放在她手边："成就一段姻缘，积福的。"

"我不喜欢他，你下次别帮他送了，否则我扎你小人了。"薛与梵把蛋糕丢还到班长手里，"拿走。"

"人万一不是表白，只是出于感谢呢？毕竟救命之恩，感谢你是应该的。"班长又把蛋糕放回去了，说保证下次不再帮忙了。

隔天，东西是周景扬自己送的。

薛与梵被他在教学楼门口拦下来了，他说为上次喊她吃饭道歉和之前她帮助自己叫救护车的事情谢谢她。

他自作聪明，以为搬出霍慧文就管用了："不是追求你，只是我妈妈叫我一定要好好谢谢你，请你吃东西是应该的。"

话已经尽量说得客套和礼貌了："你如果想要好好谢谢，就不要给我送这些东西了，要感谢就去感谢医生，就算我当时不叫救护车也有人会叫救护车，我没有做什么值得你感谢的事情。"

说完，薛与梵拉着旁边看戏的方芹走了。

最近天气转暖了，她在针织的薄外套里已经穿起了裙子，桃花花瓣卷着裙摆，扬在空中。

周景扬看着走远的背影，想到了之前从川菜馆回来，女生宿舍楼下站一起的男男女女众多，偏偏她和她旁边的周行叙是最显眼的。

她不是平常对自己面无表情的样子，她会闹，被逗了还会抬手给对方一记没什么杀伤力的拳头。

他们看上去是那么熟络。

清明假期在家，周景扬和周行叙碰见了，周行叙对他来了那么一句："我和薛与梵没在一起，你要追就追呗，你要先追到了我就喊嫂子。"

行啊，追。

不就是追求个女孩嘛。

那天老妈在厨房蒸青团和青糕，周景扬和周行叙各占了一个沙发，周景扬突然没头没脑地来了句："我有的时候觉得很不公平。"

周行叙觉得听到了今年最好笑的一个笑话。

从小周景扬就听嘴坏的亲戚说，是因为在霍慧文肚子里的时候周行叙蛮横，抢走了太多的营养才导致他身体这么差。

小时候，他只有医院和家两点一线的生活。

而周行叙活在他灰色的两点以外，他可以上幼儿园，可以去参加春游，去接触同龄的小朋友，他每天都在经历有趣的生活。今天是学校植树节，他去种树了。今天幼儿园老师又讲了新故事。今天幼儿园里谁和谁打架了，谁和谁哭鼻子了。周行叙每天回来都会说出不同的事情。

而他有的只是被冰冷的医疗器械一次又一次地"开膛破肚"，然后躺在床上静养休息。

没有健康的身体，但他得到了霍慧文更多的爱。

霍慧文给自己母爱和偏袒，相应地，霍慧文给了周行叙一个健康的身体。

周景扬觉得这一直都是公平的，在这之前，他从来没有抱怨和恨过为什么是自己身体不好，周行叙不是躺在病床上的那一个。

他有时候会很开心，在画画课上他被周行叙画在纸上，一家四口。

直到有一天，周景扬动完手术插着鼻管，躺在床上，他听见周行叙质问霍慧文的偏心,听着外面的争吵声,周景扬头一次不理解周行叙,为什么有了健康的身体,弟弟又贪心地想要分走母爱?

这会打破公平。

他想,既然周行叙贪心地往前走一步,那么他也要往前跨一步。

现在他不过是想让他离薛与梵远一点。

结果却是他和薛与梵晚上在女生宿舍楼下说说笑笑后,现在坐在沙发上还装作一个无事人一样地说:"我和薛与梵没在一起,你要追就追呗,你要先追到了我就喊嫂子。"

周景扬想问,那如果他没有先追到,是不是就得喊弟妹了?

高中毕业,周行叙可以去毕业旅游。上了大学,他立刻就有了新车,可以住在外面。他却不可以,他依旧被这具身体限制了自由。

周景扬想,那自己也要相应的补偿。

霍慧文在厨房说青团和青糕好了,叫他们洗手吃一点。

周景扬没有应声,只是喊住了起身的周行叙:"我要是没有追到,你也不可以和她在一起。"

今天有了周景扬这一出,晚上薛与梵吃饭都觉得少了点胃口。

小八在宿舍听方芹说今天周景扬的事情,用筷子插着一个肉丸,听得津津有味:"拒绝了?然后就没有了?我被活动社奴役了一整天,居然听了个结局索然无味的八卦。"

佳佳躺在床上,趴在床沿边,参与话题:"不过梵梵你要坚守住,周景扬这套追人方法和你前男友一样,你千万不要重蹈覆辙。"

薛与梵:"放心,我现在没有谈恋爱的打算。"

"搞不懂,我要有你这张脸这个身材我肯定谈恋爱,无缝接轨那种。"小八嚼了两口淀粉含量都快超过肉的肉丸,叹了口气。

薛与梵笑道:"然后你就发现自己可能又要挂了老王的课。"

美好幻想因为一个"老王"就此破灭。

只要不是实训周,薛与梵的课表就还有可以睡午觉的空闲时间段。下午方芹有社团活动,佳佳去上了选修课,难得的睡午觉好机会被小八一通电话搅没了。

"梵梵你在宿舍吗?你看看我的桌子,就是我放书的那一排,是不是有一本发展史的书?和书放一起的有一个活动备案表?"

薛与梵让她稍等,自己掀开蚊帐下了床铺,按照小八的说法,是找到了一个"听辩风声"的活动备案表。

小八一听备案表在,瞬间松了一口气:"对对对,就是那个'听辩风声'。你现在有空帮我送过来吗?我在会议中心,拜托了,你来我请你喝奶茶。"

薛与梵拢了拢头发,弯腰把帆布鞋里早上穿过的袜子拿出来,也不嫌弃自己,重新穿上:"奶茶就算了,下周垃圾你帮我倒。我现在给你送过去。"

"以身相许,你是我此生唯一。"小八捧着手机在电话那头连亲了十下。

薛与梵嫌弃地把手机拿远了一点,不知道怎的就想到了那天自己和周行叙在宿舍楼下看人接吻,当时她觉得看别人亲没有美感,得自己参与。

现下参与到了小八隔岸送来的吻,薛与梵想,也不是所有自己参与的都有美感。

也得看合作伙伴。

然而在会议中心外面等来的不是小八,而是周景扬和他莫名其妙的表白。

他说要追求自己。

薛与梵后退了一步:"我求你不要。"

周景扬:"总要给个机会。"

薛与梵:"我虽然没给你机会,但是我给你脸了。"

抬眸，她看见不远处拿着手机不知道是在拍照还是录像的聂蔓。薛与梵还是相信小八的，同宿舍快三年了。小八是什么样的人她知道，明摆着小八现在也是被别人当了棋子把她骗来的。

薛与梵把小八电话里要的备案表给了周景扬："周景扬，你只在别人眼里看上去很不错。"

但她不是不知情的别人。

也不是没有私心公正不偏袒的别人。

很不爽。

想到被骗出来听表白让她失去了睡觉的机会，她就更不爽了。快步沿着会议中心的台阶下去，边走边回头望，没看见周景扬跟上来的身影，她也没有放慢脚步。

四月下旬的天，两点半的太阳挂在上空，路过篮球场，有男生打铁球没进后，骂了句脏话。

直到走得有些气喘了，薛与梵才放慢脚步，抬手挡在额前遮阳。这动作没有让自己好受多少，视线倒是受到了阻碍。

她先是看见一双鞋，距离越来越近也没有见鞋的主人移开，薛与梵这才抬头。

他穿得倒是凉快，长袖、短裤、联名鞋，不知道是冷还是热。背了把吉他，大约是要来宿舍楼旁边的社团活动室训练。

因为被表白的事情，薛与梵有点火气，开口语气也不好："挡路了。"

他没让，在薛与梵更生气的前一秒，他开口了："我哥今天和你表白了？"

薛与梵惊讶他怎么这么快就收到了消息，总不会是兄友弟恭，周景扬表白失败后去找弟弟要安慰的那种剧本吧。

他接着说："要不要跟我去开个房，找张床坐坐，聊聊天？"

听完，薛与梵觉得是冰山融化，巨大的冰块砸落冰湖的震撼程度。

他说得坦然,仿佛真是叫她去聊天的。

篮球场上的对抗还在继续,教室里趴倒睡觉的学生还在梦里自我安慰,说这不是虚度光阴,这是春困夏倦。

周行叙也还站在她面前,在等她的回答。

薛与梵喉咙一痒,将有碍视线的手放下了:"不要。"

"不要"两个字说完,她对上周行叙的眼睛,只说:"浪费开房那钱干吗?我家没人。"

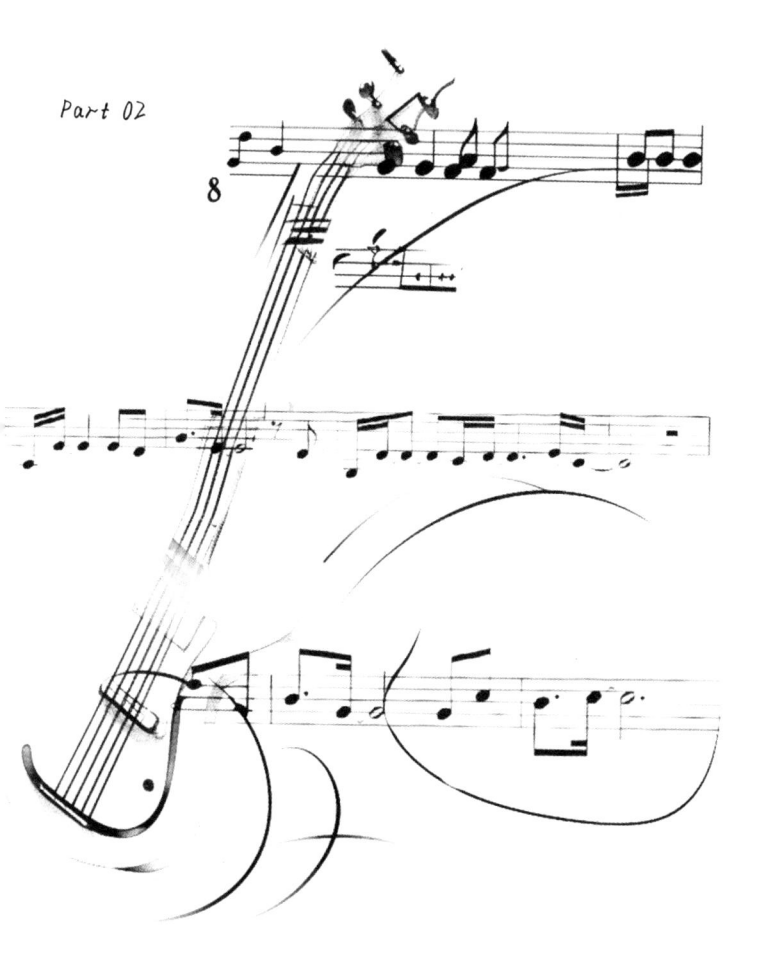

甜度

曲/周行叙

Part 02

| 第一章 |

鼻尖的雪松味

一分甜

周景扬和薛与梵表白这件事,是聂蔓告诉他的。

准确来说是聂蔓告诉唐洋的。

他和聂蔓分手的时候,联系方式是聂蔓主动删掉的,然后聂蔓又想吃回头草了,只是再加回来的申请信息被周行叙无视到现在。

唐洋把聂蔓发给他的照片转发给了周行叙。

附言:聂蔓说你哥在表白。

周行叙拿出手机点开图片,看着照片上面对面站着的男女,身高不搭,气质不合,衣服也不配。

怎么看都觉得照片上这两人站一块不合适。

他没有打算回信息,人往活动教室走,没走几步,手机一振,唐洋又发了一条信息过来。

唐洋:哥,你家户口上要多一页了。

文字后面还配了个"偷笑"的表情。

周行叙点开对话框。

周行叙:怎么?你要来当我儿子?

他只等了十分钟不到,就远远看见她走路带风似的横穿了大半个操场,走到没有树荫的地方,抬手遮阳。

今天阳光正好,连她发梢都泛着金色。

后来说起这件事,薛与梵枕着他胳膊,很煞风景:"染发剂颜色掉了,泛黄了。"

但至少此刻美感仍在。

听她开口说挡路了的口气,周行叙莫名的高兴,她对被周景扬表白这件事越不开心,他就越开心。

——"要不要跟我去开个房,找张床坐坐,聊聊天?"

话是开玩笑说的。

听见她说"不要"也没有多意外,甚至周行叙觉得在他的意料之中,想开口打趣一下周景扬和她表白这件事时,她又开口了。

——"浪费开房那钱干吗?我家没人。"

说不惊讶是假的。

周行叙觉得像在社会新闻上看到一个小孩开着儿童小电驴开了十几公里找妈妈一样的震惊。

泰国菜餐厅里的芒果椰子很好吃,因为照顾周行叙口味问题,薛与梵没点咖喱重的和调味料重的菜。

他们没去酒店,也没有去薛与梵家里。

而是去吃了饭。

周行叙说:"吃饱了好干活。"

这话被创造出来的时候,应该也没有想到自己会被用在这方面。

薛与梵觉得自己就像是个第一次去春游的小孩。然而,春游的车没有直奔目的地。

周行叙先带着她去了之前去过的乐器店,还是修吉他。

但不是之前那把。

薛与梵坐在休息区的沙发上,从薛与梵的角度看过去只能看见他的背影,他的手指指着吉他受损的地方,认真和老板在交流吉他维修的可能性。

以前薛与梵就发现了，男生美腿的概率似乎比女生高，又长又直。视线往上，上衣宽松看不出腰窄不窄，但是肩挺宽的。

老板扶了扶鼻梁上的眼镜，正想着怎么劝周行叙别修了。抬眸，却看见一直盯着他们看的薛与梵。打了个岔，抬了抬下巴叫周行叙往后看。

周行叙回头，直直地对上了落在自己身上的视线，他指了指吉他："马上就好。"

仿佛在告诉她别着急，薛与梵跟被烧灼似的移开视线，装模作样地看起了四周的乐器。那股消而又涨的紧张感又来了，后悔和期待并存。

薛与梵没来由地想到了二姐。

二姐以前有个很喜欢的男生。两个人是同学，有一段互相喜欢的青涩感情。那个男生会为了二姐坐一个半小时的公交车，趁着奶奶睡午觉的时间偷偷过来找二姐。

薛与梵是他们的小同盟，她乐此不疲地帮忙通风报信和打掩护，既有对奶奶不让她穿好看小裙子的反抗，也是因为那个哥哥买的雪糕很好吃。

那是连牵手都会心跳加速的年龄。

最后还是被发现了，分手的时候二姐躲在被子里哭了好久。

可能是和星座有关，二姐总是容易进入恋爱中。再当二姐同盟的时候，薛与梵已经上初中了。

可惜，奶奶多的是打鸳鸯的棍子。这一次的情节远比以前只是牵牵手要严重得多。

严重到奶奶扬言要打死她，将她淹死在河里。

对骂的声音锁在了这栋房子里，薛与梵站在走廊墙角面壁思过，后知后觉地想明白，二姐和那个男生没有穿衣服是在做什么。

然而奶奶对二姐的惩罚如同珍妮特在她的自传中写到的："惩罚没有修正我的行为……"

惩罚没有修正二姐的行为，反而使得二姐更加叛逆，大学毕业后，二姐怀孕了。

未婚先孕这事奶奶接受不了，但这事情最好藏着掖着，结了婚就没事。

但二姐非但没有结婚，甚至还把孩子生下来了。

人可以用外力去修正一棵树木的生长方向，让水果长成人想要的形状，人也可以用外力去改变和修正很多事物，唯独修正不了人自己。

二姐证明了奶奶的教育是失败的。她证明了一次，现在薛与梵觉得自己要证明第二次了。

但她自认为和二姐不一样，二姐"自损八百"的代价太大。

从小薛与梵受到的禁忌太多，越是管束、越是不准，她就越想去打开潘多拉魔盒。夏娃和亚当的经典故事流传至今，可惜她奶奶信佛。

"走吧。"

周行叙讲话的声音打断了薛与梵的回忆，她起身脚步不算快地跟在他身后，他走了几步，等人走过来。

偏偏薛与梵现在不想和他并肩一起走。

周行叙只以为她是等得不耐烦了："明天老板不开门，要关店一周。那把吉他是我自己攒零花钱买的，不修任它报废有点舍不得，虽然现在不怎么弹它了。"

薛与梵后知后觉，等反应过来他是在解释的时候，自己已经上了车。

他说他在学校旁边有公寓，一个人住。

薛与梵"嗯"了一声，嗯完之后怕自己显得太不情愿，想再说点什么，又不知道要说什么。

他住的公寓和学校就隔了一个商场，地理位置很不错。沿街全是梧桐树，还有一个和街边梧桐特别搭的老报亭。

等他把车开进小区，薛与梵还没来得及紧张他就靠边停了车，把车熄了火："便利店去不去？"

薛与梵摇了摇头,现在她心都快从嗓子眼跳出去了,没什么购物欲。

车门关上后,车里安静得薛与梵觉得有些耳鸣了,故意动了动胳膊发出一些白噪声。他速度很快,两分钟都不知道有没有,就回来了。

手里提着一个购物袋,购物袋随手被他放在中控的杯槽处,薛与梵看见了一袋糖果的包装一角,伸手拿了出来:"你买糖了?"

"给你买的。"他一边说,一边把安全带系上。

"不用特意去买。"薛与梵嘴上说着不用,手已经很自觉地撕开了包装。

"顺手买的。"周行叙单手握着方向盘,脸侧向她,视线落在后视镜上,观察着起步前后面的来车情况,"我不知道你喜欢什么款的,就挑了个我喜欢的。"

薛与梵剥了糖纸,咬碎水果硬糖:"就这个,我挺喜欢的。"

不过听他说他喜欢,薛与梵又拿了一颗糖:"那你要不要来一颗?"

说完,听见他的笑声。

薛与梵才反应过来两个人说的不是同一个东西,余光瞥向中控的杯槽,购物袋里面还有一个方盒子。

尴尬像个烂熟的爆汁莓果,溅得到处都是。咬碎的糖果碎渣呛了喉咙,薛与梵捂着嘴巴扭头开始咳嗽。

他在旁边开车,把手伸过来,准备帮她拍后背顺气,薛与梵吓得躲了一下,抬手把他伸过来的手挡了:"好好开车。"

说完,也到了公寓楼下。他一把倒进了车位里,挂了挡位之后按下了车子的启动键,伸手开了旁边的车门,彻底断了电源,这才重新把手伸过来:"现在可以了。"

手下力度正好,薛与梵又轻咳了两声,没什么事情,就是咳出了一身的汗。

最后清了清嗓子,薛与梵解了安全带拿起那包拆开的糖:"没事了。"

周行叙把手收回去,看见她手里的糖,他把购物袋拿了起来,将袋子口撑开:"要不要放里面?"

她突然有一种要把白棉花丢进墨水瓶里的错觉,攥紧了手:"不用了。"

他公寓在二楼,是loft公寓。

薛与梵跟在他身后,小心翼翼地打量着四周,和普通商品房的户型分布很不一样,最近网上这样的公寓风格很受欢迎。

周行叙这套公寓的朝向很不错,采光也很好。网上说不少loft公寓住起来会让人觉得压抑,但看周行叙这个公寓好像没有这种问题。

"房租多少?"薛与梵随口一问。

周行叙弯腰在鞋柜里找拖鞋,将拖鞋拿出来摆在她脚边:"买的,不是租的。"

"但听说不保值。"薛与梵踩着后脚跟把鞋脱了。

低头看向自己脚边的拖鞋,一双女士拖鞋。

和他脚上那双还是一个牌子的,除了尺码和颜色不一样。

有个词,叫情侣款。

周行叙往里走:"你觉得我在乎这公寓保值吗?"

也是,车都开得那么好了,有那个家底不用去在乎公寓保不保值。

她就像个来买房的,认真地打量着四周,看他喜欢摇滚音乐,但公寓装修却是简约风格。

角落里的绿色植物,窗帘上印有卡通玩偶的帘子绑带,也不知道是他哪个女朋友出的主意。

薛与梵穿上拖鞋往客厅沙发边走,手里还拿着那包糖:"隔音好吗?"

她看网上很多人说loft公寓不怎么隔音。

他去了厨房,站在冰箱前,双门的冰箱开着半扇门,他手里拿着瓶矿泉水:"也有啤酒,要哪个?"

薛与梵掉转了步子朝他走过去:"矿泉水吧。"

他拧松了瓶盖:"要不要掺点热水?"

薛与梵:"有热水吗?"

周行叙:"可以烧一壶。"

"那算了。"薛与梵伸手去接,"不用那么麻烦了。"

四月的天虽然热起来了,但喝起冰过的水还是觉得有些凉。

薛与梵小口小口地喝,见他从冰箱里拿了瓶啤酒出来,仰头喝了一口,把冰箱门关上,朝她笑了笑,莫名其妙地来了句:"还好。"

薛与梵没跟上他跳跃的话题,难道是说烧一壶热水不算很麻烦?

周行叙拿着听啤酒朝她走过来:"隔音效果还好,等会儿我们动静不要太大,不然会被邻居投诉。"

两分甜

周行叙在阳台,从晾衣架上扯了换洗衣服,绅士地问她要不要先洗澡。

薛与梵让他先,他没多说什么,给她开了家用的投影,让她可以先看看电影。

随便点了一部,是美剧《破产姐妹》,卡洛琳提着高跟鞋头发乱糟糟的,被在苏菲家过夜的奥列格发现了她穿着昨天的衣服到第二天凌晨回家。

总有一种明天她被室友抓包的真实写照,不吉利。

所以薛与梵又切换了一部。

《权力的游戏》第一季第二集,侍女在昏暗的房间里一点点地传授龙妈技巧,侍女轻轻转过龙妈的脸颊,告诉她:"你一定要看着他的眼睛,眼神才能传达爱意……"

画面里两个人双手十指相扣,侍女牵引着龙妈的手,放在她扭动的腰胯上……

算了,今天的电视剧和薛与梵都没有什么缘分。

浴室里的水声停了，周行叙擦着头发从里面走出来："你去吧。"

薛与梵洗澡的时候还是有一点紧张，但她还挺相信周行叙的。

她没洗头发，从浴室出去的时候，他在客厅里，脖子上挂了条毛巾，发梢还有点滴水，手里拿着喷壶，面朝着墙，正在给他摆在客厅角落里的绿植浇水。

看看，多游刃有余的感觉。

两个人一前一后上了二楼。

二楼的装修和一楼的风格大同小异，靠墙摆着好几把吉他，一个书柜镶嵌在墙里，上面摆着烧钱的黑胶专辑。

封面总是花里胡哨充满色彩感的甲壳虫乐队，《星运里的错》和《夏日终曲》被摆在了一起，还有一些其他明星的黑胶唱片……

周行叙站定在床边，看见薛与梵一边看着书柜，一边跟着自己走到床边，抬手把脖子上的毛巾拿起来，使坏般抬手将毛巾套上她的脖子，毛巾贴着后颈。

他手一扯，毛巾把人直接带到自己面前来了。

薛与梵没设防，被这突然一下拉扯，人撞进了他怀里。是他浴室里的味道，薛与梵洗澡用的也是那瓶沐浴露。

毛巾被他随手往旁边一丢，胳膊压在她后背上，带着她往床上倒。

可能是环境氛围加持，又或许是她知道接下来要发生的事情。

薛与梵是个看电影、看小说喜欢被剧透的人，她喜欢揣着结局再去看，知道结局再期待着故事情节的走向该如何转变才能达到结局。反而越是知道，就越是期待。

躺着接吻和站着接吻是两种感觉。

薛与梵闭眼感受，吻从眼睛开始，落在她鼻尖，轻啄了她的下巴，最后再往上从唇角慢慢探入。

他很会，亲了两下后，再离开，薛与梵刚准备放松投入，就觉得唇上的温热消失了，睁眼却对上近在咫尺的眼睛。

看见眼眸里沁着的水雾和自己后，周行叙得逞了，重新续上的吻，便没有了刚才的浅尝辄止。

周行叙把薛与梵的上衣团了一团，准备随手一丢的时候，又觉得是她的衣服，怕有褶子，便又把薛与梵的上衣展开好好地放在了床尾。

他贴心地扯了一个枕头垫在她脑袋下，让薛与梵抬头，说："枕着枕头，这样躺着会舒服。"

人总是会喜欢上很多奇奇怪怪的瞬间，比如他把自己的上衣整齐地放在了床尾。又如他扯着上衣的领口，往上一提，便把衣服脱了，也包括他给自己扯了一个枕头。

薛与梵看见他手臂上刻着的三个日期，她不知道是什么含义。

他摸了一把，夸一声："尺树寸泓啊。"

她娇嗔，骂一句："神经。"

很贴心地为了防止他社会性死亡，这声总得哼唧给两个人听。

被免费听墙脚，又尴尬又不好意思收费。

只是憋着总不太舒服。

上天怜悯，她没有压抑多久。她很相信周行叙，毕竟他是那么会亲。

周行叙床头柜上有一个电子时钟。自从高中毕业之后，这个仿佛催命一般的恐怖存在就被薛与梵抛弃了，上了大学后，室友里有方芹这个每天准时的温柔人型闹钟，她就很少再设闹钟了。

现下，薛与梵又看了眼电子时钟上的时间。床咯吱咯吱了十分钟出头，早知道就不压抑自己了，她想隔壁就是听墙脚，这点时间也不够下饭的吧。

扯过被子盖在自己的身上，双手叠在胸口，躺得笔直而且规矩，表情有点嫌弃："周行叙，没有想到你挺……中看不中用的。你吻技这么好，但这方面，嗯……"

周行叙压着被子了，薛与梵扯不了多少过去，他抬了抬身体，还贴心地给她让了被子,他解释:"我第一次。"

意料之外,但是也挺情理之中的。

薛与梵一直觉得自己没有什么第一次情结,否则当时也不会和周行叙勾搭在一起。在她的潜意识里,他浪子一个,谈过好几次恋爱,没道理是第一次。

像是意外之喜,一束小烟花在薛与梵心底炸开了,她没有表露太多喜悦,还故作欣慰和贴心:"那恭喜你,否则实在是太惨了。"

扑哧一声,笑了出来,她抬手擦了擦眼角笑出来的眼泪:"虽然可能刚才我动静有点大,但还好时间短,我看了眼时间,才十分钟出头,你应该不会被邻居投诉。"

时间短,十分钟出头……

周行叙后悔了,后悔给她让被子了,冻不死她。"呵"了一声,原本想抽烟的,将刚拿到手的烟盒随手丢了:"天还没亮呢,谁惨还不一定。"

…………

薛与梵搞不懂周行叙一个男生装修的时候,为什么还特意装了一个日落氛围灯。

此刻氛围灯亮着,从侧面将光打过来,将他们的身影投在书架那面墙上。

那双人的影子压在那一面墙的黑胶唱片上,那影子何德何能可以压在艺术音乐之上,压在那被喜欢的粉丝或是权威的媒体评价为音乐丰碑的唱片上?

哦,是生命的伟大运动,千万级别的大生意。

是人类基因里存在的本能。

他使坏,最后的时候把电子时钟拿到了薛与梵的面前:"看这次多久,不是爱看时间吗?"

周行叙抽走了薛与梵腰下的枕头,倚靠着床头。

体验感随着他有了经验和技巧之后，直线飙升。周行叙躺在旁边，看着薛与梵趴在床边，翘起小腿，脚丫子在空中晃悠着，语气像个评论家。

在说什么"前人栽树，后人乘凉"，说什么虽然这次不错，但她以后还是想做个乘凉的后人，毕竟陪练真的很辛苦。

舒服了，就是嘴巴还闭不上，讲不出好听的话。

周行叙把抽了一半的烟给掐了。

掀开被子，拉过她，用行动让薛与梵闭了嘴。求饶的话要是放在前两次周行叙或许还心软一下，搁在第三次，有了前两次的嘴欠，这次任由薛与梵怎么服软都没有用了。

神清气爽的是他，薛与梵蔫巴了。

听见他从床上起来，然后下了楼，楼下浴室的水声催人眠，薛与梵眼皮越来越重，裹紧了身上的被子，连根手指头都不想多动一下。

冲一个澡的工夫很快，扰了薛与梵睡意的不是楼下的响动，而是面条的香味。

香味飘上来没多久，薛与梵听见了他上楼的声音。

白T恤、灰色运动裤，头发大概也重新洗过了。

这男女的不平等在体力也在头发，这么勤快地洗头除非是掉坑里了，否则薛与梵绝对不会一个晚上洗两次头。

周行叙走到床边，把薛与梵的脸从糊了一脸的头发下剥出来，帮她把头发别到耳后："我煮了面，要不要起床下楼吃一点？"

想吃，但下床下楼就算了。

她好累，浑身都累，明明她是没出力的那个。

薛与梵摇了摇头，拒绝的"嗯"声拉得很长，在撒娇："我不要。"

不要下楼不想起床。

周行叙没走，劝了第二次："我都听见你肚子在叫了。"

见他知道自己肚子饿，没有跟广大男同胞似的直接走开，薛与梵趁机开始卖惨："你可以端上来给我吗？我被你弄得没有力气了，我好痛，我浑身都酸。"

不仅卖了惨，还甩了锅妄图在道德上让始作俑者愧疚，以此达到目的。

然，世事难料。

难料周行叙是第一次，也难料她嘴欠了两次是这个后果，还难料他是个记仇的天蝎座。

周行叙拒绝，就像小时候向卉纠正她的陋习一样："不行，不准在床上吃东西。"

他一说完，薛与梵扯过被子蒙住了头，裹着被子在床上滚了一圈，留了一个背影给他："那你饿死我吧。"

就像是小时候，她曾和向卉吵架，然后扬言要饿死自己，让向卉没有女儿。

怄完气，薛与梵后悔了。

她都已经在床上遭了周行叙的罪了，现在居然还让自己的胃也跟着遭罪。正想着要不要服软的时候，她听见脚步声渐行渐远，从被子里偷偷瞄了眼，他已经走下楼了。

就像小时候明明很喜欢一样东西，但还是违心地因为跟逗自己的大人怄气而选择不买。

干吗非要和吃的过意不去，民以食为天，那是天，现在天塌了。

木质的扶梯，上下楼声音不小。

没一会儿，脚步声重新停在床边："起来。"

薛与梵听见他说话的声音，扭过头，只见他手里拿着一个汤碗，汤碗里飘着香。

他拿着碗筷，站在床边，问她："坐起来吃总可以吧？"

三分甜

薛与梵现在身上没力气，鲤鱼打挺不行，但是"垂死病中惊坐起"还是可以表演一下："可以可以。"

周行叙把汤碗递给她，转身去拿了一个折叠的电脑桌，放在床上，再把汤碗搁在电脑桌上。

面是很普通的挂面，面上铺着两根青菜、两个荷包蛋和两块午餐肉。薛与梵套上自己的衣服，坐在床上吃东西。

他转身去衣柜里找床单，薛与梵左右开弓，一手筷子一手勺子，捞起面，吹了吹。

看周行叙在找床单，以为是他实在是太洁癖，面还没有送进口，想了想还是算了。毕竟不是每个人都和自己爸妈一样能接受别人在自己床上吃东西。

"你要实在接受不了，我还是下楼去吃吧。"

周行叙疑惑地从开着的衣柜门后，后仰着身子看她："不是。"

薛与梵还是没开吃："那你换什么床单？"

说完，他眉毛一挑，笑道："湿掉了，你没发现？"

"咳。"薛与梵想到了他那时候那句"尺树寸泓"，真是流氓有了墨水夸起人来，下流又风流。

找完床上四件套，他随手丢在沙发上，拿着手机坐姿懒散地埋在懒人沙发里。耳边是薛与梵吃面的声音，她是个适合做吃播的人，吃什么都津津有味的样子。

之前嘴上说着不吃，现下一碗面，连汤都没有了。

等她吃完，周行叙起身准备收拾碗筷，她倒是勤快了，说她下楼洗澡正好拿下去。

趁着薛与梵去洗澡，周行叙把床上的四件套换了，他也不算多会做家务的一个人，换起来算不上得心应手，但也有模有样。

换下来的被套塞进洗衣机里，靠着厨房的卫生间里传来水声，周行叙走进厨房，看见她把刚才那个碗给洗了，扣在沥水架上。

再上楼，手机里躺着应用程序推送的垃圾短信。微信里几条私聊都被公众号的信息压在了下面，他有些强迫症，喜欢把软件上所有的红点都点掉。

乐队群里他们在聊天，周行叙点进去往上翻了几条，唐洋发了翟稼渝举铁的照片，说翟稼渝运动会报名投掷铅球了。

群里的人瞬间变成捧场的邻里亲戚，呼喊着到时候一定去捧个场。周行叙唱了个反调，说不去。

翟稼渝问他为什么不来。

像个怨妇质问抛家弃子的男人。

周行叙没给他留面子，打字回复。

周行叙：我以为你大一那年见义勇为却被抓的时候已经大彻大悟，这辈子要远离任何投掷类运动了。

发完消息，周行叙听见楼下卫生间传来开门声，等了一会儿没有听见她的脚步声。

将手机丢在一旁，准备看看她怎么了。

"周行叙……"她开了一条门缝，站在卫生间里面喊他，"那个，可不可以借我一件衣服穿？我上衣有股味道。"

周行叙从衣柜里拿了件短袖，想了想又拿了条还装着盒的贴身衣服下去了。

薛与梵从门缝里伸手全部接过去了，也没看。

等展开衣服，看清了那条四四方方的东西后，周行叙站在门外听见了里面剧烈的咳嗽声。

他解释："我妈当时给我买的，买小了，我没穿过。"

听着外面的解释，薛与梵感觉人裂开了。

他又说:"你要是想挂空挡,空驶发车,我也没意见。"

薛与梵觉得自己人没了。

套上衣服,扭扭捏捏地从浴室出来,没想到周行叙端着水杯站在门口等她。

也没有藏着掖着,视线往下瞟被薛与梵看见了,她下意识地扯了扯短袖下摆。走了两步看人还站在原地,她踩在楼梯上,狐疑了一下。

周行叙手搭在开关上:"我关灯,你先上去。"

薛与梵掩着短袖下摆麻溜地往楼上跑,刚到二楼,楼下一暗。

薛与梵掀开被子躺了进去,等看他一步步走上楼,走到了床边,薛与梵感觉很奇怪,没有情人之间的坦然自若,没有男女朋友之间的恩爱直接。

两个人各占据着床的一半,薛与梵拿着手机,但也不知道要玩些什么,把一个个软件点开,再关掉,再点开。

他那边倒是挺忙,手机一直在响。薛与梵反反复复开关了软件几遍之后,不知道他是和谁聊天挺开心,嘴角就没有下去过。

"这么开心?"薛与梵只是好奇,但说出口又觉得他们这关系,不应该好奇聊天内容的。

不过周行叙解释了。

说是乐队的键盘手,一个叫翟稼渝的男生这次运动会要去投铅球,非要他们去捧场。

"然后呢?"薛与梵等着下文。

周行叙笑,把手机递给她看:"他大一的时候有一次见义勇为,碰上一个小偷偷东西,正好附近有警察也在追,他看着那小偷跑得挺快,怕警察追不上就把手上的篮球丢过去,想帮忙。结果……砸中警察了,最后被当作小偷同伙以及袭警给拎去派出所喝茶了。"

"真的?"

周行叙:"我以为这件事之后他已经放弃了这种投掷类的运动。"

不过说到了运动会,薛与梵问他参加了什么。

周行叙接过薛与梵递回来的手机,在群里说了句"睡了"之后就退了出来:"什么都没有参加。"

"我也是。"薛与梵叹了口气,"你说青春活力的大学是不是不应该这么荒废地度过?"

周行叙持相反意见:"我觉得不旷课、不挂科,已经是常人所不及的大学完成度了。"

薛与梵就这么被他说服了,甚至觉得很有道理。

舞动青春那是广播体操,她现在没有青春了,只有到了结婚的法定年龄却还是单身一个。高不成低不就,毕业就失业,二十多岁的"老年人"。

"你明天几点的课?"

"啊?"薛与梵颓废着,被他突然这么一问,一时间想不起来了,翻了一下课表才说,"我下午的课。"

"我九点半的课。"周行叙想说,她如果起不来可以睡到自然醒,下午上课了再去学校,也可以九点和他一起出门。

薛与梵:"我和你一起走。"

"行。"周行叙看了眼手机电量,问她要不要充电,得到薛与梵否定的答案后,他把手机熄屏,随手放在床头柜上。

一个人住习惯了,习惯了放下手机就伸手去关灯,结果关了灯之后看见薛与梵手机屏幕亮起的光。

周行叙:"不睡吗?"

"睡不着。"

"认床?"

倒也不是,薛与梵只是吃太饱了,但是这个答案也不想告诉他。

他又重新伸手把灯打开了,防止关灯玩手机对眼睛不好。

薛与梵抬头看着突然又亮起的灯,再扭头看向旁边的人,他屈着手臂,枕在自己胳膊上,短袖将手臂上的图案完全展露在薛与梵面前。

她好奇地凑过去看了一眼,周行叙把胳膊伸过去,给薛与梵正大光明研究下面小字的机会。

一个非常简单的时间轴设计。最开始是他的出生年月,他干脆自己解释了起来:"先是我的出生日期,再是我放弃学游泳的日期,这是我建乐队的那天……"

上面只有三个日期,剩下的便是一条黑色的线。

那时候薛与梵不会想象到几年后,自己的生日和与他的结婚纪念日以及孩子的出生日期会一点点地充实这条黑线。

不过彼时的薛与梵很羡慕,羡慕他活得这么随心所欲。

想玩乐队了,能不顾爸妈的反对,抗争到底。

她别说在身上画图案了,就是做个美甲都要被奶奶啰唆。薛与梵说着说着把手机放在床头柜上,扯了扯被子,平躺在床上,跟他盖着一床被子开始侃大山。

说起奶奶的教育观点后,薛与梵还不忘特意去看周行叙的表情,见他也一脸震惊和不理解后,薛与梵松了一口气:"我以前和我二姐说,奶奶如果知道茶达里应该会义无反顾地让我们穿上。"

怕周行叙不知道茶达里,薛与梵告诉他是一种阿富汗人的衣服。衣服一直长到脚踝,连面部都会遮住,人的脸在网面的布料之后,全身上下没有一处会露在外面,就像是一件蒙面长袍。

"你哥当时告诉我,说你特别离经叛道,我就在想……"薛与梵说着一顿,发现自己不知道什么时候侧着身子,面朝着他。

在夜晚和床上的加持,她说话的声音很轻,和他像是一对寻常夫妻睡前的交谈。当然这种轻声细语的交谈内容绝对和孩子的学习无关,否则轻不了声,细不了语。

周行叙偏着脸看着她,他开的是小夜灯,灯光不亮,从他那侧照过来,他的五官一半隐在昏暗里,一半清晰明朗。

薛与梵继续说:"我就在想……不错,就你了,很符合我的要求。"

说完,他笑了。重新将脸偏过去,视线落在天花板上:"所以你就是这么在床上激励一个第一次但是符合你要求,光为了你离经叛道当了个工具人的我?"

"别这么自我贬低,你不也报复你哥了?"薛与梵也躺平,不过又问,"我点评的那些话打击有这么大吗?"

"你小时候没有因为不会说话挨过打吗?"

薛与梵摇头:"我小时候很招人喜欢的,我妈妈是补课中心的老师,我没办法,嘴巴得甜,成绩得好,这样才能当我妈的活招牌。"

"嘴巴甜?"周行叙仿佛听了个笑话,床因为他笑,颤了两下。他继续笑着的时候,薛与梵抬脚踢过去了,他长长地舒了一口气,为了平复,"薛与梵,谁告诉你的?"

薛与梵没把踹他的脚收回来,以防止这个人继续说些不好听的话,到时候不用读条,直接把他踢下床:"我妈妈的同事,我以前的老师,每个人都这么说。"

"真是猪油蒙了心,苍天瞎了眼。"周行叙说着把薛与梵挨着自己的脚用腿一压,补了最后一句必定让她反击的话,"你好可怜,从小就生活在谎言里。"

记仇天蝎,她之前嘴欠了两下,他就非要欠回来。

橘色的灯光照明效果实在一般,却在人的视线里蒙上滤镜。

他在微微亮光中看向她,想起不久前的感觉,他喜欢游泳,喜欢那种被水包裹的感觉,而不久前在对方身上体验到的无上快乐,让他想起了一个猛子扎进游泳池里的快乐,那白色的水花与此刻体内的血液共鸣了。

薛与梵咬牙切齿:"周行叙。"

最有效的攻击武器被他限制了,薛与梵比力气也输掉了,脚被压着纹丝不动。张嘴咬人这一招也被他提前识破了,下巴被他捏着。

脸真小，感觉就只有他一个巴掌大。那样子就像是奶奶家养的一条小狗，很不喜欢被人抱，但周行叙每次去非要抱它，小型犬，被他单手捞在手里，发飙和蹬腿都没有威慑力。

和她现在差不多。

装凶也累，薛与梵正准备放弃的时候，他另一只手，撑在床上，支起身。雪松味道加重的一瞬间，他的脸放大。

薛与梵只觉得嘴角一热，脸上的手松了，他又重新躺了回去，伸手去关灯："行了，你嘴巴甜，睡觉吧，我明天上午还有课。"

黑暗重新落满室内，薛与梵脸埋在枕头里，听着旁边浅浅的呼吸声却平复不了心跳。她想，既然双方动机都不纯，下次就别搞这些情情爱爱的把戏了。

又不是谈恋爱。

她的脚自由了，自由了便被大脑操控了，补了之前那一脚，她脸半埋在枕头里，所以说话声音闷闷的："祝你睡过头。"

"衣服内裤脱了，还我。"周行叙佯装上手，"你挂空挡，空驶发车吧。"

四分甜

周行叙有了 KTV 那次先入为主的观点后，一直以为薛与梵是睡觉很乖的那种人。其实也很乖，不踢被子不打呼噜也不磨牙，就是……

她喜欢贴着人睡觉，偏不巧，周行叙是个不喜欢和人挨在一起睡觉的人。

周行叙给她让了大半张床后，自己已经躺在了"悬崖"边上，仰起头望见了薛与梵身后空出来的床位，不得不直接绕后换位。

但后半夜，迷迷糊糊他觉得一个身躯又贴上了他的后背，一条腿格外不客气地翘在了他腿上之后，周行叙放弃了。

平时九点半的课，周行叙一般八点五十才会起床，今天后背上贴着一张狗皮膏药，睡到七点，周行叙就不想赖床了。

起床的动静没有把她吵醒，被当睡衣的短袖下摆往上跑了，睡姿像登月飞天一般，睡颜可以算作恬静那一挂。

周行叙坐在床边，有些气不过。

这么爱抱着人睡觉，临下楼前，周行叙想了想还是拿了一个枕头塞她怀里了。

吵醒薛与梵的是洗衣机的声音，睁眼后不熟悉的环境让她刚开机的大脑一片空白，等数据接档后，记忆慢慢涌入大脑。

薛与梵坐在床上打着哈欠，手在肚子后背脖子处挠着痒，人在放空。

这是仅次于冬天晒太阳的快乐。

周行叙在厨房听见了洗衣机运行完成的提示音后，往阳台上走。把床单被套挂起来，还有几件他和薛与梵换下来的衣服。

等晾完，他刚走进客厅，下意识地抬头看了一眼，在二楼的扶手镂空柱子间看见了一个脑袋。

周行叙："小心脑袋卡着拿不出来。"

薛与梵给他展示了一下什么叫作"首府赵子龙，七进七出"。就是"赵子龙"最后注意力滑坡，起身的时候额头撞到了扶手。

周行叙在下面笑她："下来洗漱吧，我准备出门了。"

上衣被周行叙洗了，薛与梵只好穿着他的衣服回学校。

虽然没有夸张到全身酸痛，四肢如同拆了再装上去，又或许是什么卡车碾过的感觉，但是无力是真的。

薛与梵坐在玄关的地上，穿着鞋。以往一脚能蹬进去的鞋子，今天后跟怎么都提不上，只好解了鞋带再穿。

她实在不是故意手慢，但就跟小孩上学，大人上班一样，没劲。

下巴搁在膝盖上，调整着鞋带的松紧。视线里一只手拿起了她搁在旁边的另一只鞋，手上动作很快，三两下拆了她的鞋带，捞起她一只脚往鞋里塞。

"虽然我这节课中途才点名,但是迟到也不太好。"

薛与梵穿好了自己那只鞋,看自己的脚踩在他手掌心里,她突然来了句八竿子打不着的话:"你这样握着我的脚,我感觉脚好小。"

他穿鞋算不上温柔,鞋带系的松紧和她另一只脚也不一样。但他没给薛与梵叽叽歪歪挑错的机会,拎起人往外走。

身后的门刚关上,旁边的门也开了。

对方提着一个垃圾袋从里面出来,背上背着一个双肩包,穿的是今年最流行的长袖外面加一件短袖衬衫。

薛与梵有点做贼心虚,偷瞄他的视线被发现后,他只是脸上挂着礼貌的笑容,朝着薛与梵点了点头。

薛与梵看他好像和周行叙认识,两个人抬手打了个招呼。

他说:"女朋友来了?难怪早上没看见你。"

周行叙接话:"最近也很久没有早起了。"

他又说:"河边修葺结束了,可以早起了。"

周行叙谢谢他的告知:"那明天一起?"

那个男生说:"行。"

薛与梵跟在他们两个身后,看他们你一句我一句,明明每个字她都听得懂,但没一句她是理解的。

就跟以前说别人坏话的时候,"那个谁谁谁你知道吗?""我知道,她昨天晚上那啥啦""天啊,她胆子好大,居然真的干那啥""可不是,干脆还被那谁看见了,超级尴尬",这是属于好友的加密频道,每次她那个顺风耳的前桌都要来问一句。

"你们讲的是中文吗?我怎么感觉我好像听懂了但是又好像完全没懂?"

出了楼门,周行叙问那个男生要不要一起去学校。对方拒绝了,不知道他说有事先去个别的地方这话是真是假。

去学校的路上还是就他们两个,薛与梵忍不住问他:"你邻居不会听见了吧?"

隔音效果其实还不错,但是她这副小心翼翼的样子,一时间让周行叙心情有点复杂。搞得似乎很见不得人,但明明还是她邀请的自己,虽然自己鬼迷心窍也难辞其咎。

他系着安全带,让薛与梵放心。

周行叙没有吃早饭的习惯,但快到小区门口的时候还是踩了刹车:"门口有便利店,要吃什么我给你去买。"

两个人随便在门口便利店买了点早饭,结账的时候薛与梵站在旁边,视线随便一扫,扫到了摆在收银台最显眼位置上的"小雨伞"。

一眼就认出了昨天周行叙买的是哪个。

本着良好的职业素养,收银员每次面对一个客户都要推销一遍打折商品和活动商品。周行叙没注意收银员推销什么,随口就说了声"不用"。

薛与梵把三明治和牛奶放在周行叙的面包旁边,周行叙说"一起结账。"

店员那头和薛与梵推销到一半:"这边第二件是活动价……"

薛与梵打断了:"不用。"

正准备作罢的时候听见周行叙那句"一起结账",店员又不厌其烦地来了一句,实在是不知道这一小盒东西她能拿到多少提成。

"一起的?那你们更需要了,现在搞活动……"

店员越说,周行叙就越看不见薛与梵这个人了,她一点点地往他身后挪,最后彻底变成了一个排在他身后的"其他顾客"。

周行叙拒绝了店员的好意,说了句"下次"。

下次?

薛与梵挑眉,但没有往自己身上想,下次让他带着别人来好好挑一挑,毕竟她刚刚看着款式类型还挺多。

回到车上,薛与梵还是不由得批评了一句:"你们小区这边的店员太不正经了。"

他听完,笑了一声:"说得跟我们两个多正经一样。"

薛与梵拆着三明治心想,也是。

回宿舍的时候,方芹她们正准备去吃早饭,看见回来的薛与梵,小八开口就和她道歉。她是真的不知道周景扬要和她表白,要是知道一定不叫薛与梵送东西过去。

薛与梵挥手说:"没事,我昨天回家住了,你们去买早饭吧。"

方芹等薛与梵爬回上铺了,问她要不要帮她带早饭。

"不用,我回来的时候吃过了。"薛与梵只觉得累,就想再睡一会儿。

睡衣也没有换,直接穿着衣服就开始睡。也不知道是困极了,还是室友都放轻了动静,她直接睡到了临上课前的半个小时。

方芹喊她起床,薛与梵睡太久,依旧浑身没劲。躺在床上"嗯"了一声,表示自己已经醒了。睡醒的第一件事就是找手机,摸了半天才在屁股下找到。

看了眼锁屏上堆积的信息。

有人找。

是周行叙,问她好点了吗?

消息已经是一个多小时前发的了。

薛与梵随手回了句:还可以。

他说如果有什么不舒服就和他说,没了下文。

晚上洗完澡,薛与梵看了眼身上的印子,还好,不多。

她把上次周行叙的牛仔外套和这次穿回来的衣服都洗了,当然没有包括某条晾在女生宿舍外面就会出大事的贴身衣物。

小八洗完澡也过来晾衣服,看见薛与梵衣架上大出一个尺码的衣服:"你怎么换穿衣风格了?"

薛与梵咳了一声:"多元化生活。"

小八酸了:"懂,美女的资本。"

不得不说,周行叙很完美地体现了什么叫作"开心就好,纠缠别太多"。整个五一假期直到结束,他都没有找自己。

薛与梵也没有找他,在家里狠狠睡了一个假期后,迎来了撞上生理期的实训周。她建了两天的模之后,感觉自己和电脑今天必须报废一个。

熬到下课,校园里面全是运动会的宣传横幅。

薛与梵推了推鼻梁上的所谓防蓝光眼镜:"运动会是不是我们实训周一结束就要开始了?"

"嗯,周四、周五、周六和周日。"小八开心,因为这样下周五老王的课就被运动会占掉了。

薛与梵看着操场上临阵磨枪开始锻炼的人,摇了摇头:"我也就只能参加一样,躺尸大赛。"

小八叹了口气:"熬夜煲剧大赛我也有一战之力。"

最后两人对视了一眼,默契地来了一句:"我们是废物。"

废物也有吃饭的权利,两个人的炒饭里又加了一个鸡腿。薛与梵随口问起小八加分的事情,小八说学校新出了一个流浪动物救助计划。

薛与梵啃了口鸡腿,听罢把鸡腿夹过去:"好伟大,这是我的贡献。"

小八被她逗笑了,两个人说说笑笑的时候,薛与梵一抬头就看见了聂蔓坐在她的斜对面。

小八看她笑到一半停了,下意识地顺着薛与梵的视线回头望过去。发现是聂蔓之后,又偷偷瞄了眼薛与梵,察觉到暗流涌动,她八卦了一下。

薛与梵收回视线，挖了勺炒饭："可能是被我贡献的鸡腿震惊到了吧，发现我又美丽又善良。"

小八嗤声："不要脸。"

薛与梵不恼，知道小八这句"不要脸"里没有贬义的意思："美貌是公共财富，你这是对人民群众的财产进行人身攻击，今晚月亮会审判你。"

小八："那请把我关在有肌肉猛男的女监狱里。"

薛与梵鄙视小八："猛男好惨，坐牢都没有逃脱你的魔爪。"

她们离开的时候聂蔓她们还没有走，小八打着饱嗝想去逛一下超市。

薛与梵被她拉着走，立马把自己择干净了："这次是你自己要吃的，我可没有当你减肥路上的绊脚石。"

小八扯着嘴角，无语至极："你怎么这么没有眼力见儿，在我摄入罪恶的碳酸饮料前居然跟我提'减肥'二字。"

薛与梵莫名地想到了之前周行叙问她有没有因为不会说话挨过打，现在想来，原来危险时刻在身边潜伏着。

她们既然去了超市，就顺路给方芹和佳佳当起了免费劳动力。小八拿着手机等方芹把购物清单发过来，薛与梵赖在门口的关东煮架前不肯走了。

鱼豆腐煮的时间比较久，吃起来特别入味。

方芹那头来了短信，说她和佳佳在操场。

关东煮吃得薛与梵出了一身汗，五月的天超市里还没有开启空调，薛与梵和小八很没有素质地站在冰柜前，佯装挑饮料，实则吹冷风。

小八拿着手机，在和方芹聊天，几条消息后，小八激动了起来："梵梵，我们快走。"

"嗯？"薛与梵嚼着魔芋丝，注意力全在小八身上，完全没有感觉到身后走来了个人。

小八把手机递到薛与梵面前:"方芹说操场上有帅哥,有光膀子的帅哥,走走走,我们快去,去晚了帅哥就要穿衣服了。"

薛与梵看着对话框里的消息,还有一张方芹发过来的照片,虽然操场灯光不好,但还是能勉强看个大概。

"身材不错。"薛与梵还顺手搭在小八的手机屏幕上,双指放大了照片,欣赏了一下。

喝了口汤,准备拿瓶矿泉水就跟小八走。

抬头看着各个牌子的矿泉水,还没有来得及挑出一瓶,一只手便从她身后伸了过来。下一秒,身后的存在感如同平地而起的海啸,笼罩在她上方。

薛与梵回头,视线顺着手臂慢慢往上,大约是因为天热,他穿了件短袖,手臂上的时间轴在袖口处若隐若现。

越是转身,鼻尖那股雪松味就越浓。

五分甜

因为钟临的事情,周行叙在学校待到现在还没走,坐在操场上看着翟稼渝投铅球。

周行叙找了个最安全的位置,一个翟稼渝只要不是故意杀人就绝对投不到的位置。

商量了半天,没个结果。

因为他们说着说着就跑题了。

翟稼渝把一件短袖穿成了无袖,短袖袖子卷着,在那边跟唐洋炫耀着肌肉:"看看看,我觉得我再练一周的铅球,肌肉绝对漂亮。"

唐洋敷衍着:"是是是,键盘都遭不住,改打架子鼓吧!"

左任打击他,撩起自己的袖子,手臂微微用力,肌肉明显比翟稼渝多:"就你这么点肌肉,更方便敲拨浪鼓吧。"

翟稼渝把手缩回去了:"方便我以后抡起键盘砸死你们。"

话题再回到钟临把他们也坑了的问题上时,周行叙秉持着,成年人得为自己的行为负责,不是爹不是妈,没有必要给她收拾烂摊子的态度,决定散会。

临走前去超市,是他们的提议。

周行叙没想去,走到拐角准备和他们分道扬镳的时候,左任象征性地又挽留了一下。周行叙拒绝的话在嘴边了,抬眸望见一个从食堂走出来的人。

和室友手挽着手,说说笑笑,关系不错。

周行叙想了想:"那行吧,你请客,宰你一次。"

薛与梵有一种出轨被抓的错觉,负罪感堪比家里有猫还去了猫咖。

不过她很快就给自己重拾了理智,他们只是约了一次的关系,他们是千万级别生意的合作伙伴。

这种关系最不需要的就是心虚和道德感。

小八站在旁边,看着眼前刺痛她的一幕。

男女长得靓,站一块确实养眼,动作也亲昵,不像壁咚,又带了点壁咚的味道。可惜她虽然和薛与梵关系很好,但是一时之间也不知道自己是否应该帮助她。

毕竟谁都享受和帅哥这样,但万一薛与梵此刻想突围怎么办?

在开口有可能被薛与梵记恨,和不开口也可能被薛与梵记恨的两难境地之时,薛与梵自己开口了:"让让。"

周行叙没有低头看她,大约是仗着自己比她高了那么一截,左右扭头装作看不见她。

薛与梵在心里骂了句脏话:"下面。"

说完,他挑了挑眉,慢悠悠地垂下眼眸,低头朝她笑,开口阴阳怪气:"嗯,也只能在下面。"

薛与梵觉得自己没有救了，平时算不上遁入空门般的清心寡欲但也没有成为思想变色龙。现在他只是随口说了一句，她就开始脑子发热，莫名又想到了那次的细节。

那天好像，她确实一直在下面。

两个人这么一闹，没有什么购物欲的左任都买完东西在等结账了。

周行叙跟着她拿了一瓶一样的矿泉水，顺手将门关上之后才发现旁边还有一个人，好像是薛与梵室友。

周行叙说了句"抱歉"，重新把柜门打开，给小八让了位置："不好意思。"

翟稼渝他们仗着左任已经在排队了，就纷纷把东西和左任的放在了一起。薛与梵拿着矿泉水站在队伍后面，白色的地砖上先出现了一个影子，他拿着矿泉水排在她身后，朝着前面那几个人打招呼，开口："让她先结账吧。"

薛与梵刚准备开口拒绝。

只听后面的人又幽幽开口："人家还等着去操场看帅哥呢，去晚了帅哥穿衣服就错过了。"

薛与梵：靠……

左任他们憋着笑，把自己的东西往旁边放，给薛与梵在收银台前让出了一个位置。

薛与梵耳根都红了，硬着头皮走过去，走近了还能听见他们憋笑的声音。

只是那时候薛与梵尚未听出他们笑声里对周行叙的打趣，只是单纯以为是在笑话她。

小八追出去的时候，薛与梵犹如一个竞走运动员，已经走得老远了。小八在后面喊她："梵梵你等等我，别着急，帅哥跑不了。"

真是没完了。

操场上的帅哥是没有走掉，只是薛与梵没有了那个欣赏的心情。

方芹从小八那里拿了包零食，递了一块到薛与梵嘴边："怎么了？帅哥都激发不了你的热情了？"

"我们来的时候在超市碰见周行叙了。"小八看薛与梵不吃，自己凑上去，叫方芹投喂给她，"'财管一枝花'不是浪得虚名，没见过更帅的了。就好比那主菜上太早，一下子吃了最好吃的，吃干抹净以后你还吃得下后面又甜又腻的甜品吗？"

吃干抹净……

薛与梵嫌弃："小八，你越来越污浊了。"

小八无辜中箭："啊？"

运动会热热闹闹地办了起来。

舞蹈学院开幕式的表演永远是最精彩的，薛与梵看了看四周全是围观的女生，事实证明，新时代里，女生总是比男生更喜欢漂亮的女孩子。

没心肝的班长把她安排在了上午的看台上，阳光直面而来，照得原本就刚结束实训周睡眠严重不足的薛与梵更加昏昏欲睡。

她们一个宿舍坐看台的时间都不一样，小八她们现在还在宿舍床上躺着，在宿舍群里问薛与梵开幕式好不好看。

薛与梵：好看。

方芹：听说今天有个学院是帅哥方阵？

小八：梵梵你在现场，和舞蹈学院的美女相比，哪个好看？

薛与梵：我肤浅，我两个都喜欢。

她一发完，宿舍群里出现了刷屏的大笑。小八更是公开处刑，直接截了聊天记录发在了朋友圈，头像、昵称和群名全没有打码。

薛与梵拿着手机，跷着二郎腿坐在看台上，在小八的动态下面留言。

——食色性也。

开幕式的表演占了大半个上午，薛与梵把手机玩掉了一半的电量，手机已经发烫了，她在衣服上擦了擦手心的汗。五月的太阳虽然已经手下留情，但晒一晒还是会皮肤发红。

今天的比赛都是预赛，精彩程度一般。薛与梵想到那天周行叙随口说了翟稼渝报名了铅球，虽然他嘴上说不会看，但薛与梵不知道哪里来的直觉，就觉得周行叙今天肯定会去。

问旁边的男生借阅了一下整场比赛的流程手册，翻看着铅球比赛的时间。

很巧，预赛就是今天上午最后一个项目。

半个小时以后就要开始了。

薛与梵把手册还了回去，那个男生被旁边的同伴推了一下，手册没接，手机倒是拿了出来，问能不能给个联系方式。

薛与梵摇了摇头，拒绝之后她怕别人尴尬，干脆起身走人了。

铅球的比赛场地在操场对面，薛与梵想了想还是放弃了横穿整个操场的想法，万一误入什么比赛场地也不好。

从看台下去，她准备走人少但路远的宿舍楼后面，从操场外面绕一圈走到铅球比赛场边，临走前去旁边的体育馆上了厕所。

好巧不巧，进去的时候没人，出来的时候体育馆侧门门口站了一男一女。

薛与梵不怎么相信缘分这种东西，但这会儿碰见他，还是觉得很巧。

好像和他一直挺有缘分的，寒假那次在商场偶遇，不久前在超市买水聊帅哥又偶遇过一次，还有几次凑巧的图书馆偶遇。

撞见他和女生有事，好像也不是第一次了。

一次是他在食堂和人分手，一次是他和钟临在超市门口讲话，讲完话居然还送她去买了材料。

站在周行叙对面的那个女生，薛与梵不认识，不是什么大美女，干干净净，五官端正，她集齐了棉麻风、小鹿眼妆以及撒手锏的那一声"学长"，把薛与梵鸡皮疙瘩都喊出来了。

他穿着短袖白T恤，双手插兜，站在树荫下，斑驳的光影落在他衣服上，深一块，浅一块："谢谢你的喜欢，但是我不想谈恋爱。"

薛与梵第一反应就是撞见他被人表白了。

第二反应就是好尴尬，走了走了。

等走开之后，又觉得好戏必须看。

但今天丘比特大概盯上她了，转身想回去偷看偷听的时候，就遇见了之前问她要联系方式的那个男生。

薛与梵正准备学鲁智深倒拔垂杨，今天是她薛与梵徒手劈桃树的时候，那个男生举起了手上的钥匙串。

"是不是你的钥匙掉了？"

薛与梵一摸口袋，还真是，有礼貌地朝着那人道谢："谢谢。"

伸手准备接过钥匙的时候，男生手一抬："那给我你的联系方式呗。"

"你叫什么名字？"薛与梵看他举起手，脸就垮下来了。

但对方似乎没有注意到薛与梵的变化，乐呵呵地报上大名和学校以及院系。

不是他们学校的，是今天跟本校朋友过来玩的。

周景扬的例子教会了薛与梵，联系方式不能随便给，有些人就是会蹬鼻子上脸。马尔克斯说的"源自教训而非经验"，多有哲理的一句话。文学大家拿诺贝尔奖也不全靠屎尿屁，虽然他是真的爱写。

薛与梵把名字记下来："钥匙你想给就给，不给我也还有备用的。上面两把钥匙，一把是我家的，一把是我宿舍的。钥匙你不还给我，那么以后我们家和宿舍丢失任何东西，报警的时候都会向警察提供你的名字，希望到时候每一次人证物证都可以证明你是清白的。"

说完，钥匙到手了。

薛与梵目送着那个男生落荒而逃的背影，咋舌："真一般哪……"

"是你太吓人了。"周行叙负着手站在她身后，顺着她的视线看向那个没影的男生。

偷听不成反被偷听。

薛与梵看见了他胳膊下夹着的信封,粉红色的,连封口处贴着的都是爱心贴纸。"呵"了一声:"是的,不比你有礼貌,对喜欢自己的人都温柔地来一句,'谢谢你的喜欢'。"

听她学自己的话,周行叙皱了皱眉头,不太喜欢。

不过看她阴阳怪气,他舒展了眉眼,微微弯腰,凑到薛与梵面前打量着她:"薛与梵,你是不是吃醋了?"

"我早上确实去吃饺子了。"薛与梵坦然自若地点了头,"我吃饺子要蘸醋。"

六分甜

原本去铅球场地碰碰运气,就是因为想看看能不能偶遇他。现在人就在旁边了,薛与梵也不想去看翟稼渝比赛了。

只是等和他一起在餐厅坐下的时候,薛与梵还是忍不住说了句:"为什么我们两个见面每次都是去吃饭呢?"

周行叙在手机上下完单,拿起两个水杯,给她和自己倒了杯柠檬水:"你要想和我干点别的,运动会不上课我也有时间。"

有的时候薛与梵觉得思想变污浊这件事,真不能怪她。磁场莫名其妙地就发生了变化,虽然两个人都没有将改变磁场的那件事放在心上。

斜对面的情侣恩爱地挤在一起,女生推开了旁边的男生,举起手机,拍了自己,拍了餐厅,拍了菜,却没有给旁边的男生露脸的机会。

薛与梵拿过倒了水的水杯,视线看着旁边:"你的技术,我以为你比我更清楚有没有再使用的价值。"

周行叙不恼,坐在对面,被气笑了。手臂搭在桌沿边上,看她视线错开落在旁边。五指从杯口上面向下握着杯子,歪头看着薛与梵。

"你知道吗?一个人越是质疑一个男人在那方面的能力,就越会激起这个男人想要证明的胜负心。"

他在对面慢悠悠地继续讲着话,落在薛与梵身上的视线,仿佛能透过表面剖析出她的内心一般。

他问,但语气里没有疑惑,甚至带着一丝笃定:"薛与梵,你其实是不是想再睡我,所以一直否定我?"

高手交锋,兵不血刃,刀刀致命。

薛与梵直着腰板,将落在旁边的视线移到周行叙身上,嘴角扬着笑:"需要我分一点自知之明给你和你哥吗?"

一切表现得都非常好,比电视剧里演员的演技都精湛,除了最后架不住还是心虚了一下,她牙齿磕在杯子上。

细小的声音落在了周行叙的耳朵里,他也笑,甚至比打击他的薛与梵笑得还开心。

临走前,薛与梵想去上个厕所。刚说完,他就伸出了手,主动接过薛与梵的包。

薛与梵想,她永远拜倒于细节。

比如他主动伸手帮忙拿包,又如说着不准在他床上吃东西,但还是把面端到了她面前。

厕所里,除了她还有一个正在补妆的女生,薛与梵上完厕所出来,洗手的时候,下意识地抬头看了眼面前的镜子。

沾着水的手稍稍理了理头发。

不怪水仙照水自恋,薛与梵有时候也会拿面镜子自我欣赏一下。此刻镜子里的人,淡妆也相宜。

就是……

薛与梵嘀咕了一句:"欲求不满到这么明显吗?"

居然一眼被识破。

薛与梵已经没有第一次去他公寓时那种像是买房的参观心情了。

从车上下来,她觉得天热。有研究表明,现在才是中暑的高发季节。

周行叙走在前面,拿着手机,不怕走路摔跤。薛与梵随口问了一句:"你今天没去看你朋友的铅球比赛,没事吧?"

"没事。"

薛与梵跟着他进了楼,身后的自动门重新关上时,门禁又落了锁。

薛与梵也重复了一句:"没事,今天错过了,还有决赛。"

周行叙把手机递给她看:"预赛就已经被淘汰了。"

薛与梵接过他的手机,手机界面是乐队群。

群里正在对翟稼渝进行无情嘲讽。

左任:阿叙你今天没来绝对会后悔的,我八百年没有笑这么痛快过了。

翟稼渝:没事,等你葬礼上我笑给他听。

唐洋:这是铅球比赛吗?这叫人类大逃杀。

翟稼渝:可惜偏了一点,否则就能把你嘴给砸平了,省得一天到晚胡说八道。

蒋钊:你不知道这孙子多搞笑,一开始斗志昂扬,结果看见周围一群胳膊比他脑袋还粗的大块头,瞬间就蔫了,问我弃权哪里弃。

翟稼渝:重新招个键盘手吧,这个群里我是待不下去了。

最损的是,还有人发了翟稼渝投球时候的表情给大家看。

薛与梵一条条信息看下来之后,不知不觉就到了他公寓门口,他用指纹开了门锁,换完鞋之后把鞋柜里那双女士拖鞋拿出来,摆在薛与梵脚边。

也没有催她快点看,或是叫她给手机,换完鞋之后自己进厨房给她倒了杯水放在了客厅茶几上,顺手又把投影开了。

薛与梵马上就看完的时候,突然来了通电话。

看着备注上"钟临"两字,薛与梵的心情立刻从开心转化为平静,脸上的表情也一秒归于平常,刚想喊周行叙,他已经听见电话铃声自己走过来了。

……………

他在阳台接电话,薛与梵在玄关处把鞋换了之后,坐到了沙发上。

公寓的采光很不错,投影的价格应该不便宜,不拉窗帘也能看清画面。

薛与梵整个人懒在沙发上,播放列表提不起她的兴趣,她扭头朝阳台上看过去,看见了上次来过夜的时候被周行叙洗了的自己的上衣,现在还挂在阳台上。

他拿着手机背对着她在讲电话,电话的通话时间不算短,但也没有长到像是煲电话粥那样。

他进来的时候,还看着手机。

看了眼幕布,发现没在播放电视,以为薛与梵没找到遥控器,再一看,遥控器就在她手里:"怎么不看电视?"

薛与梵没接话,只是视线随着他走过来在旁边坐下而变化。

周行叙说最近有部电影还挺好看:"你可以先看看。"

说完,薛与梵还是没动。

周行叙又解释自己有点事情,看她有些狐疑的小表情,笑道:"怎么?想直奔主题?"

薛与梵眨了眨眼睛,略作思考后,说:"感觉这才符合当代生活节奏。"

他还没来得及回答又有电话打进来了,起身再去了阳台,肩头碰到了她那件还晾着的衣服,衣服轻轻地晃动着。

这次通话时长明显就短多了,只是他要出去一趟。薛与梵听见他要出去就跟着一起起身,准备回去了。

既然他今天突然有事,那就改天吧。

周行叙拿起车钥匙,看她走过来,不知道是真没懂还是假不懂她其实是准备一起走,说:"不用送,我很快就回来。你看会儿电视,外卖也可以送上楼,地址直接定位到门口。门如果不小心关了,密码是11090000。"

1109是他的生日,后面四个零大约是为了凑满八位数的密码随便按的。

话从薛与梵口中出来,最后就变成了:"路上小心,早点回来。"

像她妈妈向卉每次给应酬的老薛打电话,这温馨的八个大字后面,一般还会跟上:"少喝点酒,吃完饭就给我回来,要是被我知道你喊小姐洗脚唱歌,你试试看。"

——试试看棺材板躺着舒不舒服。

只是薛与梵没有向卉当老师训人多年的经验,状态语气来不了那么快,这时候说出口的话,像叮嘱,不似向卉恐吓加训斥。

他扶着门框,穿好了鞋:"知道了,放心,我很快就回来。"

一来一回两句话,寻常得不得了。

只是他关门前,看着站在门口的薛与梵,扬了扬嘴角:"回来就可以直奔主题了。"

解释的话还没有说出口,门就被关上了。

他的公寓不是监狱,不是牢笼,她可以现在一走了之。看着棕色的木门,薛与梵还是回头朝着沙发走过去,随手点了部电影。

电影里主角正在展示极其无脑,槽点众多的催眠手法,薛与梵觉得网友在为了喷而喷,催眠效果不要太写实,她都看睡着了。

抱着沙发抱枕,面朝着沙发椅背蜷缩着睡着了。

周行叙回来的时候,就看见室内昏暗,他出去的时间比预计的要久。五月的天,太阳落山虽然比之前变慢了,但回来,还是黄昏已过。

电影已经播放结束了,幕布上显示着待播界面,微弱的荧光直直地照在她身上,光影之间,空气中静止的细小灰尘悬浮在其中。

是周行叙抱她起来的动作把她给弄醒的:"怎么没去我床上睡?"

薛与梵在被抱起来的瞬间,下意识地挣扎了一下,待看清是周行叙后，薛与梵缓了一下，手背搭在有些睁不开的眼睛上："你回来了？"

周行叙看她挣扎，就没抱她去床上，看她打着哈欠，睡意正浓的样子，捏了捏她的脸颊："醒醒神吧，我先去洗澡。"

洗澡哦？

他回来了，得直奔主题去了。

薛与梵在沙发上缓了缓，起身去阳台上把自己挂晾着的衣服收下来。摸着上衣，不得不感叹首府半个月的气温涨得比油价还快。

周行叙洗完澡出来，看见她睡意还没完全散掉，样子傻愣愣地坐在沙发上，手里拿着她之前脱在他公寓的上衣。

他就穿了条裤子，头发滴着水，手里拿着的干净短袖还没有来得及穿："你不怕捂出痱子？"

"那你借我件衣服。"薛与梵也觉得这件上衣有点厚了，随手往旁边一放。

周行叙把手里还没穿的短袖递给她："衣服都要被你骗光了。"

薛与梵拿着衣服往卫生间走，听见他这话，扭头反驳："下次我再来，一定给你全部带来。"

周行叙拿着毛巾在擦头发，听见薛与梵这话，笑了笑："还有下次啊？"

他说完薛与梵没回答。

背对着他，懊恼地朝自己嘴巴打了一下，难怪古装电视剧里都要劝诫皇帝三思，不是没有道理。

她也想不到什么反击的话，干脆不说了。走进卫生间，把门关上了。

"怎么还生气了？"他抓到了个机会就开始逗她，"我又没说不欢迎你。"

| 第二章 |

不一样的夏天

七分甜

浴室里传来水声,周行叙在沙发上找到了自己的手机,锁屏上堆着群消息。

唐洋说他们已经安排好了钟临的住院手续。

周行叙回了个简单的"好"字。

从冰箱里拿出来的啤酒,铝罐外面布满了小水珠,拿起来,沾了满手的水。周行叙看见她放在沙发上的衣服,伸手扯了过来帮她叠好放在沙发扶手上。

投影的幕布上正放比赛,两支他都不算支持的战队正在打保级赛。解说的文化水平不错,将一代豪门再次没落形容成"力拔山兮气盖世,时不利兮骓不逝",要周行叙说就是中单太菜,一人坑了全队,不行就找个电子厂上班吧。

因为不是自己支持的战队,所以周行叙能抱着平常心去看,也就能从比赛上分心去留意卫生间的声音。

听得出来她是个节约用水的人,洗澡涂沐浴露的时候会关水,等花洒水声再响起之后,没一会儿水声消失,他听见干湿分离玻璃门的滚轮滑动的声音。

周行叙起身,拿起丢在餐桌椅子上的购物袋。

购物袋里就两样东西。

周行叙把盒装的一次性内裤拿了出来,敲了敲卫生间的门:"开个门。"

"干吗?"

"你还想挂空挡啊?"

薛与梵洗完澡出来,套着他那件短袖,将她的脏衣服丢进了脏衣篓里,看他没开灯坐在沙发上看比赛,茶几上摆着一个烟灰缸还有一听啤酒。

她拿起抱枕坐在沙发上,等坐下后把抱枕放在腿上,夸他贴心:"这么贴心,差点叫我沦陷了。"

他听见她说话的声音,将视线从比赛直播上移开,看向旁边的人,听见她这么说话,周行叙越发觉得她像一只小狐狸。

聪明又狡猾,会勾人,又理智。

"差点沦陷?"周行叙故作失望,"这么贴心都没有爱上?"

薛与梵侧着坐,手搭在沙发椅背上,手指缠上一缕头发,抬眸:"干吗?失落了?不过等会儿你要是贴心地给我煮碗面,我可能就彻底沦陷了。"

小狐狸就是小狐狸。

周行叙笑意更浓了:"不用了,我现在就彻底断了你的念想。套的钱我就不问你要了,但你穿着的一次性内裤,一共五十块。请问怎么支付?"

薛与梵心里骂娘:"我就穿了一条,总价除以条数,微信转你。"

周行叙拒绝,必须全款:"那剩下的我也穿不了。"

"你可以贴心地留给其他妹妹穿啊。"薛与梵着重强调了"贴心"两个字的发音。

有些人的爪子会挠疼人,有些人的爪子挠人,让人心痒痒。

薛与梵就是后者。

周行叙起身,薛与梵以为他还有别的事情,正巧投影里的比赛视频也放完了,薛与梵想到白天那部很烂的电影,自己看了一半就睡着了。她找着遥控器,象征性地说了句:"比赛放完了,我换一个看看,可以吗?"

周行叙起身是去拿放在餐桌旁边椅子上的购物袋的,听见薛与梵的话,他走到了沙发后面,伸手从后面捏住了她的下巴,手指报复性地用了用力气。

她没办法,仰着头,后脑勺枕着沙发椅背看着他。两只手抓着他的手腕,不满他突然的动作,眉头蹙着,这个姿势很不舒服:"干吗?"

"我这么一个人跟你待一块,你就想看电影啊?"

薛与梵余光看见了他手里的购物袋,隐隐猜到了里面是什么,薛与梵一愣:"你还有兴致啊?"

"要是没兴致就直接送你回宿舍了。"周行叙没松手,看着她仰头的姿势以及这个姿势展露出来的颈部线条,喉结一滚,"在这儿也可以,省得换床单了。"

薛与梵还没有消化那句话,脸颊蹭到他的头发,下一秒雪松味占满鼻腔,脖子一疼。

她呜咽,喉咙发声因而颤动,所有的颤动被贴在脖子上的唇舌接收到。

…………

周行叙想得简单了,地毯和沙发的清洗难度远远高于床单,薛与梵身上披了条毯子,她占用了一大半,分了一点给周行叙。

周行叙靠在沙发上,暂时将清洗工作以及其他的事情全部抛之脑后。事后一根烟,开启贤者模式。想一想世界大事,想一想宇宙与人类的必然联系……

薛与梵听见了打火机的声音,闻见烟味后,扯了扯毯子捂住口鼻。

扯毯子的动作将周行叙的思绪暂时从浩瀚宇宙、时间洪流中扯回当下,余光看见她用毯子捂着鼻子,周行叙将烟换到另一只手上,手搭在沙发椅背上,拿远了一些,三两口抽掉大半根。

突然听见她毯子下闷闷的声音,她问:"事后一根烟是什么感觉?"

周行叙把最后几口留给她了,看着泛红的唇含住黄色的烟蒂。

她学着自己的样子,吸了一口。没有被呛出眼泪,只是什么味道也没有尝出来,在嘴巴里过了一下,就被薛与梵吐了出来。

那时候爱意尚未真正萌芽。周行叙教她抽烟,没细想她是否会染上恶习,虽然后来周行叙挺后悔的,甚至不止一次说她抽烟样子难看,抽烟不好。

此刻,白烟隔在两个人中间,她因为抽烟坐起了身,沉默就像她吐出口的烟圈,飘在他们四周。视线的清晰度被白烟减弱了,但还是能看见她肩头的牙印。

他咬的。不知道有没有人统计过一个普通人一辈子里所有说过的话中,废话占据多少。

周行叙觉得做的时候,他废话挺多的。

问她上回超市遇见那次,之后她去没去操场。

薛与梵说去了,说完肩膀一疼,多了个牙印。

周行叙知道自己多事了,他清楚是自己的占有欲在作祟,它披上爱意的外皮,他明明清楚地认识到了这点,但理智和片刻情热在较劲儿。

最后它变成了薛与梵肩头的一个牙印。

他脑抽了,拉着薛与梵的手往他身上摸:"看看能过瘾?来,我给你摸。"

薛与梵抿了抿嘴,似乎在回味烟草的味道,但很显然,她压根就没有尝出烟的味道。

周行叙把她嘴巴里快没了的烟拿走了。抽掉最后一口后,把烟按灭在了烟灰缸里。

"肚子饿吗?叫外卖?还是我煮碗面给你吃?"

"都可以。"薛与梵裹着毯子重新躺回沙发上。

他穿上裤子去厨房。

薛与梵没有躺多久,闻见身上的烟味之后,拿着他的短袖去浴室洗了个澡。

洗完澡,面也好了,他就穿了条裤子,拿着筷子捞起锅里的面,余光瞥见厨房门口的人,叫她坐着等着。

谁会不喜欢饭来张口呢?

盛面的碗是一样的,只是碗里的面多少不一样,她面上的鸡蛋和午餐肉都是双份的,而周行叙那碗,清汤寡水。

她面前那份看着像是豪华版的,他那份像是敷衍的赠品。

不过周行叙向来吃什么都不多,薛与梵喝了口汤,他手机搁在旁边,消息就像是夺命连环 call,他点开聊天界面,看着白色的对话框一条条刷新出来。

"钟临"两个大字的备注就挂在手机屏幕最上面,他就看着,也没回,慢条斯理地继续吃着面。

薛与梵吹了吹面,看见他视线落在手机上,冷不丁开了口:"汤挺鲜的。"

听见对面的声音,周行叙注意力从手机上移开:"浓汤宝。"

薛与梵:"连浓汤都有人喊宝,都没有人喊我宝。"

周行叙:"冷笑话?"

聊着天的时候,他手机又响了,这次不是消息,手机的屏幕也从聊天界面变成来电显示。薛与梵看见了"钟临"的备注,不作声,自己吃面。

周行叙把筷子放下了,拿着手机去阳台前说,等会儿碗筷放着,他来收拾。

本来人多少还是要有一些廉耻心,别人煮面她洗碗。但看他这么忙,忙着跟钟临聊天打电话,薛与梵两手一摊,甩手大掌柜说当就当。

穿着双拖鞋上了楼,将被子在身上裹了一圈,枕着一个枕头,怀里抱一个。

阳台上有些热，所以周行叙原本就因为她心烦而显得更不耐烦。

听着电话那头凄凄惨惨戚戚，他也不知道是不是自己心硬，总之无动于衷。成年人得为自己的行为买单："钟临，你要还有什么不舒服，就记下来明天早上等医生查房了和医生说，或者现在放下手机，腾出一只手，按一下床头的呼叫铃。"

挂电话前，他又补了句："我不是你爹也不是你妈，你要有事就找医生、找警察。"

客厅里已经没人了，碗筷摆在餐桌上。薛与梵那碗吃得干干净净，自己那碗剩下的面已经坨了。

她已经睡着了，枕头和被子一样都没有给他留。

最后周行叙还是成功从她手下拿走了枕头，被子不用抢，薛与梵睡着睡着就会送上门来，不仅送被子，还送她自己。

窗外的亮光被窗帘减弱了不少，周行叙被薛与梵狗嫌的睡姿整成了浅眠的人，一条腿搭在他腿上，自己一条胳膊因为被她抱着，有些发麻了。

他起床，把枕头塞进了薛与梵怀里，她没醒。

遇见路轸是在晨跑的河边，他比自己早来了十分钟，正绕着河边最后放松散步。他拿着毛巾在擦汗，天已经大亮了，他朝周行叙挥了挥手："早啊。"

周行叙回了句："早，停了一段时间不跑，感觉还在恢复期。"

两个人慢悠悠地朝着公寓走去，路上随口聊起了学业，周行叙问他研究生论文准备得如何了。

小毛巾上已经挤得出水了，路轸系在手腕上："挺好的。你呢？考研准备得如何了？"

"没准备，不想考。"周行叙粗喘，晨跑还没有缓过来，"我不喜欢做作业。"

理由把两个人都逗笑了,走到十字路口,周行叙没直接回公寓:"我去买份早饭。"

拎着早饭回去的时候,薛与梵醒了,还是和上次一样,头从二楼的栏杆里伸出来。周行叙站在玄关处换鞋,手撑在鞋柜上,抬头看着二楼的人:"下来,吃早饭。"

说完,又补了句:"起来小心撞到头。"

薛与梵下楼才看见他脸周的汗,以为他买个早饭热成这样。

"晨跑。"说着,周行叙把早饭放到桌上。

早饭是饺子,饺子汤和饺子是分开打包的。

他给自己倒了杯水,从厨房出来的时候,手里提了瓶醋:"要不要再给你拿个小碟子?"

原本吃饺子蘸醋就是薛与梵看见他收信之后,随口说的。随口一说的话,她自己都忘了,他突然一问,薛与梵第一时间没有反应过来。

但他问完,自顾自地又去厨房拿了个碟子放在桌上。

青色的小碟子里倒着黑色的醋,用筷子夹一个饺子,饺子皮蘸上了醋,整个塞入口。

不知道怎么就尝出了甜味。

八分甜

周行叙在卫生间洗澡,他像个外星人。

他洗澡不放歌。

一个不用做心理建设就洗头,洗澡没有拖延症的外星生物。

饺子分量很足,肉馅里加了提味的野菜,将鲜味一下子提了起来。

薛与梵听着浴室里的水声,饱暖思淫欲,虽然今天没找部电视剧下饭,但帅哥的洗澡声就挺下饭的了。

直到他搁在桌上的手机响了。

看到来电备注的时候，薛与梵头一次体会到老师口中"一颗老鼠屎毁掉一锅粥"的真正含义。

里面洗澡的水声结束时，电话铃声也停了。

薛与梵心情被毁，但是食物无罪，她没办法装出郁郁寡欢食欲不振的样子。

等周行叙带着水汽从浴室出来的时候，饺子汤都没有了，薛与梵盘着腿坐在椅子上，指了指他的手机："钟临给你打电话。"

他又去阳台了，薛与梵把打包盒收拾了一下，等他打完电话回来，薛与梵说她要回学校。

周行叙愣了一下，用脖子里的毛巾擦了擦头发，转身去阳台上收了双袜子："那我送你。"

能吃的人连茶不思饭不想的资格都没有，就如同现在吃饱打嗝的薛与梵连冷战的氛围都营造不了。

虽然不语了一路，但是打嗝的声音把沉默这面镜子打得粉碎。

宿舍里，小八她们在看《天龙八部》，薛与梵把快没电的手机充上电之后，抓了把瓜子，搬了把椅子加入了她们的阵营。

电视剧正好放到慕容复拒绝王语嫣。

薛与梵靠在方芹肩头，叹了口气："世界上很少有慕容复这样一心想着复国称帝，事业心这么强的男人吧。表妹这一关有多少人能过呢？"

小八舌尖嗑瓜子嗑疼了，但是嘴巴还没停："放心吧梵梵，你这样的一般都是表妹。"

她是不是王语嫣，薛与梵不知道。

周行叙是不是慕容复，薛与梵也不知道。

但很快薛与梵就知道，钟临肯定不是王语嫣。

小八说最近薛与梵好像很恋家。

薛与梵想了想，得找个好理由为每次出去鬼混打掩护了。但万一没下次了呢。

理由没想出来，外面运动会闹哄哄的，运动会别人在运动，薛与梵从周行叙那里回来就一直躺到了运动会结束。

其间她没有联系周行叙，周行叙也没有找她。

复课第一天，看着见底的锯丝，薛与梵准备抽空去囤货。

人间蒸发了三天的周行叙不知道从哪个棺材里面破土而出了。

见面约在了下午没课的周二，他在电话里没有细说，只说让薛与梵帮个忙。薛与梵也没有和他客气："那你送我去买材料。"

地点在拐角的第三棵樟树下。

午休的时候，校园里空荡荡的，薛与梵没忘，把穿走的所有衣服都洗干净带来还给他。

周行叙看见递过来的袋子，思忖了片刻，什么也没有说随手放在了后排。

薛与梵上了车，系上安全带，开口问他具体是什么事情。

周行叙看她脸周的汗，伸手把车里的冷气开大了一格："你帮我去钟临的公寓里给她收拾两件衣服。"

说罢，周行叙看见薛与梵用一种复杂的眼神看着他，怎么说呢，那眼神里带着些"你脑子是不是被门夹了"的同情，以及"你居然找我帮这种忙"的不可置信。

周行叙手搭在方向盘上，被她的表情逗笑了："什么表情？"

薛与梵抓着安全带，嫌弃地皱着眉头："你居然找我帮这种忙？"

"我和她关系还没有好到能去翻她一个女生的衣柜。"周行叙踩下刹车挂挡，一手搭在挡位上，一手扶着方向盘，"你去比我去好。"

"你和她关系没有好到能翻衣柜？你和我就关系好到能脱我衣服了？"薛与梵哼了一声，但语气和表情里没有多少不悦。

她偏头看着窗外，周行叙开着车用余光也看不到她的表情。

校园慢慢被他们抛在身后，虽然新校区的住宿条件很好，大楼很新，但比起老校区少了一些书香气息。

红绿灯给了周行叙看她的机会，就是人把脸对着车窗，他看不见。

他来了句："你不一样。"

语尾拉了点音，配上那副低低的嗓音，宠溺加满了，但从浪子嘴里说出来就成了渣男语录里的金句。

这个时间点，路上人也不多，薛与梵小声嘀咕："渣男。"

他听见了，没生气。

因为他没生气，薛与梵又继续说："你不行啊，谈了这么多前女友，这个时候居然一个能帮得上忙的都没有。"

"分手了就没有联系了。"

这话一出，远比这话本身短短几个字有更多的意思，意思是目前干干净净、洁身自好，没有藕断丝连，没有脚踩两条船。

薛与梵心情好了那么一点后，很快眯起了眼睛，看着他上了高架，熟练地在高架出口提示牌出现前不久变了道，防止了后半段全程黄实线带来的不能变道的不便。

睨视着旁边开车的人："你都没用导航，对钟临住的地方，挺熟悉啊。"

握着方向盘的手一抖，车跟着飘了一下，吓得薛与梵注意力又回到了路况上，握紧安全带后，薛与梵抓住他小把柄一般，趾高气扬："渣男。"

网上有句话叫作"恋爱中的女人都是福尔摩斯"，周行叙觉得诚不欺我。

虽然他还没和薛与梵谈恋爱。

不过还好没有这回事，他只是对那公寓附近比较熟悉，他爷爷奶奶就住在那片老街区里："我就不能是个人形地图吗？"

薛与梵："能，你想怎么骗小姑娘就怎么骗呗。"

下了高架还要再开一段路，这段路就比较堵车了。

刹车踩踩放放："薛与梵，你总给我一种你喜欢我的错觉。"

薛与梵听他喊自己名字的时候,无意识地转头看向他。

喜欢肯定有那么一点,长得帅,细心,周行叙对她其实挺好的。

当一个人说出一件你尚且不能确定的事情时,你本能地就会心跳加速,觉得心慌慌的。

就像是考完一张有些难度的卷子,当你不确定自己的发挥时,老师说有一个人考试考得非常差一样,你会本能地对号入座,本能地害怕那个人是自己。

而她不知道此刻心跳加速是因为心慌还是因为心动。

"知道是错觉不就好了。"薛与梵趁着他注意路况的时候,将脸转向前方。

因为前车等红绿灯的时候玩手机,加上转弯的绿灯时间很短,他们连等了两个红灯。

这次没有打嗝声来打破沉默了。

薛与梵:"我想听歌。"

周行叙把自己手机递给她:"密码我生日。"

"用生日当密码的人我觉得是世界四大傻之首。"薛与梵按了"1109",解锁后很快就找到了音乐软件。

他不恼,反问:"那你手机密码是什么?"

"……"薛与梵翻船,"我……生日。"

他笑了两声,但很快语气一转:"不过,你记得我生日?"

那天看了他身上的时间轴之后,很容易就把他的生日和他的车牌联系在一起,还有他告诉自己公寓的密码。

可能会忘,但记住也不是一件难事。

薛与梵:"从小记忆力就不错。"

周行叙接受了这个说法,等到了钟临公寓所在小区的时候,他明显就对路不怎么熟悉了,问了门卫之后,才知道在最后一排。

老小区,楼间距不大,车位也少。路边时不时就有一辆因为没有车位乱停的小汽车。

薛与梵这时候才随口问起钟临怎么住院了。

还是因为之前寒假的时候她签的那个如同卖身契一般的合同。

一个人一天到晚讲话都会口干舌燥嗓子哑,更别说一天到晚唱歌,高音、低音转换着用嗓子。

但是合同里就写了她的工作量,钟临打不起官司,赔不起违约金。

和小作坊的老板吵了架,第二天被丢去陪酒了。

她被揩油之后,把一肚子怨气发泄在了来消遣的投资人身上,于是被投资人用酒瓶捅了喉咙。

现在住了院。

薛与梵听完,喉咙一疼:"你们没帮她?"

"又不是她爹,又不是她妈,怎么帮?帮她垫付医药费就仁至义尽了。"周行叙把车停在不碍事的树下,熄火后拿着钟临给的钥匙下了车。

薛与梵绕着车走了一圈,走到周行叙旁边。腿没他长,于是步子迈得比他快:"她喜欢你,你好冷漠哦。"

"知道吗?我一直觉得作为一个成年人,都大学生了还能上这种当,这才是世界四大傻之首。"周行叙配合着薛与梵的步伐,放慢了脚步,"我原本就不喜欢她。再说了,唐洋喜欢她,我和钟临就更没可能。"

"唐洋喜欢她,所以你和她没有可能。"薛与梵嗤声,"你哥喜欢我,你干吗还睡我?"

说完,她一想,睡她和跟她好有可能本来就是两回事。

他还是那句:"你不一样。"

不一样?

哪里不一样?

少个眼睛,还是多个鼻子?

狭窄的楼梯不能让两个人并肩一起走上去，楼道里堆放着别人随手丢弃的垃圾，随着白天气温变高，已经有一些异味了。

他们一前一后地走着，走到拐角的平台，周行叙听见旁边居民房里传来吵架声，他刚路过门口，下一秒，铁门被人从里面推开。

薛与梵跟在他身后，看着铁门突然打开，直击面门。她反应不及，只能本能地闭上眼睛。

"嘭——"

被门撞的剧痛感没有到来，薛与梵缓缓睁开眼睛，看着门边缘出现的手，那双手的手背上青筋很明显，掌骨凸起。

周行叙扶着门，不悦地和门里的人对视了一眼，慢慢将门掩上，朝开门的人说："不好意思，请等一下。"

话听上去挺有礼貌，就是语气冷冷的。

说完，他朝着门后的薛与梵伸手，宽厚的手掌握住她的手腕，将她从门后拉到自己身侧，似是叮嘱："走我旁边。"

九分甜

小区是老小区了，自然不指望房子里的装修审美能靠近这几年的风格。

公寓不大，但是一点都不干净整洁。摆在玄关处的水果已经招来了果蝇，果肉腐烂，汁水流了一袋子。

薛与梵屏住呼吸，往里走。卧室的门没有关，床上和椅子上堆着小山似的衣服，高高摞起。

周行叙蹙着眉头站在卧室门口，衣柜门也没有关上，柜里挂衣服的横杠上面就没有几件夏装，看着卧室里乱糟糟的样子，嫌弃："脏衣服不洗的吗？"

薛与梵在衣柜里找到了一大堆纸袋子，随手拿了一个比较大的。

周行叙听见又问:"需不需要我打电话问问她哪些是干净的?"

"不用。"薛与梵拿起了椅子上的衣服,叠好之后放进纸袋子里,"大部分女生卧室的椅子都是用来放穿了一天,但是觉得没有脏到需要洗,放两天还能继续穿的衣服。"

周行叙觉得匪夷所思:"你也是?"

薛与梵一愣,觉得点头就显得自己有些不爱卫生,欲盖弥彰地来了句:"秘密。"

"秘密?"周行叙重复了一遍,但也心里有数。

"拒绝先入为主,我卧室还是比她干净整洁不少的。"薛与梵留了最后一件上衣叠好了没有放进袋子里,转身去开衣柜的抽屉。

这时候外面传来人声:"谁在里面?"

来人是钟临的房东,阿姨烫着一头已经不时髦的小卷,像牛顿,嘴里是一口地道的首府方言,臂弯挎着一个小包:"你们是谁啊?"

表明自己是钟临的朋友之后,房东气焰一下子就上来了:"是她的朋友啊?她这个月的房租都没有交,给她打电话还不接,一个小姑娘当起老赖了,你们要么现在帮她付了,要么就立马走人。我要换门锁和钥匙了。"

垫付医药费已经是好人好事了,再垫付房租是绝不可能的事情。

薛与梵悄悄地拎上装好衣服的纸袋子躲在周行叙旁边,功成身退,就是还有换洗的贴身衣物没有拿。

周行叙解了车锁,看房东的那个样子返回去是不可能了,连钟临给他那把钥匙都被扣下了:"你上次不是有剩下的一次性内裤吗,全给她算了。"

薛与梵上了车,系上安全带,正是下午太阳最大的时候,把化妆镜翻下来,挡住了直射眼睛的阳光,怪腔怪调:"哥哥的贴心果然要分给其他人了吗?"

周行叙手软,差点启动键没有按下去,抬眸睨视旁边的小狐狸:

"薛与梵,这么爱演,等会儿衣服你给她送进病房,你好好在她面前演一出正宫大戏。"

"我算几番啊?"薛与梵嗤声,"居然叫我帮你去收拾烂桃花。出场费结算一下。"

周行叙调整了空调出风口的扇叶,将大半都对准了副驾驶位:"君子投其所好,你这么喜欢跟我接吻,等会儿跟你亲个够?"

钟临的病房在七楼,周行叙把薛与梵送到病房所在楼层后,站在外面等她。

医院里万年不变的消毒水味道,各类仪器和医护人员一样坚守在岗位。红字黑底的电子时钟挂在走廊上,这是个分秒必夺的地方。

新生命的诞生,家人的逝世,人一辈子所有的大喜大悲似乎都在这里。

钟临的病房正对着护士站,薛与梵站在病房门口探头进去,确认了一下,看清病床上的人之后,薛与梵才挪步进去。

果不其然,迎接薛与梵的,是钟临的表情从翘首以盼变成百分之一百万的失落。

薛与梵也没有苦口婆心地劝慰。

毕竟这时候她也不知道应该安慰钟临"嗓子会好的"还是"周行叙就是个浪子渣男,你别爱他,没结果的"。

薛与梵和钟临也没有什么好叙旧的,虽然一句话都不说不太好,但薛与梵还是准备送完东西就走,毕竟人家那表情也不像欢迎自己。

反倒是床上这个应该闭嘴不说话,保护嗓子的人开口了。

"周行叙什么都会让给他哥哥的,包括你。"

好心当作驴肝肺。

算了,薛与梵觉得还是"狗咬吕洞宾,不识好人心"这话来得更贴切。

狗。

看着薛与梵脸色难看,钟临笑道:"难过了?"

"难过?没有。"薛与梵不屑,"生气倒是有一点,但生气不是因为你想象中我喜欢周行叙但是被他让给周景扬,我生气是因为你物化我。本来别人让我生气,我都要礼尚往来一下,这次看在你住院的分儿上,想你参加泼妇骂街大战,也是负伤上战场,战力大大折损,我不乘人之危,就不和你计较了。"

讲完这些话,薛与梵准备走了。

但是退一步,不能海阔天空,她只会越想越亏。为防止今天晚上抑或某一天深夜她捶胸顿足懊恼今天没有好好撑她,薛与梵走了两步,又折回钟临病床前。

"想着住院你也不方便洗衣服晾衣服,我就给你带了一次性的贴身衣物,钱你转给周行叙好了,毕竟那些都是我上次去他公寓过夜的时候他买的,不是我花的钱。"

出病房,薛与梵神清气爽了。

只是周行叙没在原地等她,而是拿着手机站在护士站前打电话。

电话挂掉之后,他说去帮钟临缴完费就可以走了。

说完,薛与梵刚刚取得的胜利感没有了。

薛与梵跟他一起下楼,去住院部的大厅缴费。电梯因为不是饭点的高峰期,人也不多,薛与梵靠着电梯的镜子,在周行叙视线里变成了两个人。

她扯了扯嘴角,说:"好贴心啊,怎么当时没有帮她交房租呢?"

"想什么呢,唐洋叫我帮忙的。"

薛与梵扁嘴:"那有一天唐洋叫你帮忙喜欢一下钟临呢?"

他像是听见了笑话:"这种事情怎么可能帮忙,自己喜欢的就不可能让别人惦记。"

薛与梵:"脸疼不疼?你让给你哥的都是你不喜欢的吗?不也全

是你喜欢的吗?"

似乎是戳中了他的痛处,他眼眸一暗,明明电梯里因为装了镜子,光线和空间感都变强变大了,但他此刻像是被寒雾笼罩。

换作别人这时候或许会甩脸子走人,但薛与梵想到唯一一次见他在食堂和别人分手的时候,对方哭哭啼啼引得众人纷纷侧目,他都没有因为对方带给自己尴尬窘迫而把一个哭鼻子的女生一个人丢在食堂里。

所以这回也是,他片刻之后,重新变成一贯那副插科打诨的样子:"我这是哪里让你不顺眼了,让你往我伤口上撒盐?"

伸手不打笑脸人,薛与梵收起那副针锋相对的样子,喃喃道:"有感而发。"

缴费这种事情不需要两个人如胶似漆地一起排队,薛与梵去大厅旁边的便利店买了根烤肠,倚在超市玻璃墙上红色的"物美价廉"四个大字旁。

队伍有些长,周行叙频频在队伍里扭头看她。等缴完费之后,周行叙拿着发票从队伍里走出来,下意识地朝着超市门口走过去,低头用手机给唐洋发消息。

慢慢走近,他听见有人和薛与梵讲话,抬眸是一个穿着白大褂的女人。

白大褂问薛与梵:"你怎么来了?"

她没撒谎,但也没有说全:"我有个认识的女生住院了,帮她送两件衣服过来。"

对方又问:"你一个人来的?怎么来的?我还有一个多小时下班,要不要我带你去吃晚饭?吃完了送你回宿舍。"

薛与梵:"下回吧,我等会儿还要去买点材料。"

周行叙很有眼力见儿地路过她走进超市,买了包烟。

她和熟人聊完天之后,周行叙拿着烟站在她三步距离外,听她和对方说了声再见。

周行叙和她两个人一前一后走出了住院部的大楼,薛与梵买的烤肠只剩下一个竹扦了。

她说那是她二姐,在医院放射科上班。

周行叙评价了一句:"你们关系不错啊。"

薛与梵嘚瑟:"当然,毕竟兄弟姐妹之间做到像你和你哥那样也蛮难的,你们是少数。"

说着,她把竹扦叼在嘴里,像个酒足饭饱的小流氓。

周行叙看她一副吊儿郎当,走路不好好走的样子,嘴里叼着竹扦,危险得很。

他伸手拿着竹扦的末端,叫她松口。

薛与梵没松,周行叙也没有松手:"摔一跤也行,直接送你进急诊,到时候竹扦穿破喉咙了,你就躺钟临隔壁那床。"

薛与梵张嘴,竹扦到他手里了。

知道他说钟临十有八九是刺激自己,薛与梵抬眸,小跑着追到他身侧,就像那几次和他睡觉一样,抱着他的胳膊,仰着头看着他,不看路:"到时候我躺在她隔壁,让我和爱慕你的她聊聊我跟你的第一次吗?"

就像薛与梵知道他说钟临是刺激自己,周行叙也知道她提第一次是硌硬他。

周行叙路过垃圾桶把竹扦丢进去,抬手捏着薛与梵后颈,一副也要送她进去的态势。

薛与梵抱人睡觉那劲,这时候发挥出来了,手一伸,圈住他,不给他可乘之机。

直到感觉到自己后颈上的手松了,薛与梵也松了胳膊,脸上的胜利之情和在病房里撑完钟临的时候差不多。

但是,当薛与梵发现这么一闹四周路人纷纷侧目的时候,心里的胜利女神的脸也红了。

趁他病要他命，趁薛与梵突然害羞，周行叙弯弯了眼睛，伸手搂着她肩膀，凑到她耳边，说话呼出的热气像羽毛在挠痒痒："语言多贫瘠，多匮乏。给她看我们床照呗。"

十分甜

薛与梵认输，浪不过他。

四周投来的目光让薛与梵从脚底板一直到头发丝都不自在。用胳膊肘推了推周行叙："别搂着我。"

"就准你刚刚冲上来抱我？"他没松，反而搂得更紧了。

五月的衣服布料不厚，扣在肩头的手掌很热，隔着一层布料传递到了她的皮肤上。两个路过他们的女生弯道超车，走到了他们前面，然后搞笑地突然搂到了一起。

薛与梵耳尖更红了，手臂抵着他："走开。"

黄腔是薛与梵开的，最后收尾也是薛与梵一句娇嗔的"走开"。

当天买完材料之后，两个人去三中附近吃了顺顺面。

薛与梵回宿舍后，想了很久，感觉她和周行叙之后应该还是有可能继续的。觉得还是有必要撒个谎："我找了个兼职，帮个小孩补课，有的时候晚上就不回来住了。"

方芹拿走了薛与梵帮忙带的锯丝，惊讶她突然的决定："怎么突然去做兼职了？"

"我不是有出国进修的想法嘛，想自己存点钱。"薛与梵继续胡诌。

小八叹了口老家长的气，仿佛自己是不成器的女儿："果然，优秀的孩子就是不一样，看看我，一点思想觉悟都没有。"

佳佳把买材料的钱转给薛与梵，因为小八的话笑道："没有，你也挺优秀的，不是还参加了学校组织的救助流浪动物的活动嘛，也值得表扬。来，大家鼓掌。"

稀稀拉拉的掌声响起后，小八自信了："我这次考试，一定提前一个月复习起来，我绝对不临时抱佛脚了。"

薛与梵挑起眉，打击她："那你现在就可以关掉电视剧，拿出课本开始看了，都五月中旬了，一个月后差不多也是考试周了。"

"啊？"小八如遭雷劈，"今天就开始啊？"

再碰见周行叙的时候都六月了。气温飞升，过年泄愤时买的小裙子，这会儿可以拿出来穿了。

从上次见他一直到现在，其间两个人没联系过，也没约，和陌生人一样。但两个人干过最亲密的事情。

当初为了防止留宿被室友怀疑，薛与梵捏造了一个补课的借口。因为没约，半个月都窝在宿舍导致薛与梵撒的谎差点就要被戳穿了。

她只好说术业有专攻，学生最近文化课考试，她是教画画的，等小孩考试结束了，过一段时间再上课。

学好三年，学坏三天。以前的薛与梵只是人精，现在跟了周行叙之后，连撒谎骗人都是拿手绝活了。

今天下午的课临时调整到了周五下午。

作业下周才交，时间充裕，但薛与梵还是准备今天留下来美化处理了戒指后再走。

小八已经收拾好书包了，也就没有等她，不过临走前照旧问了一句："那要不要给你带饭？"

"不用了。"薛与梵用手背推了推护目镜，"我还不知道什么时候回去，到时候我自己去买。"

这会儿正是下课的时间点，但走廊上也只闹哄哄了一阵之后便安静了，毕竟"下课不积极，脑子有问题"。

戒指细节上的处理，怎么都达不到薛与梵想要的效果，低头研究了十几分钟后，最后是脖子上的酸痛感，让薛与梵不得不起身休息一会儿。

她摘掉护目镜,拿起手机出教室,去走廊上的热饮售卖机买了杯味道一般般的拿铁。

他们珠宝专业的在这幢楼上课,附近传媒学院的几节文化课在走廊相连的 B 楼上课。

见到周行叙就是他和一个女生从隔壁楼最北边的楼梯一起走下来,两个人有说有笑。

他穿了件黑色的短袖,裤子是同色的及膝短裤,脚上穿了双黑色的帆布鞋。配色简单,所以不会出错,整个人显得干净清爽。

楼梯间墙壁上采光用的悬窗漏进一缕阳光,他从灰尘静止的光柱中走过来。

和别人一起从光柱中走来。

视线交会的一刹那,热饮售卖机发出提示音,提示薛与梵拿铁好了。

薛与梵拿走拿铁后,没有回教室,而是走到拐角处,站在走廊上吹着六月的风。

这栋楼的绿化做得特别不错,导致今天拍毕业照的不少学生都来楼下那棵有三层楼高的松树下拍照,一地的松针,有时候还能捡到松果,最美的时候还是冬季落雪的时候。

来这里拍毕业照的人群里,就有聂蔓。

薛与梵拿着拿铁朝下看,心里数着时间。

周行叙和那个女生的再见说得"难舍难分",等薛与梵手里的拿铁空了半杯之后,她的余光里才出现了一抹衣角。

他问:"还没去吃饭?"

薛与梵晃了晃纸杯:"你不也没有去吃饭吗?"

周行叙手搭在走廊的扶手上:"我是找人有事情,你该不会被老师留堂了吧?"

其实周行叙找人的原因，薛与梵也能猜到，大概是钟临现在不能唱了，他得找个和唐洋不同风格的主唱。

"和你的百灵鸟小妹妹聊完了？"薛与梵睨视，不等他回答，指了指楼下，"你前女友要毕业了。"

"百灵鸟小妹妹？"周行叙被她的叫法给逗笑了，抬手把她被六月夏风吹得在空中飞舞的头发整理到耳朵后，"你这只小百灵鸟要不要面试一下？"

薛与梵看向楼下，只见那只百灵鸟妹妹从楼里走出去了："我声音又不好听。"

他的手一开始还好好地帮自己整理头发，结果帮她把头发别到耳朵后，还顺手捏了捏她的耳朵，指腹擦过她的耳垂，手上玩意十足，一直没有撒开。

薛与梵抬手往他爪子上拍下去。

他讪讪然收手，语气带着笑："好听，我挺喜欢的。"

薛与梵眯起眼睛，微微仰头打量着他的表情："我怎么觉得你说的是我在床上的声音呢？"

周行叙："挺有自知之明的嘛。"

"走开。"薛与梵觉得自己素质极高，否则手里的拿铁就泼他脸上了，说完转身朝着教室走去。

周行叙后脚跟上，他还是头一次来他们珠宝专业的教室，看着薛与梵桌子上的各种器材，有不少在之前和她一起去材料店的时候见过。

薛与梵看他跟了过来，好奇："你还不去吃饭？"

"这都碰见你了，不得邀请你共进午餐。"他没找椅子坐，站在薛与梵桌前，仗着那一米八五还往上的身高像座小山一样立在旁边。

薛与梵今天因为有课没打扮，有些不修边幅："算了，没打扮不想出去吃。"

周行叙："那就学校食堂。"

薛与梵把桌上收拾了一下,还是拒绝:"别了,要是被人看见我们一块吃饭,我怕有些人要受刺激。"

他挑了眉:"担心我哥?"

薛与梵从课桌斗里拿出自己的包,检查了一下宿舍钥匙和手机,朝他咧嘴一笑,小表情欠欠的:"我是爱鸟人士。"

最后他们还是一起下的楼,一前一后,距离不近也不远。四周没有什么人,这个时间点不是在宿舍就是在食堂。他放慢了脚步,等薛与梵从后面走上来,问她:"男未婚女未嫁,怎么就见不得人了?"

正午的太阳挂在头顶正上方,樟树种在红色砖路的正中间,两个人走在樟树两边的树荫下。

薛与梵小心地贴着树荫走,但因为树根,红色砖路有些不平。

她像个过独木桥的人,双臂微微张开,保持平衡:"男未婚女未嫁,两个没关系的人没事凑一起吃饭干吗?"

周行叙一时间找不出话来回答她。

食堂里还热闹着,两个人自觉地在食堂门口拉开了距离。在嘈杂的食堂门口,周行叙还是耳尖地听见一声:"薛与梵。"

他和被叫名字的人一起回头望去。

是一个背着书包,看上去稚气都没有褪干净的男生。

周行叙听见薛与梵跟他挥了挥手后,喊他魏嘉佑。想来他们是认识的,但是周行叙怎么看都觉得不远处那个男生年纪有些小。

很快,他们的对话就给他答疑解惑了。

薛与梵不敢置信地看着面前的人:"魏嘉佑你怎么现在在我学校?你们高三不是马上要高考了吗?"

"我保送了京首大学。"叫魏嘉佑的男生解释,"我今天来是想看看以后的学校是什么样的。"

"保送了啊?阿姨不是高兴坏了?我妈也要高兴坏了,以后你就要代替我成为我妈的活招牌了。"薛与梵欣慰地拍了拍他的肩头,明明才一段时间没见的少年,这会儿个头蹿得就跟按下加速键一样,已经需要薛与梵仰头看他了。

"我妈妈说等你什么时候放假有空了,请你们去家里吃饭,要谢谢向卉阿姨给我补课。"

饭不吃白不吃,薛与梵没客气,毕竟拒不拒绝、接不接受都是要看向卉的,她也只是沾光的那一个。

换了话题问他吃没吃饭。

京首大学的食堂是刷饭卡的,不收现金。魏嘉佑摇头:"我准备去超市买泡面应付一下。"

"走,我请你吃我们学校食堂。"薛与梵说着,挥手叫面前的小男生跟上。

周行叙站在旁边,看着刚刚才说过"男未婚女未嫁,两个没关系的人没事凑一起吃饭干吗"的人,此刻拉着个没婚嫁的也没什么关系的男生一起去吃了饭。

"呵。"

被气到了。

不能和他去食堂吃饭,就能和这个男生去吃饭?他还没这个小鸡崽上得了台面?

十一分甜

周行叙特意跟他们吃了同一家店,端着餐盘坐在了他们后面那桌,和薛与梵对面而坐。她给偶遇的室友介绍那个男生,两个人说说笑笑,熟络得很。

薛与梵还碰见小八了,小八嘴馋吃了每天都人山人海的麻辣香锅,虽然她比薛与梵早走,但这会儿还没有吃完饭。

看见薛与梵旁边的小男生,小八眼睛都亮了。

薛与梵给她介绍:"这是我邻居弟弟,保送我们学校了,今天是来我们学校逛一逛的。嘉佑,这是我室友小八。"

两个人互相打了个招呼。

魏嘉佑手机响了,电话是他妈妈打来的,不过是简单地关心一下。魏嘉佑老实说明了情况:"午饭正在吃,我碰见薛与梵……我知道了,知道了,拜拜。"

挂了电话,魏嘉佑问她们要不要喝水。

薛与梵:"矿泉水。"

魏嘉佑又看向小八:"姐姐你呢?"

小八一愣:"我也矿泉水。"

他得到两个女生都要矿泉水的答案之后,走去食堂门口的自动售卖机买水。

小八目送着魏嘉佑走远,咽下嘴巴里的培根,有些激动:"梵梵,我拿我CP的幸福打赌,这个小男生绝对喜欢你。"

薛与梵扯了扯嘴角,不信:"薛某人在这里斗胆质疑一下爱情侦探的代名词,八卦娱乐的先驱者小八女士,请问你又在胡说八道什么?"

小八:"你知不知道有句话叫作'年下不叫姐,心思必定野'。他有礼貌地喊我姐姐,但是他却直呼你名字。"

薛与梵头一回听到这种说法,依旧不信,甚至还觉得小八和老街桥下从算命转行为手机贴膜的江湖骗子差不多,一样地不可信:"好好吃你的饭吧。"

小八看她不信,连苦苦排队才买来的麻辣香锅都顾不上吃了:"薛与梵,年下小奶狗是新审美。流行趋势即将超过浪子渣男。"

薛与梵被她逗笑了:"浪子渣男?"

小八"嗯哼"了一声:"就像周行叙那样的浪子,就和你不是很搭。"

她神神道道,继续说什么薛与梵这张脸适合玩弄别人,所以适合跟小奶狗一起。什么浪子渣男那样的老手适合跟小白花配对。什么两个人站一起是要看感觉的,有些人站一起就有CP感,不是所有帅哥美女都适合凑一块配对的。

听小八说着,薛与梵抬眸越过小八看向小八身后的周行叙,他黑着脸。

薛与梵勾了勾唇,抬了抬下巴给小八使眼色。

小八狐疑地扭头,看清后面那桌坐着的人之后,立马转回头。捂着嘴,一副被抓包的样子。小心翼翼前倾身体:"完了,我刚刚说他浪子渣男,他会不会听见了?会不会生气?"

听见了吗?

全听见了。

从薛与梵室友开始说什么"年下不叫姐,心思必定野"就一字不落地全听见了。

生气吗?

但比起生气,周行叙更想质疑她室友的眼神和审美。

薛与梵和那小孩站一块哪里般配了?

从裤子口袋里拿出手机,翻找了一下列表里薛与梵的头像,放下筷子,开始打字。

发送键按下的一秒后,他看见薛与梵拿起了振动了一下的手机。

周行叙:我听见了。

薛与梵:生气了?

周行叙:你室友的审美造诣让我担心她能否顺利毕业。

薛与梵:怎么?非要说你好看,才是人间正道?

周行叙:也不是,但能觉得你和那小鸡崽般配,我就很怀疑。

薛与梵:是,没有你和你的"小百灵鸟"配。

魏嘉佑回来的时候,周行叙最新的一条回复刚发过去,抬头准备看薛与梵收到信息的表情,却见她看都没看,直接把手机扣在桌上了，一副完全对手机没兴趣的样子，扭头和买水回来的男生说话。

说什么下午姐姐带你逛校园。

下次要有最难吃食堂投票，周行叙一定投给三号食堂，今天的饭菜做得真难吃。

下午的太阳有些大，如果可以，薛与梵其实很想回宿舍躺着，但话都说出口了，她还是领着魏嘉佑去了一趟图书馆，逛了一下他选择的法律专业的学院。

"还好今年法学院搬过来了，不然我和你就不在一个校区了。"魏嘉佑就在大楼下，绕着走了一圈。

薛与梵用手扇着风："在一个校区也不一定碰得到，再说了我明年最后一个学年了，学姐罩不了你。"

"我听阿姨说了，你决定出国进修。"魏嘉佑看见她脸上的汗，急忙从包里翻出一包湿巾。

薛与梵没客气，今天反正没有化妆，她随便擦了把汗："对啊，进修完回来就是半五十的老阿姨了。"

把二十五说成半五十，魏嘉佑笑着将湿巾拿在手里，以防薛与梵等会儿还要用，他就干脆手一直拿着湿巾举在那里："所以，你大学谈恋爱了吗？"

"谈了。"薛与梵嘴快，但还没有察觉到魏嘉佑一愣，她又继续说，"别告诉我爸妈，否则我'咔嚓'了你。"

说着，用手划过脖子。

"还在一起？"

薛与梵摇头："没，早分手了，他都毕业了。"

"我还以为是在食堂坐在我们后面那桌的那个男生呢，现在没在一起就好。"魏嘉佑松了一口气。

薛与梵愣住了，她和周行叙偷偷摸摸瞎搞，连朝夕相处的室友都没有发现，魏嘉佑是怎么看出来的？

看见薛与梵的表情，魏嘉佑解释："我看见你们一起走过来了，他吃饭的时候也一直看着你，就连我们进食堂前他也在看你，我以为你们在一起呢。"

"你当什么律师啊，当警犬吧。"薛与梵朝他竖了个大拇指，又解释，"不是贬义词，夸你洞若观火心思细腻。"

心思细腻，所以魏嘉佑立刻就发现薛与梵没有否认，没有否认他话里说他们有关系这件事。

在保送的学霸面前，薛与梵还是会反应慢半拍："他一直在看我吗？"

魏嘉佑点头："嗯。"

在食堂吃午饭的时候，是周行叙先走的。薛与梵等他走了之后，才重新拿起手机。

锁屏上的信息，上面是他的名字，下面是信息内容。

周行叙：我跟你最配。

薛与梵把魏嘉佑送到了校外的地铁站，已经陆陆续续有人下课了，魏嘉佑想约她一起吃晚饭，但想了想还是没有开口，只说了声："薛与梵，我走了。"

薛与梵"嗯"了声，象征性地说了句："到家和我说一声，路上注意安全。"

目送着他过安检之后，薛与梵坐着自动扶梯上去，外面的天空一点点地出现在视野里，天边是大团大团的积雨云。

六月的首府天气闷热，每年必来一次高温预警，就在每年奔赴而来的夏天。

今年是对她来说和往年有些不一样的夏天。

薛与梵坐在公交站台的椅子上把一根老冰棍吃掉一大半之后，周行叙才来。

车里冷气开足了,薛与梵嘴里叼着冰棍的木棍,伸手系上安全带。周行叙等她系好了,才打着转向灯重新汇入车流。

开口第一句话就是:"怎么没留弟弟吃饭啊?"

弟弟?

薛与梵嘶着冰棍,嗤声:"你中午不也没有带着你的'小百灵鸟'吃饭?怎么,难道是没钱买鸟食?"

"非拿我作对比。"周行叙单手扶着方向盘,踩着刹车在转弯道等红绿灯,一手往旁边的副驾驶位伸过去,掌心扣在她汗津津的后脖子上,捏了捏,"说句'更想跟我吃晚饭'这么难?"

"你怎么这时候不拿自己作对比?你也可以对我说你晚饭特别想跟我一起吃啊。"薛与梵含化了最后一点冰棍,木棍就这么叼在嘴巴里。

"这不是怕人又拒绝我嘛。我玻璃心,刚听人说,男未婚女未嫁,没有关系的两个人没事凑一块吃什么饭,但转眼就看见说这话的人双标,一边这么说一边跟别人去吃饭了,这就够我心碎一次了,再来一次我心脏受不了。"他装可怜。

薛与梵瞥他,木棍被她咬出好几个牙印,翻了个白眼:"周行叙,我发现你会的挺多,不仅会弹吉他,演戏也挺会的。"

"这不是怕人说我偏科嘛。"他笑。

薛与梵想到了自己跟他第一次滚床单的时候,是说过他偏科,那么会接吻的一个人,床上技术真的烂。

…………

"周行叙,没有想到你挺……中看不中用的。你吻技这么好,但这方面,嗯……就偏科挺严重的。"

…………

居然记到现在。

天蝎座就是天蝎座。

他把车开进了小区之后,靠边停了。

和第一次一样,下车去便利店买东西。

一个小方盒子,这次没有糖,但是买了块雪糕。

氛围到了,这次洗澡没有先后,从浴室开始,弄了一次之后,他把人从花洒下抱走,抱去了楼上继续。

搁在床头柜上的薛与梵的手机响了,周行叙比她手快,先拿起了她的手机。他停在了薛与梵身上没动作了,一手撑在她身侧,一手拿着她的手机,看着发来的短信。

——我到家了。

——薛与梵,我从来没有把你当过姐姐,我喜欢你,我虽然比你小了三岁,但是我真的喜欢你。

——希望你也不要把我当作弟弟看待。我不想你只是一个比我大的姐姐,也不想你只做我邻居姐姐,如果你想要谈恋爱,希望你可以考虑一下我。

看到短信的备注名后,周行叙"呵"了声,似是嘲弄,又觉得好笑。没回答薛与梵问是谁发的短信这个问题。把她手机重新放回床头柜之后,往她身上摸了把:"姐姐,今天陪人逛校园开不开心啊?"

薛与梵听见他的称呼,鸡皮疙瘩起了一身:"周行叙,你有病吧。"

薛与梵觉得周行叙真有病,脑子抽了,一直叫她姐姐。

…………

"姐姐,舒不舒服?喜不喜欢?"

"姐姐别咬啊……"

"姐姐……"

薛与梵捂着耳朵:"周行叙,你闭嘴。"

十二分甜

薛与梵又在扯被子了,扯被子的动作将周行叙放空的大脑拉回到了现实。

她趴在床上,看他抽了半根烟,最终还是好奇他抽事后烟的时候会想什么:"你会想什么?"

周行叙:"什么也不想。"

薛与梵显然不太相信这个答案,但又觉得好像只能有这个答案了,总不可能在反思。

伸手问他要根烟,周行叙抠抠搜搜不肯给,最后把手里半根烟给了她。

她抱着胸口的被子坐了起来,白色的烟雾从泛红的唇间慢慢溢出,然后上升,还没有触及天花板就消失在了空气中。

周行叙看她没有焦距的眼睛,反问:"那你的大脑现在在想什么?"

薛与梵视线落在前面:"我在想怎么委婉地提醒你给我煮碗面或是点个外卖。"

他笑了:"你想吃什么?"

薛与梵想了想:"好像每次都是你煮面,感觉礼尚往来,我得动回手了。"

周行叙看她:"你会?"

"不会。"薛与梵摇头,"但是我相信我自己的学习能力。"

等她说完,他赤条条地从床上起来,一副不敢恭维的样子:"别了,我不相信。"

薛与梵拿枕头丢他,可惜手软无力,枕头飞行了一米的距离就坠机了。

他走去衣柜拿了条裤子,衣柜门没关:"你等会儿下楼洗澡,想穿哪件自己挑。"

穿好裤子,临下楼前看了她一眼,又返回床边把她手里的烟和床头柜上的烟盒全拿走了。

薛与梵歇够起床了,看着没有关上的衣柜门,手拂过那些衣服的袖子,她一眼就看见了在一众男士上衣中突兀的女士长袖。

是她第一次来这里过夜的时候落在这里的衣服,一直没有带回去,上次她从晾衣架上取下后随手丢在沙发上了。后来他帮自己叠好了放在沙发扶手上,她回去的时候又没拿,这次他把衣服挂在了他衣柜里。

下楼,厨房已经飘香了。

薛与梵冲了个澡出来的时候,面已经出锅了。

面和上次的一样,她和周行叙那碗豪华程度的差距也还是一样。

消食运动是侃大山。

周行叙倒了杯水后,把楼下的灯关了才上楼,将水杯搁在床头柜上,看她占用着自己的数据线在充电。躺回床上的时候瞄了一眼她的手机界面,停在和魏嘉佑的聊天界面,手悬在键盘上,一个字都没有打出来。

他开口打岔:"挺辛苦啊,还要加班安抚一下别人。"

薛与梵正苦恼着怎么给魏嘉佑回信息,听见周行叙的怪腔怪调,想到他神经病似的叫自己姐姐,还没有来得及回撑他,他手机也响了。

薛与梵看见是个女生的名字,盲猜是白天那个百灵鸟妹妹:"怎么?你也打卡来陪我加班了?"

周行叙皱着眉,看着对方发来的消息:"她就是问问我电脑坏了怎么修。"

"你还懂修电脑呢?涉猎挺广啊!"薛与梵謍他。

周行叙没理薛与梵,翻着列表推了一个计算机系的学长名片给对方之后,才解释:"不会修,给她推了一个计算机系的学长。术业有专攻,我可不像有些人不念导游专业,白天还干着导游的工作。"

还在说她白天带魏嘉佑逛校园这件事。

薛与梵:"……"

上帝在制造天蝎座的时候,怎么不剥夺他们说话的权利呢?好好一张嘴光用来接吻多好,非要讲话。

"你认识好多人啊。"薛与梵把手机放下了,魏嘉佑已经被她抛之脑后,现在满脑子都是怎么赢下这一场嘴仗。

一中出来的学生别的没有,就是该死的胜负欲太强。

周行叙倚着床头,敌不动我不动,没说话,等着薛与梵继续。

"百灵鸟妹妹要修电脑,你给她推了一个学长,你也给我推一个医学院的学长呗,我最近胸口疼。"她捂着胸口的位置,朝他卖笑。

周行叙把手机也丢床头柜上了,手往薛与梵捂着胸口的手背上贴上去:"我从小命运多舛,为了以后养家糊口,知识学得杂。正巧懂一点医学知识,来,我给你看看。"

"一边去。"薛与梵把他手打掉,胜利近在咫尺最后还是成输家了。

临睡前,他问要不要分两床被子睡:"你老是抱着我睡觉,现在六月了,天热。"

薛与梵狗嫌的睡姿被周行叙拿出来鞭尸了。

她知道自己睡觉爱黏着人。

之前在老校区的时候,薛与梵的宿舍床因为老旧,塌了一回。报了维修,修得不及时。薛与梵不得不和方芹睡一块,当晚方芹就很意外地发现薛与梵睡觉喜欢抱着别人。

其实是有原因的。

"我小时候,反正就是很小的时候就一个人睡觉了。有一次我睡觉之后,大晚上爸妈出去了,那是三伏天的晚上,突然开始打雷,家里电闸跳了,外面电闪雷鸣,我就很害怕,一个人抱着安抚小孩的睡眠熊躲在衣柜里面,喊破了喉咙在叫我爸妈,但是他们压根不在家。

我就自己哭累了,在衣柜里闷出一身的汗,抱着那只熊睡着了。"

渐渐地薛与梵就变得喜欢抱着东西睡觉了。

薛与梵说完,旁边的人动容了。欲言又止,最后什么也没有说出口。

那天老薛和向卉出去不是办大事,是去过二人世界了,吃喝耍乐,没有带碍手碍脚的薛与梵。

虽然确实不是每个人都喜欢被别人抱着睡,但看到周行叙那副不喜欢的样子,以及想到亲爹亲妈的抛弃,虽然过去多年,但薛与梵还是会生气:"有些人在床上的时候喊着姐姐、宝贝,哄着人换姿势的时候嘴甜得不得了,吃饱了就说抱着睡觉多热啊!"

最后补了句:"渣男。"

周行叙认栽。

等她说完,她被人伸手一捞,扯进了怀里,两腿被周行叙用一条腿就轻松钳制住。

周行叙:"来来来,抱着。你看热不热,舒不舒服。"

不蒸馒头争口气,薛与梵被他抱得紧,虽然有些不舒服,但作为对立派的坚决拥护者,薛与梵没反抗,并妄图证明被抱着睡觉是一种享受。

脸颊贴在他胸膛上,鼻尖是沐浴过后的雪松味道。沉沉的心跳声一下一下地砸在薛与梵的耳边,最后自己的心跳声和他的心跳声趋于同步。

入睡讲究一个放松,现在束手束脚的,薛与梵一时间入睡失败。从他怀里慢慢仰起头,只能看见脖颈处的线条,再往上,脖子的柔韧性不允许了。

动作也不算大,几缕头发黏在脸颊上,在他胸口蹭了蹭,正准备闭眼培养睡意,上方传来笑声。

"怎么样?是不是睡不着?"

"没有啊!给我点时间,我又不是机器人说睡就睡。"薛与梵闭眼,"对了,我明天早上八点半的课,你喊我一声。"

"知道了。"周行叙应声。

十分钟后,周行叙松了手挪开了腿,看着身侧的人呼吸放缓的样子,不禁开始怀疑难道真是他自己的问题。

六月下旬的天气热得很,赶上烧窑能要人半条命。

上次从周行叙那里过夜回来,室友对"资本主义压榨"进行了唾弃,小八说:"哪有这样随叫随到的,突然把你喊去补课,真讨厌。"

薛与梵上次拌嘴没赢,只能在这时候附和小八的话:"对,唾弃他!"

她和周行叙的相处方式依旧没有多大变化,照旧可以几天不联系,要不是能相互刷到对方动态,仿佛好友列表压根没有这个人似的。

考试周已经变成了朝廷钦犯脖子后面"斩立决"的木牌子,黑心肝的商家把咖啡售卖机偷偷调高了价格,但排队的队伍依旧没有变少。

只要是有空调的教室,复习的学生扎堆。

薛与梵动了动已经僵直的腰背,停了手里的鼠标,闭上眼睛但满脑子还是刚刚的建模画面:"我感觉自己快瞎了。"

小八在对面抬起头,两眼无神:"尔康,尔康你为什么没有开灯……"

薛与梵被她逗笑了,从包里翻出眼药水,她的大脑已经转不动了,忘了自己鼻梁上架着一副眼镜,镜片上"啪嗒"一下,落了滴眼药水,镜片糊掉了。

薛与梵才想起来得先摘掉眼镜。也不讲究,滴完眼药水后,拿起衣摆一角把镜片擦了擦。

把眼药水盖子重新盖上,随手丢进包里,放在包里的手机屏幕正巧亮起又熄灭。

锁屏上显示的信息是周行叙发的,两个院系的考试周没有凑到一起,暑假前再深入交流的计划流产了。他又问薛与梵是不是暑假一放假就去她奶奶家。

得到了薛与梵肯定的回复后,他说可惜,原本还想邀请她来看乐队暑假的演出。

薛与梵:以前去看是为了泡你,现在泡到了就不去看了。

手机开了静音之后搁在桌上,薛与梵眨了眨滴过眼药水之后变得稍微舒服一些的眼睛,重新投入建模的大工程里。

上辈子不干八百件伤天害理的事,都对不起这辈子来学珠宝设计。

余光里的手机亮了屏。

薛与梵拿起手机,看着那头发来的回复。

周行叙:你就像翟稼渝遇见的那个只在赛季初和赛季末找他聊天的妹妹一样。

周行叙:挺好的,我很感动,再见了。

周行叙:说什么祝阿姨买菜加倍已经不够了,我祝你以后上班摸鱼必被老板查岗。

| 第三章 |

不想放过你

十三分甜

周行叙好一段时间没有回家了,考试周结束后,薛与梵先放假去了她奶奶家。她说奶奶身体好像没有以前好了,大伯接奶奶去做个全身检查,今年可能不会一整个暑假都待在奶奶家。

周行叙他们学院基本上是最后才放假的,比还需要补课的唐洋好一些。

为暑假的商演训练了一周后,他不得不因为霍慧文第三次催他回家吃饭,而鸽了周六的训练。

已经是七月了,他一整个六月都没有回过家,用考试周当了借口。现在考试结束,没借口了。

他们家的饭局从来不像别家说说笑笑那么轻松。

不过是工作压力巨大的家长挑一个人进行重点批斗,那个工作压力巨大的人向来是他爸爸,被重点批斗的不会是和他同甘共苦的发妻,也不会是身体不好的大儿子。

只能是他了。

来前,很巧,薛与梵刚在朋友圈发了张九宫格照片,今天是她爸爸生日。

动态配了字。

问我爸爸生日有什么愿望,他说希望我妈可以不扣押他的工资,我可以少问他要钱。说着他落泪了,他说这就是父亲,过生日哪怕是许愿,愿望里也全是妻子和孩子。

一家人在薛与梵奶奶家庆祝生日,照片上她爸爸戴着一顶生日帽,换作他爸爸一定是不愿意戴的,脸上还被抹了奶油,大大方方地在女儿的镜头下笑。

最后生日帽又到了薛与梵头上,照片里她妈妈认真地帮她把扯坏的帽子系带重新绑好。

照片上的家庭合照也是其乐融融,和他们家的氛围天差地别。

他爸还没有回来,周行叙进屋前没有看见周景扬的车。等他问自己借车,周行叙才知道他又和别人追尾了。

周景扬问他要车钥匙:"我不是参加了学校那个救助流浪动物的活动嘛,就借一天。我的车后天就修好了。"

"你开老妈的车。"周行叙不借。

"老妈的车红色的,我才不要开。"周景扬搬救兵,喊了霍慧文。

霍慧文端着水果走过来,听见大儿子喊自己,便应声:"怎么了?"

"你帮我问阿叙借一下车。"周景扬伸手去拿果盘上的西瓜,拿走了中间看上去最好吃的那一块。

霍慧文当起和事佬从来都是叫小儿子让一步。对她来说只要两个人不吵架,事情解决了就万事大吉。

周行叙没松口,这时候外面传来汽车的声音。

霍慧文:"好了好了,就这样吧。你们爸爸回来了,洗手准备吃饭。"

周行叙蹙眉,就这样吧?

还能怎么样?

周父将公文包递给霍慧文之后,扫了眼一个月没出现的小儿子,哼了一声:"知道回来了?一天到晚跟你那些狐朋狗友混在一起,不三不四……"

霍慧文悄悄拍了拍小儿子的肩膀安抚他,小声嘀咕:"别听你爸爸说的,今天煮了罗宋汤,里面的牛肉是从青海带回来的真空包装的牦牛肉……"

但可能是订单没有完成的压力实在是太大了,来自他爸的絮絮叨叨一直没有停。从他不乐意考研开始批评,到怪他暑假也不来公司实习,跟群不三不四的人玩音乐。

因为是白手起家,周父被生活挥动着鞭子驱赶着,不曾停歇,所以他格外见不得家里有闲人。

周行叙就是那个不干正事的闲人。

他和所有家长一样,一边希望孩子独立,一边又给孩子制订计划规定人生。

那些话他爸都不知道说过多少遍了。

周行叙已经将装聋作哑练就到了最高境界,可这次反驳的话说出口的时候,他自己都没有意识到:"你是只有一个儿子吗?"

一瞬间,四周都安静了。话音一出,霍慧文在桌子下踢了踢他的腿,让他注意。

这个问题,他甚至也想问问霍慧文,她也只有一个孩子吗?

两个人都只会盯着他一个人压榨,父爱母爱不能平分,所以连带着责任和压力也不能平分吗?

因为身体不好而可以侥幸逃过一切责备的哥哥,因为身体不好所以无条件拥有一切美好的哥哥,讲出来真是个笑话。

他们全家都是笑话。

既然都开了口,干脆全说了:"关心不给我就算了,把自由给我行不行?"

朝他丢过来的筷子和碗,偏了,只有碗里的酱汁溅到了周行叙白色的上衣上。

"要自由,有本事你别花我的钱。"

人都会吸取教训,他爸认为过年那次周行叙敢摔门走人是因为自己没有断掉他经济来源,这次他不给小儿子钱花,他就不信周行叙还敢。

但他就是敢。

油门的轰鸣声在外面响起的时候,地上碎掉的碗还没有捡起来,但周行叙衣服上的酱汁已经干了。

猛踩油门开了将近一个小时后,车停在薛与梵奶奶家楼下,他看见了门口还有一辆车。

可能是她爸妈今天也在这里过夜。

收到周行叙短信的时候,薛与梵还没睡。

没有征兆,和夏天的雷阵雨似的,说他在她奶奶家楼下。

薛与梵拿着手机悄悄下楼,虽然不是第一次了,但这次屋子里多了两个人,她不得不再小心翼翼一些。

今天老薛喝了白的,向卉也喝了点红酒,两个人干脆在奶奶家住下了。

还好老薛鼾声大,薛与梵摸黑开了门,穿着到小腿处的睡裙小跑着上了车:"你怎么来了?"

"离家出走了。"他笑着把今天家里的事,概括成三两句说了,自嘲,"想想也是公平,一个有关心,一个有耳光,说出来是平分的了。"

薛与梵瞄见杯槽里亮着屏的手机,他开了静音,亮着的手机屏幕上不断显示有信息和电话打进来。

他说着往自己伤疤上撒盐的话,嗓音哑哑的,听不出语气。他靠在座椅上,不看车灯照亮的那块区域,却望着车灯外大片的漆黑。

"我们家有三本大相册,里面几乎没有我什么照片,全是我哥的,我甚至都不太知道自己小时候长什么样子。后来等我妈意识到也该给我拍照的时候,她已经给我哥拍了太多照片,以至于她都厌倦给小孩子拍照了。"

薛与梵观察着他的表情，摸不准他的情绪："要不要我也说点我比较惨的事情？"

薛与梵表示如果有需要她也可以自揭伤疤，跟他说说自己小时候被奶奶打的事情。比如：她小时候曾经因为和附近的小男生手牵手，手掌心挨过打。因为死犟，偏要穿小裙子，也挨过奶奶的打。

她奶奶，一个反感至亲男人以外所有男性的一个人，甚至走在路上碰见别的男人，都会下意识地侧身避开。

"比惨大会吗？"周行叙侧了脸，笑了一声，"所以你知道吗？我哥越是喜欢你，我就越不想放过你。"

听到他坦白接近动机，她没有因为不是喜欢而难过生气，原本就知道的答案。有时候连她自己反思也觉得这样是瞎搞，就是吃饱了撑的。

薛与梵做作地撩拨了一下头发，叹了口气："居然不是出于美色，没有想到我的美貌竟然分文不值。"

薛与梵有的时候觉得，他们即便不做恋人，也能坐在一起侃大山。即便出现再大分歧，他们也能比任何一对恋人都心平气和。

周行叙被她逗笑了，他想，吵完架来找她的确是个明智的选择。

他又说起周景扬稀烂的车技，形容给薛与梵听的时候拿她的睡姿当了对比，吃到了她一记眼刀之后，他没闭嘴，半是打趣地问她要不要试试在车上办事。

他说："反正这车明天要借给我哥开。"

这回薛与梵动脚了，越过中控区，不痛不痒地踢了他一脚。

扯着她的脚，将人抱到自己身上。

薛与梵的腿屈在他身体两侧，后腰上抵着一个方向盘。

还是那股雪松味道，鼻尖先碰到，他从嘴角开始吻。薛与梵感觉到后背横着一条手臂时，下唇被包裹在一片温热里，几乎在意识到的同时，她失守。

他嘴巴里苦苦的，薛与梵尝到了烟草的味道，很快苦味在两个人嘴巴里慢慢消融没了。

可恨她是个坐位体前屈姿势，开始就意味着结束的僵硬身姿。屈着的两条腿酸痛不已，她拍着周行叙的肩头，叫他把自己放回去。

他唇上亮晶晶的，掌心托着她，喘着气问："要不去后座？空间大。"

薛与梵摇头，摘了脑袋上松垮垮的发绳："去便利店。"

周行叙觉得有道理，毕竟事发突然，他们两个也没有频繁到需要随身带着"小雨伞"。

他们放弃了车，步行去了小区门口的便利店。

薛与梵说她去买，周行叙意外她居然好意思。

没一会儿，旁边的自动门开了，她拿着一块外面裹着巧克力的雪糕，丝毫不怕腻。

便利店外的自动售卖机卖出了一瓶矿泉水，出货的声音巨大。他手里刚点上的烟，还没抽，白烟往上飘，最后被一阵风吹散了："原来是想吃雪糕啊。"

"不然呢？"薛与梵咬了一口雪糕，拿着雪糕递到周行叙嘴边，"来一口。"

"不吃。"周行叙蹙眉，"你不嫌腻？"

她不嫌，吃得津津有味，还对他说："不开心的时候就要吃甜食。"

问她理由。

她说："甜食，是天使啊。"

谐音梗。

周行叙一直觉得自己不是一个笑点很低的人，但薛与梵好像长在他的笑点上。

他们走在夜色下的小路上，路过小区的人工湖，周行叙问她："什么时候从你奶奶家回去？"

薛与梵掰手指:"再过三四天吧。"

问他有事吗,周行叙说:"教你游泳。"

没头没脑的一句。

"不要。"薛与梵拒绝,她从小就不是一个亲水的小孩,"我不会。"

"不学怎么会?又不是小狗,天生会狗刨。"周行叙讲歪理,"万一你掉到河里怎么办?"

"但大数据统计,被淹死的人群中会游泳的远远大于不会游泳的。"她很认真地考虑了一会儿,说完,朝他眨眼,"总要给别的帅哥英雄救美的机会吧。"

周行叙:"我现在一脚给你踹河里去。"

可能是吃了雪糕,她嘴甜:"四下无人,那这个机会就只能被你捡了。"

月亮移动了人不可察的距离,今天夜里多云,不是个赏月的好时候。她吃了一半觉得太甜了,骗走了周行叙矿泉水的短暂使用权。

留了半瓶还给他,又跟个没事人一样继续吃掉剩下的半块雪糕。

"薛与梵,你真是一个宝。"

她拿着雪糕还没有走到她奶奶家楼下,无意识地因为他的话回头,很不解:"我嘴甜?幽默?"

"不是。"矿泉水瓶壁上的水珠顺着手指滴落在地上,他换了只手,提着瓶盖处,"是让我开心。"

薛与梵蹙眉:"我是个笑话?"

周行叙摇头,视线里的人还是一脸不解地看着他,等他继续解释。但他没解释,提醒她,后退走路,小心摔跤。

"知道了。"薛与梵咬了一大口雪糕,转过身继续往前走。

天上的月亮,被云挡着,缺了一块。待到云飘走后,周围的一切变亮了。

风起,树枝上被风惊起的飞鸟展翅,她下意识地按住了裙摆,一只手按着裙摆,一只手拿着雪糕,没有第三只手去管头发。

她突然才发现头上的发绳不见了。

周行叙伸手帮她整理头发,发丝缠上他的手指。

他想……

"薛与梵,你真是一个宝。"

"我嘴甜?幽默?"

"不是,是让我开心。"

"我是个笑话?"

——不是,那是句情话。

十四分甜

薛与梵挺喜欢这个暑假,天气虽然热,但是每一个西瓜都很好吃。那天和周行叙分开之后,两个人莫名其妙就聊起了天。

虽然没有从早聊到晚,但比以前只是"朋友圈的互赞之交"要好上许多。

从奶奶家回去的时候,薛与梵给他发了条短信。

薛与梵:我回家了。

过了好一会儿,他才回复:那行,我抽个时间带你去游泳。

薛与梵收到回复后,打字回他:连夜扛着火车走了,再见。

她回家住,向卉开心又不太开心。暑假是向卉最忙的时候,放任薛与梵一个人在家,她便早上不起床,晚上不睡觉。

最后薛与梵被向卉带着一起去上班了,和辅导中心其他老师五六岁的小孩一样,跟着妈妈上班。

再见周行叙的时候,薛与梵已经第三天被向卉带去上班了。因为他一直去游泳的游泳馆就在附近,薛与梵就没有让他来接自己。

向卉听说薛与梵今天要去游泳,看着养了二十多年的女儿,头一次觉得不是自己生的。

整天不是坐着就是躺着,肯运动起来,当妈的当然同意她去。

两个人约在早上游泳,他说下午去就等着下饺子吧。两个人在前台办完手续,薛与梵穿着拖鞋跟在他身后:"上午人就不多?"

"没有下午多。"

说着两个人往里走,人的确不是很多,百米的游泳池只有几个散客。

各自在更衣间换了衣服,周行叙比薛与梵动作快,想了想又返回前台,买了个漂浮板。

薛与梵从更衣室出来,就看见他穿了条泳裤,手里拿着一个和他特别不搭的粉色漂浮板。

没有了上衣,好看的肩胛肌肉线条和宽肩窄腰的身材显露无遗。可恨该死的男女体脂差异,薛与梵摸了摸自己的肚子,虽然没有甜甜圈但也没有锻炼的马甲线,软乎乎的。

可如果得到他那样的身材代价是游泳、晨跑加锻炼和吃得少,她宁可不要。至少万一哪天悲到深处,她还能捏捏自己的肉,告诉自己存不住钱没有关系,她至少存得住肉。

"有你还需要漂浮板?"薛与梵的泳衣挺保守的,但还是有些不好意思地在肩头披了条游泳馆免费使用的白色浴巾。

周行叙把漂浮板递给她:"万一我没耐心了,总还要有个保护措施的。"

"不怕,有救生员。"薛与梵给他使了个眼色,让他看坐在岸边躺椅上的工作人员,夸了句身材真不错,"你救不了我,他们会救我的。"

周行叙瞥了她一眼:"没有,不是为了救你。保护措施是给我的,我是怕到时候我见死不救算故意杀人。"

薛与梵:"……"

新手起步,从给小孩子玩的一米二的浅水区开始,周行叙下了水,看她扶着岸边像个百岁老人蹒跚走路。

"你来泡温泉啊?学走路的?试着游起来,这点深度才到腿。"他伸手去拉薛与梵。

才到腿?

薛与梵正想骂他睁眼说瞎话,看看这个水,都到肚子的高度了。一抬眸,看见水线在他身上的位置,好吧,的确可能在某些人腿那里。

人类的参差。

周行叙的游泳课程开设了十天。

薛与梵听他损了自己十天。

…………

"薛与梵,十天了。我奶奶家的狗丢游泳池里都比你游得快。你看看旁边,刚刚超过你的小孩看见了吗?才五岁。"

"我再去买两个漂浮板吧,再去买点双面胶,给你把漂浮板全部粘在身上,我就不信你还沉得下去。"

薛与梵聪明了一整个学习生涯,在人才济济的一中,她不能说是拔得头筹的那种,那也是从来没有跌出过前十,没有三好学生那也是优秀班干部,是老师口中学习的榜样。

她坐在休息椅上喘气,接过周行叙买的偏温的可可。他把白色的浴巾展开,搭在她身上,拿着浴巾给她擦了擦头发。

手上丝毫不温柔。

游泳馆提供的浴巾,经不断地清洗、消毒以及反复使用,变得特别粗糙,蹭得薛与梵皮肤疼。

薛与梵躲了躲浴巾的攻击:"我刚刚竟然游了十五米都没有沉下去。"

她没带浴巾,周行叙便把自己那条洗干净的拿给她用:"游个十五米你居然还用'竟然'来形容?"

说完,周行叙腿一疼,被她一脚踢了上来。

听她喝着可可问自己比起前几天是不是有进步时,周行叙垂着眼帘，给她擦头发："……问我你进没进步？你还有倒退的空间吗？"

看见视线里的人表情一变，他改了口哄着："是是是，鼓励你，有进步。但你能告诉我为什么你敢从一米二游到一米八，不敢从一米八游到一米二吗？"

"起步的时候脚碰不到泳池底，我没有安全感。"

周行叙手上给她擦头发的动作没停，听她说话没多作思考："碰不到，怎么会碰……"

说到一半，周行叙反应过来了："冒犯了。"

"其实我这个身高也还可以。"说着，薛与梵仰头看向他，脖子上的酸意告诉她，算了，人类的悲喜是不相同的，"阿姨多高？"

"我妈？"周行叙想了想，他也不知道，扶着薛与梵的脑袋和他自己对比了一下，"应该和你差不多高。"

她突然开心："那就好，以后我儿子也有希望变成大高个。"

"我看你这基因挺悬。"他笑道。

薛与梵抢过他手里的浴巾，裹着自己，头也不回地进了女更衣室。

今天的游泳课依旧是中午前结束了。

薛与梵换衣服拿柜子里的毛巾时，一不小心把裙子一块扯了出来。裙子掉到了全是脚印的地上，黑色的鞋印因为遇水让地板更脏了，裙子再拿起来，果不其然污了一块。

周行叙在门口等她，她一出来，浅色裙子上那一块脏了的地方格外明显。

一个月没去他公寓了，还是和薛与梵上次去差不多。

他照旧和上次一样帮她把拖鞋拿了出来，转身去开了空调。又去阳台上帮她拿了件短袖，临时穿一下。

薛与梵径直去了卫生间冲澡，周行叙拿着短袖去敲厕所门，她没锁门，衣服都还没有脱掉，正以一种非常别扭的姿势在解后背的拉链。

拉链里卡了布料，所以才难解。

卫生间里也没有开冷气，周行叙上手帮忙，薛与梵因为拉链折腾了半天，脖子里的汗不断地往下流，汗水淌过锁骨，淌过后背微微陷下去的背脊中央。

周行叙鬓角汗湿："你换穿衣风格了？"

薛与梵挺意外，网上太多连女生化没化妆都看不出来的男生，听见周行叙居然说起穿衣风格，她还挺意外："你居然还知道女生的穿衣风格？"

"嗯。"周行叙解开了卡在拉链槽里的布料，轻松一拉，便帮她拉开了拉链，"因为感觉比前几次难脱了。"

多不靠谱的区分方式。薛与梵："……"

他把干净的短袖放在洗手池旁边，站在门口等了一会儿，等她洗澡了，才再进去把她换下来的脏衣服拿出来丢进洗衣机里洗了。

洗完澡，薛与梵神清气爽。洗衣机里的衣服还没有洗好，她穿着周行叙的短袖，在客厅里溜达。

客厅的投影上正放着篮球赛，但是他拿着手机似乎是在跟别人发信息聊天，注意力显然没有在球赛上。

周行叙感觉到旁边的沙发一陷，问她吃什么，外卖还是他煮面条。

薛与梵："你是不是只会煮面条？"

周行叙点了点头："好吃不就好了。"

"好吃也不能一直吃啊。"薛与梵拒绝，"一直吃也会腻。"

周行叙点开手机里的外卖软件后，把手机丢给她："那就外卖。"

他反正吃什么都胃口一般般，干脆让薛与梵决定吃什么。薛与梵照着两人份的食量下单，她是一个半人的食量，周行叙是半人的食量。

因为受不了游泳馆的沐浴露味道，所以周行叙就在游泳馆简单地冲了个澡，但不用沐浴露好好洗个澡，他总觉得身上不舒服。

遥控器的使用权到了薛与梵手上，她切掉了球赛的转播，看起了最新的热播爱情电视剧。

外卖比她想象中来得要早,电视剧刚刚播了一个开头,门铃就被按响了。

薛与梵来不及穿上拖鞋,在急促的敲门声下,喊了一声"来了来了",虽然隔着厚厚的门,外面的人也不一定听得见。

拧开门把手的时候,周行叙正巧洗好澡从浴室出来。手里拿着一撮长发:"薛与梵,你秃头了没有?"

薛与梵开了门,手朝着门外伸过去,但人是扭着头看着周行叙的,朝他嗤声:"女生洗头掉头发是正常的,我下回来过夜,你拿个蛇皮袋把我裹起来,不然你床上、枕头上全是我头发……"

说了半天的话了,薛与梵手就这么伸在门外,外卖小哥这个没有眼力见儿的也不知道直接把外卖递到她手里就可以了?

薛与梵朝着门外望去。

不是亲切的外卖小哥提着飘香的外卖。

是一脸错愕的唐洋手里拿着一本乐谱。

…………

唐洋他们专业今年不做人,他这两天还在宿舍里赶作业,因为作业要打印出来,既然要去文印店,干脆把前几天他们改编的歌曲谱子一起打印了。

忙完已经是中午饭点,他和翟稼渝还有左任他们直接在外面解决了午饭,之前还给周行叙发了信息问他要不要出来吃饭,被他回绝了。

又正巧在附近,他们就干脆顺道把乐谱给周行叙送来了。

三个人在便利店猜拳,最后输掉的人是唐洋,他顶着大太阳,满头大汗地走到了门口,敲响了好兄弟的家门。

这一路走来,太阳毒辣,没有女妖精和九九八十一难但也历尽千辛万苦。

结果,开门的居然是个女的。

当年的高数都没有让他这么丈二和尚摸不着头脑,看看开门的薛与梵,穿着明显是周行叙的衣服。

下五洋抓鳖,居然被他撞见这么大个粉红色新闻。现在青天白日的,这是一大早就来办事了?还是在这过夜压根没有走?

两个人在说什么?

他说她的长头发,她说他的床和枕头。

在薛与梵和唐洋对视几秒后,察觉到不对的周行叙走过去。看见门外是唐洋后,又扫了眼光着腿的薛与梵。

周行叙走到两个人中间,伸手把薛与梵拉到了自己身后,将大开的门关小了一些:"什么事?"

十五分甜

要问薛与梵现在什么心情,就像是幼儿园的文艺表演录像被道德需要受到谴责的坏人找了出来,放到了学校论坛。

在帖子的标题上写上了她的系别、专业和大名。

然后录像在学校中心的电子屏幕上全天二十四小时滚动播放。

拿过谱子后,等周行叙把门关上了,薛与梵还没有缓和过来,实在是尴尬。

他把谱子卷起来,往她脑袋上一敲:"魂可以回来了。"

她隔了好几秒才想到摸一摸被打的地方,来了句"完了"。

周行叙拿她之前的话逗她:"确实,男未婚女未嫁,两个没关系、没事的人凑一间房子里待着,是完了。"

薛与梵跟在他身后走到沙发上坐着,看他随手把东西往茶几上一丢,淡定不已地找遥控器,扁嘴:"搞得男主角不是你一样,要被浸猪笼,你也是我隔壁包间的。"

周行叙笑道:"我可以说你入室抢劫啊。"

"你当个人行吗？"薛与梵先他一步抢到遥控器，往自己怀里一揣，不给他。

爱情剧向来不是周行叙爱看的，正好洗衣机的衣服也洗好了。周行叙提醒她去晾衣服，等人从沙发上起来了，他伸手去够遥控器重新切回了球赛。

一个进球都没有看到，门又响了。

唐洋揣着惊天大秘密走到便利店里的时候只有左任一个人在。想要宣布秘密的激动心情因为翟稼渝不见了，暂时被打断。他扭头找翟稼渝，小小的便利店里没有他的身影。

左任在吃一块卡通狗爪子形状的雪糕，让他翻一翻桌子上的A4纸。

是乐谱。

唐洋又看了一眼："老子的作业呢？"

左任："自己拿的时候看都不看，把作业当谱子拿去给阿叙了。翟稼渝帮你送过去了，路上没碰见？"

唐洋摇头："真没有碰见。"

这一打岔，唐洋把大秘密这件事给忘了，看着左任手里的雪糕，嘴馋了："便利店买的？"

"上面那个小冰柜里。"左任给他指路。

门铃声响起的时候，洗衣机解了运行时上的锁。薛与梵把团在一起的衣服拿了出来，看见自己的内衣和裙子搅在了一块。

费力地把两件衣物分开，拿着内衣从阳台门后面走出来："周行叙，我内衣不可以……"

然而她没在客厅的沙发上看见周行叙，因为球赛播放的声音有点大，所以她没有听到门铃声。视线越过客厅，门口正在交换东西的两个人，听见她的声音都下意识地朝她投来视线。

薛与梵身体向前走的惯性在此刻愣是被她抑制住，挂挡转弯，漂移转身，话说了一半重新跑回了阳台上。

翟稼渝像个哑巴，指了指刚刚出现薛与梵身影的地方，嘴巴张着，半天没说出一个字。

最后指着的手，变成了一个大拇指的手势："恭喜恭喜。"

薛与梵躲在阳台，从楼上往下看，能看见从楼里走出去的翟稼渝。他愣愣地站在太阳下，仿佛不怕热，最后发出一声响亮的"天啊——"

身后传来脚步声，他依旧像个没事人一样，问她："内衣怎么了？"

"啊？"薛与梵愣了一下，才反应过来他是问自己之前说了一半的话，"就是内衣不可以直接这样扔在洗衣机里洗，会变形。"

"坏了吗？"他从薛与梵手里拿过来，丝毫不觉得有什么不妥，"我带你重新去买？"

薛与梵给他解释："这次没事，因为是无钢圈的。如果是有钢圈的话，它这样一洗就会变形。如果要扔洗衣机里洗，就要用专用的内衣洗衣袋。"

解释完才意识到现在重点不是内衣清洗的教学，而是他们的清白。

"入室抢劫？"薛与梵欲哭无泪甚至想笑，"怎么解释？谁入室抢劫还顺带洗个内衣的？"

"不管他们。"周行叙顺手把手里的内衣挂晒起来，"别想那么多。"

薛与梵自然是不会想那么多，外卖一来，百愁都能解。

十天的游泳课结束后，薛与梵感冒了一次，又是鼻塞又是扁桃体发炎。向卉怕她传染给补课中心的其他小孩，也就没有再带薛与梵一起去上班。她就自己窝在家里看了几天的书，画画设计图。

接到小八的电话时，薛与梵已经喝了一周的冲剂，感冒才好透。

小八参加了学校组织的流浪动物救助活动，救助站有两个学妹昨天吃完夜宵之后，食物中毒，但她也因暑假不在本地所以今天缺人手。

薛与梵一手端着水果拼盘上楼回房间，一手拿着手机，用胳膊肘开了房间门，听着电话那头小八的"求救"。

"梵梵，你有空吗？"

薛与梵是没有什么事情，救助站也离她家不远："我有空。"

她去帮忙三天，向卉和老薛也不反对，觉得活动挺有意义，甚至他们还负责了薛与梵的接送工作。

晚上和周行叙打电话的时候，薛与梵说了这件事。

他在公寓里，面前摆着五线谱和揉成团的纸球，脑子里没有什么构思，拿着铅笔在纸上随便涂涂写写。听着电话那头薛与梵说，等她说完，周行叙才开口："没碰见我哥？"

电话那头的人狐疑："你哥也去了吗？"

"他说参加了学校救助流浪动物的活动，可能现在又没去了吧。"周行叙说他也不清楚，只是暑假刚放假的时候听周景扬说了一句。

反正薛与梵今天没有碰见："可能吧。"

这个话题不了了之，临挂电话前，他问她明天晚上有空吗？

"怎么了？"

周行叙："唐洋生日，叫我喊你一起去吃饭。"

他说完听见电话那头猛地咳嗽了起来，他拿着手机笑，等电话那头咳嗽声平息一些了，他又问："有空吗？"

"不是。"薛与梵原本懒洋洋地躺在床上，听见他这话，猛地坐起来，"他们是不是误会了？"

"误会什么？"周行叙问。

薛与梵不答，反问："你不是说你跟他们解释为入室抢劫吗？"

"为了你好。"周行叙放下笔，起身朝厨房走过去，开了冰箱，伸手拿了一罐啤酒，单手开了易拉罐的拉环，"这不是怕他们万一是热心群众把你送进去了，你进去了我怎么办？"

手机贴着薛与梵耳边，他的音色和平常听上去有些不一样，听筒因为他说话的声音微微振动，细小的振动却传来酥麻感。

——"你进去了我怎么办？"

说得好像他没有别的选择一样，她又不是必选和唯一。

薛与梵手摸着手机壳的浮雕，但报了时间和救助站的地址："那你到时候去接我？"

"行。"他应了。

薛与梵觉得周行叙有乌鸦嘴的潜质。昨天和他打完电话，今天下午，消失了几天的周景扬抱着一窝被人丢掉的小狗出现了。

薛与梵假装忙着，没有搭理他，架不住负责人很热情地让薛与梵歇一歇。

负责人看她今天和前两天不一样，今天穿了条裙子还打扮了，得知她今天结束后还有约会，让她早些走。

笼子里那只原本皮肤病很严重的狗，上了几天药之后，现在也生龙活虎。等毛长出来了应该更好看。

它是只闹腾的狗，只要有人出现在它的视线里，它都要叫上两声，薛与梵给喂了两天饭，它显然认识了薛与梵，只要在笼子前晃悠的人是她，它便也能安静地当着她的面打盹儿。

薛与梵在它笼子前站了一会儿，见它这回没有乖乖打盹儿，还没有回头就知道自己身后站了人。

周景扬是来道歉的，为上次他唐突表白那件事。

薛与梵没接受，也没有继续生气："既然知道唐突，以后就不要做这样的事情。"

但凡今天话题到这里，薛与梵都觉得他至少是个人。到了她快下班的时候，负责人让他们帮忙搭把手，去外面清点一下别人在网上募捐的东西。

薛与梵把手腕上的发圈摘下来，随手扎了一个马尾。

周景扬的视线落在那个大肠发圈上,眼熟得很。想了想,上次他借了周行叙的车,和在他车里那个发圈不仅颜色相同,连花纹都是一样的。

周景扬不太愿意去设想,但又觉得很有可能。

他故作随意地提起了他奶奶家有一只小狗,是小时候周行叙抱回来的,后来他家不准养,周行叙就丢给了奶奶。

周景扬一起数着罐头,说:"世界上就是有太多这样对宠物不负责的人,所以流浪动物才这么多。"

薛与梵被他突然打岔,忘了自己数到了几。

从头再来的时候,他还在说话:"我妈对宠物过敏,所以很早就和他说过,不要养狗。但是阿叙干什么都很一时兴起,不顾别人。现在搞音乐也是,我爸让他暑假去公司实习的,结果暑假一开始和我爸吵了一架,到现在都没有见到他人。"

她明知故问:"你们兄弟关系看上去很不好。"

薛与梵一搭话,周景扬喋喋不休,等听他说那套关于健康身体和父母之爱的公平论的时候,周景扬看见薛与梵满眼的同情。

她说:"我好同情你。"

周景扬眼睛一亮:"你不用同情我,我觉得我……"

薛与梵打断他说话:"不,周景扬,我同情你。我非常同情你。我同情你的小脑袋瓜居然想得出那么无耻的公平论,有这么扭曲的三观,你真的是素质教育的漏网之鱼吧?"

薛与梵觉得这照耀在自己头顶的哪里是阳光,分明是道正义之光。今天她不替天行道,都对不起自己金牌辅导员子女的身份:"周景扬,如果你活着的人生信条是这样扭曲,我觉得你下次发病别看医生了。"

十六分甜

薛与梵想到周行叙那天来找她,他说的"一个有关心,一个有耳光,说出来是平分的了"。

薛与梵被面前的人给气笑了,他还真是恬不知耻:"那张经典的关于公平的地图你看过吗?就是长得不一样高的两个人站在一个栏杆后面看球赛,那个栏杆把最矮的人挡住了。你说你身体不健康,所以你应该有你妈妈的爱,周行叙虽然没有你妈妈的爱,但是他身体健康。这是你自以为的形式公平。

"你追求双方拥有一样数量,但一边又用从周行叙身上抢来的东西,把自己垫到了和他一样高。虽然你们拥有的数量的确一样,但他拥有的东西一直在减少,这和你的形式公平论又自相矛盾。

"你妈妈怎么教育你的,我不知道。你应该做的难道不是冲破那个挡住你的栏杆吗?为什么是一心垫得和周行叙一样高?"

薛与梵头一次和面前这个人讲这么多话。虽然她是独生子女,但是从小被向卉教育分享是一种美德,被教育与其嫉妒羡慕别人的优秀,不如自己努力。

她真应该把补课中心的宣传单发给面前这个居然还能考上京首大学的漏网分子,让他去向卉上班的补课中心看看,去那面写满了真善美的名人名言的墙上找找爱默生那句"凡是受过教育的人最终都会相信嫉妒是一种无知的表现",并且罚抄、默写,背诵一百遍。

清点的工作薛与梵全部都丢给周景扬一个人了,她去里间找到负责人,和负责人说明了自己要先走的情况之后,薛与梵才离开。

离开前她去卫生间,简单地冲洗了一下胳膊,拿湿巾擦了擦脖子上的汗。低头闻了闻身上,确定没有什么奇怪的味道。

拿出手机,看见周行叙给她发的短信,说他到了。已经是十几分钟前了。她赶忙回复了一条，告诉他周景扬在。

薛与梵：你就在路口等我好了，你哥在，他今天烦死人了。

然而，一出救助站的大门，她就看见了停在门口的黑车。

她绕到副驾驶位开了门，也没有注意后座，扯过安全带："我不是说了在路口等我吗？"

她今天打扮过了，一条没见她穿过的修身白裙子，吊带的设计，脖子上红色吊坠的项链和樱桃耳钉的配色很搭，脚上穿着一双白色的高帮帆布鞋。和周行叙总是爱穿一身黑相反，她好像偏爱浅色衣服。

"这不是舍不得你再走上一段路嘛！"声音是从后座传来的。

薛与梵下意识地回头，看见笑脸盈盈的唐洋朝着她挥了挥手："你好！你好！"

也不是第一次跟他见面吃饭了。他这么客气其实也没有什么，主要就是那次在周行叙公寓被他撞见后，他跟自己客气，薛与梵就有一种他是故意这么客气的错觉。

但他今天是寿星，薛与梵道了一声："生日快乐。"

"多谢！"唐洋抱拳。他坐在后排，所以没系安全带，脑袋从前排两个座椅中间伸过来，"他刚刚进去了，怎么你没有和阿叙一起出来？"

薛与梵一愣："你进去了？"

周行叙没回答她的问题，只是抬手把唐洋探过来的脑袋塞回去了："要不要我把前面的风挡玻璃拆了，方便你往前凑？"

唐洋嘟哝了一句："我今天是寿星。"

周行叙笑，偏头瞄了眼薛与梵："他今天生日，我送了个四位数的耳机给他。你负责帮我吃回本。"

薛与梵敬礼："一定不辱使命。"

晚饭在一家音乐餐厅，这里的包厢都是半开放式的，大厅中央坐着一个抱着吉他驻唱的歌手。他们先到了。

薛与梵正襟危坐，像一年级的小朋友第一天上课一样。左任那一批人是一起打车过来的,等他们落座后,服务员问是否要开始上菜。

寿星坐在主位点了头。

薛与梵才后知后觉地发现,全场就她一个女生。也就是说只有周行叙一个人是带着人来的。

来的人不多,圆桌也很大,大家坐得很分散,除了她和周行叙的位置挨得特别近。她扯了扯周行叙的袖子,小声问他:"他们都不带女朋友吗?"

其实她原本想问怎么就他一个人带人过来吃饭了,这样显得她太特殊了。可是话说出口,意思变了,薛与梵没意识到。

服务员将一杯杯金骏眉茶泡好放在圆盘上,周行叙手搭在玻璃的转盘上,慢慢将茶一杯杯转给其他人。

耳边传来薛与梵小声的嘀咕,楼下在唱歌,他怕自己听不清,下意识地将耳朵贴过去。

他没直接回答问题,先问了薛与梵喝不喝茶水。

她摇头。

周行叙让服务员少泡一杯:"给她倒杯白开水。"

玻璃杯底座和玻璃转盘接触,发出清脆的响声,他把杯子转到薛与梵面前,伸手帮她拿了下来,摆在不碍事的地方。

"他们和我不一样。"周行叙偏头,唇贴着她的耳畔,视线落在她红樱桃的耳饰上,吊带款式的裙子系带在两边的肩头都打成了蝴蝶结,"他们又没有女朋友可以带。"

薛与梵"哦"了一声,凉菜先上。柠檬泡椒鸡爪、豆腐皮蛋等一道道小菜陆陆续续地端上来,薛与梵被泡椒辣了一下,她才后知后觉。

他也没有女朋友可以带啊。

可话题早就翻篇了。

唐洋接了个电话回来,说是钟临不来了。

薛与梵看见他说这话时低落的表情,又和周行叙讲起悄悄话:

"唐洋为什么喜欢钟临？"

"喜欢就喜欢了呗。"

"喜欢也会有原因吧。"薛与梵不依不饶，"你喜欢一个人都没有原因的吗？"

有吗？

周行叙看着凑到自己面前讲悄悄话的人，"有原因"这个答案在他大脑里响起。

"其实……"周行叙开口时，楼下的驻唱歌手正在飙高音，包厢里其他人怂恿唐洋下去对决。

薛与梵狐疑一下，靠过去。在音浪变弱后，他的声音重新传进了她的耳朵里。

"其实我去救助站接你，进去之后听见你和我哥说的话了。再之前，我去你奶奶家找你那次，我看见你发圈落在我车上，我没有收起来，故意放在车里了。"

虽然知道周景扬不可能通过一个发圈就猜到是谁，但就是想给他添堵。

视线里的人听完这些话之后，微微移开身体，然后看着他。楼下的粤语歌又是讲爱情，情意绵绵的歌词此刻仿佛融在他们的对视里。

薛与梵思忖片刻后，手搭在他腿上，前倾身体，只是没有把握好距离，唇擦过他脸颊，最后停在他耳畔："我说得好不好？"

话里带着笑，尾音上扬。热气砸在他耳周，比今天白日里的太阳还烫似的。

喉结一滚，一个简单的音从喉间溢出："嗯。"

她姿势没动："那怎么没有走出来给我鼓个掌？"

不知道。

周行叙不知道，听到她说那些话的时候就像是刚跑完专治不爽的三公里长跑之后的感觉。

他一直觉得自己是马拉河里等到旱季迁徙动物的尼罗鳄，薛与梵于他是饕餮盛宴。周行叙那时候觉得自己好像饱腹了一顿，就像是本就流浪的人，吃到脾胃撑破也要继续，没办法停止进食。

回过头再看，好像自己才是在她掌心迷路等待救援的羔羊。

那时候已经是八月下山的太阳，她仅凭树叶之间漏出的光柱都是那么耀目。

她仅用那一击就已经把他给抄掠了，他措手不及，又有点心甘情愿。

手掌慢慢抚上她的后颈，她扎了个丸子头，碎发垂在她的脖子上。薛与梵以为他要和自己说什么话，又凑近了些。

扣在她后颈上的手，慢慢收紧五指，他摸着项链接口处。桌子那一侧吵吵闹闹，之前怂恿唐洋下去来一首，寿星不肯，辩解不是自己唱不得低音，自己的音域很广。

周行叙用指腹摸着项链和链子下的皮肉："要不要偷偷地出去一下？"

"啊？"薛与梵没跟上这话的意思，他问得语气平平，可是自己后颈上的手告诉她这个问题没有字面上那么简单。

她用余光瞄向桌子的那一侧，今天吃饭，餐桌上的话题没有怎么到她身上，现在他们也都没有怎么注意他们，而是各自聊着天，说到了迎新晚会，听他们的意思是参加的。

薛与梵其实挺高兴他们没把话题抛给她，那样的话她吃饭拘束，简直就是肠胃炎的时候餐桌上端来全荤大宴。

她小声问周行叙："我们两个一起走出去不太好吧？"

他可不在意，没给薛与梵忸怩的机会，已经起身了。

薛与梵看他们那边聊得热火朝天，大概率不会注意到他们。

再说，只有心里有邪念才会一见短袖子，立刻想到白臂膊。他们只是单纯地结伴上个厕所，怕去的路上孤单。

那头话茬儿不断，薛与梵眼见周行叙前脚刚走，翟稼渝他们就越聊嗓门越大,这才放心地起身,小跑着跟着周行叙出去了。

三秒后,包厢里的人默契地安静了。

看着一前一后出去的两个人,坐在对面的左任像是看了半天大荧幕后,眼睛发酸干涩一般在眨眼睛,捏了捏鼻梁:"眼睛疼。"

唐洋语塞,最后叹了口气:"干脆在窗户上给他们贴两个'喜'字吧,等会KTV包厢改成洞房。今天没有寿星,只有送子观音。"

十七分甜

如果要对比,薛与梵觉得这家音乐餐厅的消防通道比学校外面那家川菜馆的好。

不知道是哪扇窗户打开了,灌进八月末的夜风和樟树叶被吹动的沙沙声。

白色的裙摆和身体里那股被吻出来的躁动一同飘起,她呜咽的两声被对方尽数吞下了。

周行叙感觉到搭在自己腰侧的手使了些力气推着他的时候,终于还是在薛与梵氧气消耗殆尽的前一秒离开了她的唇。

掌心贴着她的脸颊,周行叙笑她:"感觉到了,中途换了次气,看来游泳没白学。"

薛与梵喘着气,用手打了一下他的胸口:"是我十天没有白挨训。"

"我要真训人就不是那样的了。"周行叙捏了捏她脸颊上的肉,"要再亲会儿吗?"

她"嗯"了一声,说:"要。"

薛与梵很喜欢和他接吻,并且从不羞于在他面前承认这个事实。

她就是喜欢,喜欢一件无罪无过的事情没有必要遮遮掩掩。

情爱之间,可推拉,亦可直截了当。

周行叙照旧还是用手托着她的后颈,让她在身高差有些大的接吻里,尽量更舒服一些。

她没有前几次那么拘谨,但反应还是有些生涩。

舌尖划过她的上颚,勾着她的舌头卷走氧气。楼下消防通道的门被推开,交谈和脚步声出现在下面。

打火机短暂一亮,楼下来了偷懒的服务员。两三个人聚在一起抽烟放松,吐槽着爱给人穿小鞋的主管。

周行叙感觉到她一瞬间身体变得僵直,发出微不可察的笑声,松开将她禁锢在自己怀里的手臂,手使坏地往上揉了一把。

离开她的唇,娇嗔声溢出口钻入他的耳朵,落在空荡荡的消防通道里被放大了。他手没移开,薛与梵踮脚搂上他的脖子,将唇贴在他的锁骨上才把声音封住。

楼下有人狐疑:"嗯?什么声音?"

一起抽烟的人骂了句脏话:"什么什么声音,我在说主管上周抓我们上班,你在不在听我讲话?"

"不是,我好像听见女人的声音了。"

"还女人的声音……算了,不和你吐槽了,你都不听我讲话。赶紧抽你的烟,等会儿主管又要来抓。"

…………

听着楼下的对话,薛与梵抬脚往他小腿上踢了一脚。周行叙倒是没有觉得充满情调的那一脚有多疼,倒是锁骨上的嘴,亮出牙齿,咬了他一口。

楼下的动静随着那道关门声没了,薛与梵才慢慢松开搂抱着他的手臂,自己胸口那只手也随之移到了她后腰上。

他问:"今天是不是不能夜不归宿?"

薛与梵点了点头:"快开学了。"

"行。"周行叙下巴搁在她头顶,想抽烟了,想把身体里那股燥意平复下去。

从今天接到她的时候到现在,话说了很多,小动作也不少。但其实他最想说的一句话一直没有说出口。启唇,"谢"字的音还没有说出口,薛与梵先开口了。

她就像只不亲人的小猫咪此刻被人抱在手里,蹭肚皮挠下巴一般。小猫龇牙:"起来,你这样是把我往下按,我原本就比你矮那么多,你给我留点高度,这是将来留给我儿子的财富。"

周行叙给她顺了顺头顶被他蹭乱的头发:"薛与梵,游泳可以长个子。"

薛与梵从他怀里离开了,改口:"一米六五,也算魁梧。"

薛与梵稍微调整了一下被他小动作弄偏的内衣,想到刚才,便嘀咕了一句:"为什么我们两个好像偷情的?"

周行叙就笑,没讲话。

薛与梵整理完内衣后,手没移开,搭在自己胸口:"感觉暑假伙食有点好。"

周行叙看着她那只手,身体一热:"大了也不一定是胖了,可能是万物生长靠太阳。"

"又不是植物,根据日照时间生长?"薛与梵不解。

周行叙视线落在她胸口白色荷叶边的剪裁设计上,手伸进口袋里摸出烟盒:"自己体会。"

说完,不出意外地被她骂了一句。威慑力基本没有。

周行叙在烟盒上敲了敲,听她哼了一声,说上厕所去了。

周行叙将烟递到自己嘴边,火花转瞬即逝,最后变成烟头一个红色的小亮点:"去吧。"

她没走,饶有兴趣地看着他抽烟,伸手:"给我一根。"

周行叙朝她吐了一口烟圈:"我给你个毛栗子。"

薛与梵嗤声:"小气。"

"就是小气,上你的厕所去。"周行叙把烟重新递到唇边,又催了她一声快去。

薛与梵依旧不紧不慢，走了两步后，又停在原地了，回头打量着他："那你也少抽点，否则我感觉亲你就像是在舔烟灰缸。"

周行叙答应了，但也要把这根烟抽完。

他靠着墙站在那里，站姿懒懒的。

薛与梵走了，去上厕所了。等她甩着手路过消防通道的时候，想了想还是推开那扇门，果不其然，位置不变，站姿也没有变，里面的烟味有些重了。

垃圾桶盖子上多了一个烟蒂，他在抽第二根。薛与梵扯着嘴角："烟瘾这么大？"

周行叙摇头："缓一下。"

薛与梵听罢，过了好一会儿才反应过来，视线往下，他衣服下摆挺长，什么也看不出来。她原本还垮着张脸，一瞬间喜上眉梢："我魅力这么大？"

"不是。"周行叙缓缓移动视线，薛与梵去上厕所后，他就一直在看悬窗外的一隅天空，很不巧他的角度看过去，悬窗没有能够框中任何一颗星星。

薛与梵安静地站在旁边等他继续说话。外面街道上消防车呼啸而过，注意力被吸引走的瞬间，弥漫着淡淡烟味的消防通道里响起了周行叙的声音。

他说："是对我的性吸引力大。"

太直白了，薛与梵手搅着裙摆，耳尖泛红："快开学了。"

"嗯。"周行叙加快了抽第二根烟的速度，"几号回学校？"

"二号。"其实薛与梵四号才报到，她已经往前挪了两天，想了想又说，"上午就回去，下午应该收拾完宿舍在学校里了。"

他把烟按灭，烟雾从嘴角飘出，抽完烟，嗓子有点哑："好，我到时候去接你。"

从昏暗的消防通道出来,薛与梵才看见他衣服领口处半露的牙印,吮吸的红印不深,牙印虽然没有到破皮的程度,但一时半会儿也消不掉。

薛与梵伸手帮他扯了扯衣服,整理了一下,妄图用领口掩人耳目。

周行叙站在原地,垂着眼眸看着面前的人一脸严肃地处理着她自己"犯罪留下的痕迹",见她弄了好一会儿,周行叙给她泼冷水:"都一起出来这么久了,看见个牙印他们都不会意外的。"

薛与梵放弃了,但听他说得泰然自若,瞥他:"真不要清白了?"

"傻不傻?"他抬手在她额头上弹了一下,都带她出来跟他们一起吃饭了还要什么清白?

端着菜的服务员从他们身后路过,她正摸着被弹脑壳的地方,周行叙拉着她的胳膊往旁边站了站。

最后宽慰了她一句,说他会解释。

他们回去的时候包厢多了一个人,是原本说过不来的钟临。薛与梵看见她,想到了上次在医院病房见她时自己说的那些话,真不知道当时自己怎么好意思的。

钟临仿佛无事发生,拆着新餐具在和他们聊天。

翟稼渝看见周行叙和薛与梵一起回来的,打趣了一句:"看来厕所人挺多啊?去了这么久。"

周行叙面不改色地"嗯"了一声。那头要饮料,周行叙微微俯身把放在他椅子边上的果汁拿了起来,放到了玻璃转盘上,慢慢地转到钟临那边。

弯腰俯身再起,领口跑了,露出锁骨上半个牙印。

翟稼渝看见了,眼皮挑了挑,又酸又没正形,使坏:"哎哟,竞争挺激烈啊,都大打出手了,锁骨还负伤了。"

薛与梵头越来越低,明知道那头是调侃的话,也知道他们其实心里跟明镜似的。最后还是没办法,把脑袋靠在了周行叙胳膊上,当起了缩头乌龟。

看见新端上来的小餐包,周行叙动筷子给薛与梵夹了一个,放在她碗里。他向来对这类吃食胃口一般,瞥了眼对面的人:"你话太多了。"

话题没有在他们身上持续多久,他们聊起了钟临的合同问题。

钟临最后还是和她爸妈说了,爸妈出钱帮她打了官司,最后高额的违约金也得到了妥善的解决。

唐洋说那她还可以回来继续跟他们一起。

左任用肩轻轻耸了耸唐洋,小声说:"但是阿叙不是找了个新的主唱吗?"

钟临听到了左任的话,一愣,抬眸望向餐桌对面的人。周行叙侧着脸全然没有注意他们,正在和靠在他胳膊上的人说话,轻声细语哄着因为翟稼渝的话害羞的薛与梵,问她吃不吃小餐包。

周行叙从来不是个温柔的人,他对别人是礼貌的。但有礼貌和温柔贴心是两回事。

钟临看着他,突然觉得他好像也是个普通人。以前明明觉得他是那么的与众不同,因为他从不委身于任何一段和别人的恋爱。

钟临脑子里莫名蹦出一句话:他一辈子只有一次的狂热。

好像这辈子他只会爱这么一次一样,因为狂热,所以温柔,所以和以前不一样。

十八分甜

周行叙偏着头看着胳膊上的脑袋:"吃不吃?这家店的小餐包是招牌。"

薛与梵从不和吃的过意不去,这时候缩头乌龟也不当了,一口咬下去,确实很好吃。小餐包的数量是照着人数上的,看她点头表示好吃的样子,周行叙动筷子把自己那份夹给她了。

看见他又给自己夹了一个，薛与梵问他不吃吗？

"你爱吃，你多吃点。"视线里的人一口吃掉半个，嘴角沾着餐包里的肉酱，周行叙给她抽了张纸巾，太阳穴附近的头发因为靠在他胳膊上有些乱。

周行叙好奇她这会儿脸皮薄了："每次问你要不要再亲会儿的时候，我总觉得你不是个会害羞的人。"

薛与梵从他手里拿过纸巾后，他帮自己理了理头发。薛与梵像幼儿园里的小孩，除了自己吃东西，别的什么都不管："那不一样。"

餐桌上的话题不再是他们之后，薛与梵没有了芒刺在背的拘束感，腿也懒散地伸着。碰到了旁边周行叙的腿之后，薛与梵伸手拍了拍他的大腿，让他把腿伸过来一点，然后不客气地把自己的腿搭上去了。

搭在他腿上的脚碰不到地面，她晃着脚就像是荡秋千。

她吃东西还是那副样子，眼睛东看看西瞧瞧，样子看着心不在焉，但实则比谁都认真。

生日蛋糕端上来的时候，薛与梵刚把两个餐包吃掉。周行叙看见薛与梵一路跟随着生日蛋糕移动的目光："还吃啊？"

薛与梵点了点头："我能吃得下。"

这话说得比任何一个学生说"这道题我能做得出"还要自豪。

蛋糕一块块地切好了放在玻璃圆盘上转过来，寿星是个切蛋糕技术不怎么样的人，一块块蛋糕切得大小不一。

周行叙转着圆盘，看着不断靠近的蛋糕，扭头打击旁边的薛与梵："上面的点缀，有菠萝。"

薛与梵还不信，凑过去一看，还真是，胃口大打折扣，只是目送着蛋糕远去。她突然问周行叙："你怎么知道我不能吃菠萝？"

"你和我说过的。"周行叙继续转着圆盘，拿了四色水果拼盘样式里上面点缀着蓝莓的那一块给了薛与梵。

"我知道。"薛与梵记得是之前寒假在奶奶家的时候，当时邻居家小孩过生日，她告诉周行叙的，然后那天他买了草莓蛋糕来看她。

然后他们还接吻了。

薛与梵惊讶的是他居然记住了，用勺子挖了勺奶油："你竟然还记得？"

"嗯。"他没有拿蛋糕，还是喝起了那杯有些凉了的茶，"少吃点，小心晚上不消化。"

他们晚上还有活动，薛与梵因为有门禁吃完饭就回去了。

为了避免被周行叙这个乌鸦嘴说中，也怕被她爸妈看见，薛与梵在小区门口下车，自己散步回家了。

向卉还没有睡，特意在客厅等她回家。她戴着眼镜在客厅里看学生的作业，听到薛与梵回来的动静，问她明天早上吃什么。

薛与梵打着饱嗝，说随便。

别的小孩说随便家长难做饭，在薛与梵这里就没有这种苦恼，只要不过敏，薛与梵就不挑食。

"我突然想到你大伯前两天送了你喜欢吃的咸鸭蛋，明天早上就白粥配咸鸭蛋。"

薛与梵没异议，换上拖鞋去厨房倒了杯凉好的大麦茶，打开冰箱看见了装在袋子里的咸鸭蛋，薛与梵倚着冰箱门，好奇道："妈，你能记住我喜欢吃什么、讨厌吃什么吗？"

向卉"嗯"了一声："怎么记不住。"

薛与梵又问："老爸喜欢吃什么？"

"你爸喜欢红烧肉，最好是五花肉和小排。"向卉好奇她怎么突然问这些了。

"老妈，为什么你都知道？"

"傻。"向卉笑她，"一个是我孩子，一个是我爱人，怎么会记不住呢？我不光记得你爱吃什么，我还记得你和你爸讨厌吃什么，你爸最讨厌吃茄子。"

那周行叙为什么记得住呢?

冰箱因为长时间不关门,发出提示音。薛与梵把冰箱门关上,端着水杯走出去。想不通,总不见得是周行叙喜欢她吧。

难道记性好也是浪子的必修课?

可能吧,毕竟在海里冲浪的时候叫错小鱼苗名字是件多么尴尬的事情。

整理回宿舍的行李也是件耗时耗体力的活,向卉抽不出时间在开学前带薛与梵去超市,这个任务落在老薛身上,他也不见得是个能完成得好的人。

最后老薛在薛与梵开学第一个月的生活费里,多加了两千块钱,让她自己去买东西。

薛与梵早上就回了学校,说要好好打扫一下宿舍,还要给宿舍通风。

总之理由不缺。

薛与梵帮室友把桌子和床板都擦了一遍,又把空调滤网拆了洗干净。

忙完已经过了午饭的时间点,错过外卖高峰期之后下单的外卖,来得特别快。

薛与梵吃过午饭后,在宿舍冲了个澡,用吹风机把头发吹到半干,拿着小水壶给缺水了一个暑假,全靠天意活命的小盆栽浇水。

小盆栽生命力格外顽强,一个暑假还没有死掉。

摆在桌子上充电的手机响了,是周行叙给她发信息,说他现在在学校的社团活动室。

两个人约好的时间是下午四点,薛与梵算着时间出了门,宿舍门刚关上,薛与梵犹豫了一会儿,重新开门,去衣柜里翻了一套换洗的衣服带着。

社团的活动室就在宿舍区旁边。

薛与梵上了二楼,没有听见乐器演奏的声音,看着门牌号,找到房间的时候,就周行叙一个人在。

十分钟前,他们听说周行叙和薛与梵约好了四点见面的时候,唐洋当场宣布今天训练结束。

周行叙看了眼时间:"还早。"

"别了,单身狗和流浪狗还是有区别的,我们可不喜欢狗粮。总要留给我们一点撤退时间。"翟稼渝随手把饮料拧上瓶盖塞进挎包里,拿起乐谱夹在胳膊下,"走了走了。"

有人附和:"酸了酸了。"

唐洋不紧不慢地收拾耳机,看着还抱着吉他坐在原地,被他们打趣的周行叙。唐洋催他:"你也快点吧,春宵一刻值千金,磨蹭什么呢?"

周行叙没动,送了他们一人一句"亲切"的话:"神经。"

距离约定好的下午四点还有十分钟。

十分钟,两首歌的时间。

周行叙拿着吉他弹了一会儿,再抬头看向白墙上的时钟时,才过去了两分钟。

他往前翻了一页,把早就烂熟于心,甚至手指有肌肉记忆似的知道怎么按弦的一首歌,在短短五小结里,弹错了两个音。

不对劲。

随便瞎弹着,视线忍不住看向时钟,余光里门上小玻璃外露出一张脸。

薛与梵知道他看见自己了,没有敲门直接拧动门把手进去了。

问他走不走。

他没有把琴带回去,起身关掉了窗户和灯之后,看见薛与梵手里的袋子,锁完门之后伸手从她手里拿过袋子,看见里面是衣服。

"晚饭吃什么?"

薛与梵午饭吃得晚,不是很饿:"你饿吗?"

周行叙好像就没有饿的时候。

"你既然也不饿,那当回苦力呗。"薛与梵开学很多东西都没有买,"我想去逛个超市。"

他没有异议。

他们去了他公寓附近的另一个商场,那个商场负一楼有大润发,楼上还可以休闲娱乐和吃饭。

周行叙很少来超市,缺什么东西向来是霍慧文去买,买完了之后再给他。他对超市有些不适应,那样子落在薛与梵眼里,像个局促的内向害羞小孩。

薛与梵买东西速战速决,她买的都是一些日常消耗品。薛与梵看了看购物车里的东西,一时间没有想到什么遗漏的。

"我好了。"薛与梵手搭在购物车上,站在他旁边,"你有什么需要买的吗?"

周行叙环顾四周的货架,点了点头:"有。"

可能是跟他吃饭吃多了,见惯了他对东西没有兴趣的样子,这回听见他说有,薛与梵还挺惊讶:"走,我们去买。"

薛与梵也没有来过这边的超市,看他推着购物车一直环顾四周找东西的样子,怕他难得有想买的东西还买不到会失落,拉着他去找理货架的工作人员:"走,我们去问导购。"

周行叙不肯:"不用了,我自己找。"

"问导购很正常。"薛与梵仰头看他,"你这时候怎么这么内向啊?周行叙。"

内向?

不给他拒绝的机会,薛与梵拉着他就去找了一个导购,然后跟个家长一样开口:"你问一下工作人员,想买的东西放在哪里了。"

正在检查商品保质期的工作人员服务态度挺好:"你们要买什么?"

薛与梵像个带孩子出来体验生活,锻炼孩子的家长,正一脸期待地看着"自家小孩勇敢迈出第一步"。

周行叙瞥了眼他都说不用麻烦导购还要拉着他来的薛与梵,自己可是给过她机会的。他扬了扬唇角:"请问,避孕套放在哪里了?"

他话音一落,薛与梵仿佛看见了,自己在幼儿园时脑门上贴着红苹果贴纸,丝毫不介意自己门牙掉了一颗,咧嘴笑的童年旧照,出现在了新闻头条上。

很不厚道,甚至没有给她脸上打马赛克,还是实名制的那种。

导购是个四十多岁的阿姨,目光来回瞄着面前这对小年轻,偷笑着看见小姑娘不好意思地躲到了男孩子身后:"收银台那里就有。"

薛与梵拉着周行叙衣角就要走,但他岿然不动。一手扶着购物车,一手搂着她肩头,没让她走:"不要单盒的,不够用。阿姨,请问大盒的在哪里?"

| 第四章 |

太妃糖的味道

十九分甜

周行叙推着购物车跟在薛与梵后面,她气冲冲的,脚步也加快了,完全没有等身后推购物车的周行叙的意思。

她在前面头也不回,周行叙喊她名字,她也假装没有听见,周行叙不恼,就推着车跟在她身后笑。

薛与梵低着头看着地上白色的地砖,最后还是在摆着计生用品的货架旁停了下来。

这种东西虽然用过,但是每次都是周行叙买的,反正他自己"知根知底",薛与梵也不当参谋,就站在旁边,当个吉祥物。

只是看着他一盒一盒地往车里丢,连带着几步外的另一对小情侣都看了过来。薛与梵用胳膊撞了撞他,提醒他点到为止。

周行叙丢了盒不一样的在里面:"你要不要也看看,可能有你喜欢的,类型挺多的。"

"不是。"薛与梵小声提醒他,"又不便宜,你买这么多?"

留着积灰吗?听说这种东西也是有保质期的,万一过期了多浪费。

周行叙还在买:"我付钱就好了。"

"不是谁付钱的问题。"薛与梵伸手想拉他走,"你要量力而行,买这么多干吗?"

量力而行?

将手里的盒子丢进购物车里，千言万语在口中最后一个字都没有讲。周行叙脸色难看，被气笑了。

还挺贴心，叫他量力而行。

今天让她知道，自己是什么力。

周行叙拉着薛与梵去付了钱，结账的时候他还特意单独买了一个购物袋用来装"小雨伞"。

晚饭是在楼上的日料店解决的，生的熟的，没有薛与梵不吃的。

面朝着寿司师傅的位置，两个人坐下后，薛与梵照旧拍了拍周行叙的腿，然后不客气地将自己的腿搭上去。

整顿饭周行叙没有动几筷子，以前还会被他连累得自己也不好意思多吃，现在薛与梵早就没有包袱了，手握各种卷，最后大部分都进了薛与梵肚子里。

她照旧还是客气了一下："再吃点，我一个人吃不下的。"

周行叙喝着大麦茶，瞥她："你对你自己的饭量认知还这么不清晰吗？"

"这不是怕你晚上肚子饿。"他这话影响胃口不假，但是不太能打击到薛与梵，她听罢，扯着嘴角，塞了一个细卷入口，"再说了，我虽然吃得下但是吃多了会撑，不吃完浪费可耻。"

"不怕。"周行叙伸手接过递过来的盘子，盘子上面摆着卖相挺好看的甜品，"晚上我量力而行能帮你消化的。"

"咳……"

薛与梵今天买的东西丢在他车里没有拿出来，他拎着一袋子"小雨伞"和薛与梵的换洗衣服下了车。

薛与梵打着饱嗝跟在他身后，盒子的尖角有些戳破了购物袋，露了一角在外面。一袋子橡胶制品，却像一团火一样，能烧红人的脸。

他们从学校离开的时候就下午四点了，逛了个超市，吃了饭回来,即便是白昼较长的现在,这么一折腾也已经天黑了。

薛与梵抬头看着天空最后的橘色,周行叙刷了门禁卡,看她抬着头慢悠悠地边看日落边朝自己走过来。

周行叙撑着门,看着她:"看什么呢?"

"如果再早点就能看见火烧云了。"她随口咕哝了两句,然后将视线从天空之中收回,慢悠悠地侧身走进单元楼内,"感觉明、后两天要下雨,天上云好多,估计也看不见太阳。"

周行叙松手,让门关上,笑道:"找太阳?"

薛与梵后背一寒,脑海里蹦出他上次那句没正形的"万物生长靠太阳",还没有来得及阻止他闭嘴,他已经脱口而出了。

周行叙:"为什么找太阳?"

薛与梵白了他一眼:"你这样让我以后怎么直视太阳?"

他钻牛角尖,回了句:"太阳本来就不能直视。"

一前一后进了他的公寓,周行叙照旧脱了鞋之后,弯腰帮薛与梵把拖鞋拿出来放在她脚边。

他先进屋去开空调,把手里的东西放在沙发上:"你还洗澡吗?"

薛与梵随手扎着马尾,没有拿换洗衣服就进了浴室:"洗。"

周行叙看见了沙发上没有被她带进浴室的衣服,提醒她:"衣服。"

刚关上的门,重新开了一条小缝:"多此一举。"

周行叙走去厨房,开冰箱拿啤酒。白色的泡沫绵密,粮食发酵后的味道,出于酒品牌的原因多了一丝太妃糖的味道。

浴室里水声传了出来,冰镇的啤酒此刻也不怎么解热。

将易拉罐精准地丢进垃圾桶里,周行叙走向沙发,从超市购物袋里随手拿了一个方盒子,扯着领口将上衣往上一扯,径直朝浴室走去。

从浴室到卧室床上,事件核心没有发生改变,改变的可能是看待事件的角度。

薛与梵手撑在床上,脸埋在枕头里,没多久后,她偏头让自己可以呼吸。视线落在侧边那面摆满音乐黑胶唱片的墙上,视线里一切都在震动。

包括那些音乐杰作……

阿芙洛狄忒赏光赠予他们一条金色腰带让黑胶唱片为之震颤,薛与梵背后的蝴蝶骨因为姿势而凸起。

脆弱,易碎。

她呜咽:"周行叙……你轻点会死吗?"

这个世界上,文人遇上什么都能诗意化,即便是再低俗再难登大雅之堂的事物都能被撰写。

这时候他文绉绉地来一句"我欲穿花寻路,直入白云深处"。

薛与梵受了他一个用力后,腿一软,人趴到床上,一只手兜着她的腰腹把她重新托起来。她跪不住,自己翻了个面,威胁他:"要不就这样,要不你就别进来别做了。"

他把手掌上的水迹展示给她看,笑道:"我轻点可以,但你可以吗?"

他捞起薛与梵的腿,看着手掌的水迹,脸上笑容愈加浓,继续神经兮兮地念着诗:"只恐花深里,红露湿人衣。"

又重复了每小句最后三个字"花深里""湿人衣"。

薛与梵将脚蹬在他胸口,绵软软地,毫无威胁力:"黄庭坚的《水调歌头·游览》是这么个意思吗?黄庭坚风评被害,你就是罪魁祸首。"

把人抱起来,坐在他腿上,搂着她的腰。周行叙游刃有余地继续着,抬眸看着她:"你现在还有力气给别人打抱不平啊?"

"不就是说了句量力而行吗?"薛与梵趴在他肩头,膝盖通红。一口照着他肩头咬下去,"你太记仇了……"

霍慧文是下午四点多给周行叙发的短信,喊他回家吃饭的。在他们的观点里,哪有儿子离家出走后就真不是自己儿子的道理。

父子间理应没有隔夜仇，都两个月了，气也该消了。

周父那头做家长的都退了一步，只是小儿子不给面子，从四点发信息一直到六点都没有回复。

好不容易消气的周父又开始大动肝火了，只是这次被批斗的对象没有回来，这场架霍慧文本以为是吵不起来的。

霍慧文象征性地劝了一下丈夫，招呼坐在对面的大儿子动筷子："吃吃吃，我们三个人也一样，快吃吧。"

周父："……他就是不务正业，一天到晚玩那些乱七八糟的。"

周景扬没动筷子，垂着眼眸看着一桌的菜。他头一回没有从批评周行叙的话里找到快乐的感觉。

那天被薛与梵骂了一通之后，他反思了好久。

周景扬久久没动筷子，直到对面的霍慧文又喊了他两声，他猛地站起来："爸，弟弟虽然不务正业，但他成绩也特别好。他以前就保证过大学毕业就不玩乐器了，最后一年了，让他做点想做的事情，怎么了？"

薛与梵有两个特别喜欢的诗人，一个是李白，一个是与谢野晶子。

两个诗人大相径庭。

"星星在夜的帐幕尽情私语的此刻，

下界的人为爱鬓发散乱。"

她该为爱乱多少次，才能用"发"写出这样的短歌。

或许她可以听信柏拉图的话，只需要一场恋爱。

薛与梵躺在床上放空大脑，旁边的人拿了一包烟出来，结果对上她眼巴巴也想要抽的视线后，周行叙把烟收起来了。

二楼卧室里只开了氛围灯，他拿着手机不知道在和谁聊天，五指抓了抓额前的头发，随手往后一抓，有几根不听话的，翘在空中。

薛与梵伸手帮他把那几根头发理了理。他发完消息后，把手机搁回了床头柜上。

薛与梵没有问,但是他自己解释了:"我妈发消息喊我回去吃饭。"

外面天已经黑了,薛与梵一愣:"那你一路顺风。"

周行叙听罢笑,将枕头放平躺下来,伸手将旁边躺着的薛与梵抱了过来:"都晚上九点了,去吃夜宵啊?再说,把你一个人留在这里,我是缺心眼吗?"

"你也可以带我去你家吃夜宵啊。"薛与梵在他怀里找了个舒服的姿势。现在皮肤温度降低了,情热时流的汗,使得薛与梵有些冷,身体还有些隐隐的酸痛。

想到身体的酸痛感,薛与梵眉毛一挑,开口怪腔怪调:"当然我也知道,我们两个一起出现不是很好,毕竟你和你哥哥关系这么要好,你肯定不会带我回你家,让你哥哥伤心的,我还是和你偷偷地在一起吧。"

周行叙越听头越疼,是,他承认刚刚自己有些没有顾及她的感受"量力而行"了,她闹别扭情有可原。往怀里的人身上揉了一把:"我在乎?下回我当着他面跟你好。"

薛与梵拍掉他的手,自然没有把他的话当真,"喊"了一声,在他怀里翻了个身。

刚翻完身,后背贴上一个温热的胸膛,他下巴搁在她颈窝里:"薛与梵。"

他叫她名字。

薛与梵没好气道:"干吗呀?"

"我妈和我说,我爸因为我没有回家吃饭,把我骂了一顿。结果这次,我哥破天荒地替我说话了。"周行叙用下巴蹭着她颈窝处的皮肤,发丝蹭着他的脸有些痒,"我哥还真是听你的话。"

"这个年纪的人本来就是这样,听不进父母的话,但是对自己喜欢的人,对朋友的随便一句劝告都能记住。所以很多人有了烦恼、苦恼就会去某网站发帖求解,然后将某位路过的老司机随口一句话奉为真理。"薛与梵躲了躲,皮肤被他磨得有些疼,"等他知道了我们两个现在这样,你看看他还能不能听我的话。"

薛与梵说完,周行叙没接话。

他们在沉默中保持相拥的姿势,他突然没头没脑地来了一句:"改天把泳衣也带过来,我带你去游泳。"

"还去?"薛与梵一听"游泳"这词就发怵,"能放过我吗?"

周行叙横在她身前的手收紧:"那就明天早上跟我去跑步。"

二十分甜

薛与梵这个睡相,时隔一个暑假再感受,还是那熟悉的感觉。

周行叙在昏暗的房间里叹了一口气,手背搭在眼睛上,过了好一会儿才缓过来,起身绕着床走了一圈,换到了另一边。

后半夜第二遭的时候,周行叙放弃了。

他还是醒得早,窗外微亮。他的手机在薛与梵现在睡的那一侧,他支起身,手臂越过她,把手机拿了过来。

微信里有几条未读信息。

除了公众号推送的,还有唐洋大半夜不睡觉发来的信息。

问他能不能同意钟临回来继续唱。

回来唱没有什么问题,只是当时因为钟临签的合同,周行叙已经重新找了一个主唱。

现在那头谈好了,这头原本不来的人又回来了,人就多了一个。

他背对着薛与梵躺在床上,没有想好要怎么给唐洋回复,才摆脱的狗皮膏药又贴上来了。

周行叙看着手机聊天界面,最后还是想不出怎么回复唐洋,也屈服于薛与梵的睡姿,将手机重新锁屏然后塞到了枕头下。

他躺平，没出几分钟，身侧的人跟着调整了睡姿。

周行叙看她睡着睡着睡到自己身上了，这张床对薛与梵来说仿佛就是个摆设。

伸手捂着她的口鼻，没一会儿，人醒了。薛与梵脑子还没有醒，抬着脖子，眯着眼睛环顾了四周，用那条眼睛缝真不知道她能看见些什么。

"薛与梵。"

她喉间溢出一声"嗯"："你醒得好早。"

周行叙看着趴在自己肩上的脑袋，横在自己身上的胳膊和腿："很难不早醒吧。"

她倒还有些自知之明，从他身上下去了，抱着被子翻了个身。周行叙看着她侧躺着的背影，跟着翻了个身，以其人之道还治其人之身，用胳膊和腿向对方进行攻击，但双方受到的伤害却不成正比。

薛与梵感觉自己被压在了一座山下面："重死了。"

周行叙没动："起床吧，跟我去晨跑。"

日出的第一缕阳光就将首府这座城市叫醒了，霓虹渐渐失去光彩，光合作用已经开始。

薛与梵抱着被子不肯起，周行叙洗漱完回来，叉着腰站在床边跟她谈判，最后来了一句："薛与梵，我们家这边的早餐店很多。"

天杀的周行叙，晚上不放过她早上也不放过她。

薛与梵只肯跑到早餐店，然后就和他分道扬镳，像个散步的大爷，买了早饭之后坐在小区湖边的长椅上开吃。

这个小区老人不多，有一个帮女儿带孩子的阿姨，一大早趁着空气好，日头不大，天还不热，推着婴儿车带小孩出来玩。

她见薛与梵是个陌生面孔，但模样好，坐在对面的椅子上一个人安安静静、斯斯文文地吃着早饭。

没一会儿，一个小伙子晨跑完，满头大汗地来把她带走了。

长椅上,薛与梵昏昏欲睡,头像小鸡啄米似的。困得要死但手还牢牢地拿着一个饭团,最后点头幅度太大,薛与梵醒了。

看见已经跑完步的周行叙,她打着哈欠,睡眼蒙眬地朝他走过去。把手里的饭团给他,手搂着他的脖子,人像个树袋熊似的趴在他后背上。

周行叙:"我身上都是汗。"

"不管。"薛与梵腿已经搭在他腰上了,"背我回去。"

周行叙:"真要我背?"

薛与梵:"这是你非要叫我起床的惩罚。"

周行叙没继续说话,两三口吃掉了手里的饭团,然后背起薛与梵往公寓走,颠了颠她,然后中肯地说了句:"沉了。"

薛与梵被他背在背上,嘴边就是他的脖子,乘人之危地咬了一口,带着早上被叫起床的怒意:"因为肚子里有早饭。"

周行叙:"不过挺感动,居然还能留一个饭团。"

"我胃口其实没有那么大。"薛与梵松了咬他脖子的口,笑了笑,"买多了,然后就吃不下了。"

周行叙"呵"了一声,背着她往河边走,忍着才没把她丢下去。

嗯,就根本没有想着他。

薛与梵浑然不觉,只知道吃饱了可以回去睡个回笼觉。又是一个哈欠后,周行叙感觉背上的人仿佛下一秒就要打鼾了。

没走两步,那个带孩子的阿姨正好也要回去了。

同路了一段距离,阿姨虽然不认识趴在周行叙背上睡着的薛与梵,倒是认得这个小伙子,最近天天早上晨跑。

阿姨忍不住八卦了一句:"你老婆啊?"

"啊?"周行叙没有反应过来,通常不是误会是女朋友吗?

阿姨没给周行叙否认的机会,直接夸他们郎才女貌:"小姑娘长得漂亮,你也神气!"

周行叙也只好礼貌地笑了笑:"谢谢阿姨。"

阿姨继续说:"是不是要当爸爸了?我孙子一瓶奶还没有喝完,我就看你老婆吃了一个大饼夹油条、两个包子,最后还喝了杯小米粥。我女儿怀孕的时候也吃得下,但没有你老婆这么能吃。"

听完,周行叙感觉到后背传来的细小动作,又想到之前她那句"我胃口其实没有那么大"。

乘人之危又不是她的独门秘籍。

周行叙勾了勾唇角,叫她买个早饭都没有想到自己,还有昨天晚上那狗憎人嫌的睡姿让他都没睡多久,新仇旧恨一起算,他笑道:"双胞胎,所以胃口大。"

和一直说着恭喜他们的阿姨在人工湖边上的柳树处分道扬镳了,后背上装睡的人不睡了。

在薛与梵发飙之前,他说出另一套说辞:"大胃花季少女和吃得多都名正言顺的孕妇,是不是后者更体面?"

不怕对手文武双全,就怕是个市井泼皮,还滚了一身墨。

他插科打诨,薛与梵甚至还被他给说服了。

周行叙见她被自己绕进去了,直接转移了话题:"你这个晨跑,体力锻炼为零,体重倒是飙高了。"

薛与梵重新靠回他的后背上。他晨跑身上出了汗,只是身上那股雪松味减弱了不少,没有和她前男友一样气喘如牛,样子难看,身上也难闻。

她还很好意思地说了句:"晨跑好累。"

周行叙扭头,微微侧过脸,就和靠在自己肩头的人碰到脸颊了:"你好意思吗?薛与梵。"

她伸着脖子,凑到他面前,生怕他看不清自己得意的笑容:"是你非要叫我出来晨跑的。"

周行叙颠了颠背上的人,手托着她:"行,所以从下周开始,周末还是跟我去游泳,晨跑对你不管用。"

薛与梵抗议:"我不。"

有些人天生就是行动派,她不肯游泳,不肯带泳衣,他回公寓后立刻拿手机给薛与梵买了套泳衣。

同样地,上回薛与梵随口说了,内衣丢洗衣机里清洗需要专门的洗衣袋之后,他就立刻买回来了。

薛与梵抱着脏衣服去阳台,发现他放在洗衣机旁的内衣清洗袋。将衣服和床单塞进洗衣机里,看着他刚洗完澡,拿着脏衣服走过来,身上重新变回那干净清爽的雪松味道。

他接过了薛与梵手里的工作,添加洗衣液、柔顺剂,按下洗衣机上的按钮。突然一只手环上他的腰,周行叙没回头,手里动作也没停:"怎么了?"

"没。"薛与梵下巴抵着他后背,仰着头只能看见他的后脑勺和湿漉漉的发梢。有一种事事有回应的喜悦,她抓着他的衣服,没松手,"你知道我穿多大的泳衣吗?"

"知道。"周行叙调试好了洗衣机,抬起手臂转过身,手臂反将她环住,"当我白摸的吗?"

薛与梵笑道:"这么厉害?摸一摸就知道了?"

"没有多厉害。"周行叙低头看着她,扬了扬唇角,"量力而行。"

薛与梵:"……"

周行叙是个记仇的天蝎座,薛与梵经过开学那一次和他鬼混了两天,扶着腰回宿舍之后更加坚信了这一观点。

他是那种应该有一本"死亡笔记",上面专门写别人名字的人。

薛与梵感觉自己再多和他睡几个晚上,族谱都要被他全写上了。

好在开学之后,他忙,薛与梵更忙。

新生还没有真正入学,他们这群学珠宝专业的学生就进入了一个月一次的实训周"军训"。老王心狠手辣,但一个暑假他们也着实偷了些懒,懈怠了不少。

全靠同行衬托才把薛与梵显得说得过去。班上没几个人完成,薛与梵雕完蜡给老王过目后成为第一个被允许下课的人。

薛与梵肩负着给她们带饭的重担,带着全宿舍的食谱,下了课。

也不是第一次在三号食堂碰见周行叙了,这次不只他,翟稼渝、左任和唐洋都在,少了一个薛与梵不怎么熟悉的贝斯手。

是周行叙先看见薛与梵的,她提着一份饭再去买饭的时候,收到了周行叙的短信。

周行叙:还买?不止双胞胎了吧。

薛与梵拿着手机环顾四周,最后在对角线最远的角落位置看见了他们。

薛与梵:给我室友带的!

薛与梵:周行叙你别乌鸦嘴。

发完消息,薛与梵扭头给隔得老远的人丢了个眼刀,反正眼刀丢过去了,他接不接收得到就是另一回事了。

转过头看着电子显示屏上的菜单,糖醋小排不知道什么时候趁着她不注意打上了售罄。

周行叙:那跟我没有关系,别讹我。

糖醋小排的售罄对薛与梵打击很大,没有糖醋小排这家店的饭菜又有什么好吃的呢。

薛与梵排了一会儿又从队伍里走出来。周行叙的消息她看过之后也懒得回复了,但他没在意,看着薛与梵排了队又什么都没有买,大约猜到了原因。

周行叙:糖醋小排没有了?

发完之后,他又拍了一张他餐盘里几乎还没有动的饭菜,照片里赫然出现了糖醋小排。

薛与梵：就是有你这种，明明隔得老远还非要过来和我们抢糖醋小排的恶人，所以它都售罄了。

周行叙看着手机上的那行字，打字：带双筷子，过来。

发完，他就看见上面那条薛与梵刚刚发来的消息，被她撤回了。

薛与梵：来啦。

二十一分甜

薛与梵端着餐盘和三份外卖过去的时候，唐洋他们已经有眼力见儿地平移到了旁边那桌。

唐洋是个自来熟，拿着筷子和薛与梵挥了挥手。薛与梵来之前，他们在聊乐队的事情。

因为上学期已经确认了钟临没有办法随队，周行叙就找了个新的女主唱，也就是上学期快期末的时候，薛与梵见过的那个"小百灵鸟"。

现在钟临又想回来了，但是新主唱都谈好了，虽然不会那么正式地签什么合同，可口头上已经说好了。

唐洋自然是拥护钟临回来的中坚力量。

翟稼渝倒是无所谓，反正不管谁唱他都是那么弹键盘，和钟临的关系也没有好到那种程度。

他讲了句公道话："但是阿叙都和别人说好了，当时钟临自己一声不吭跟别人签了合同离队了，真当这里是菜市场吗？想来就来想走就走？"

左任挺赞同，但也不好跟翟稼渝一样把话说这么直接，干脆把难题抛还给唐洋："阿叙也没有说不同意钟临回来，就是现在娄渺那里怎么办？你要真想让钟临回来，那你就自己去和娄渺说清楚。别一边你想让钟临来，一边又自己不好意思去找娄渺，非让阿叙去做坏人。"

薛与梵听了半天，他们也没有聊出什么。

薛与梵的筷子伸到了对面的餐盘里,把小排一块一块地夹走了,然后为了显得厚道,薛与梵把自己餐盘里的鸡腿和炸鸡块夹给了周行叙。

周行叙吃着她那份餐盘里的菜,找了个折中的办法:"那就把唐洋踢了,两个主唱正好。"

那桌的人都在叫好,唐洋被辣椒呛到了:"做个人吧,当我什么都没有说。"

他们吃完就走了,薛与梵吐出骨头,骨头落在不锈钢的餐盘里,声音不小,嚼着肉:"原来,'小百灵鸟'叫娄渺啊。"

周行叙把餐盘里她夹剩下的几块肉都夹进她碗里:"干吗?要去下战书啊?"

薛与梵没客气,原本还想着给他留两块,既然他主动上缴,不收就是不给他面子:"关心一下学妹的电脑有没有修好,行不行?"

周行叙笑道:"行。"

晚饭时间不像中午吃饭的时间那么统一,食堂里没有多少人。

薛与梵嚼着脆骨,还是和以前吃饭一样,四处张望,看看有谁因为才拖过的地砖打滑而身形不稳,看看有没有人因为售罄的糖醋小排而站在店门口失望至极。

脆骨嚼了几十下后,过瘾了。

周行叙没有打扰她,饶有兴趣地看她究竟多久才会回过神来。等她低头扒饭的时候,周行叙才开口:"周六、周日有事吗?"

站在"有默契的炮兵连队友"的角度听这句话,好像也只有贯彻"不浪费"的环保精神,共同消灭那天冲动购物的产物这件事。

上次腰酸腿疼地回宿舍,就给了薛与梵教训了。

——多学习,少出去干坏事。

但是薛与梵觉得不是"节约,不浪费"这么简单的一件事,开启头脑风暴的几秒钟后,薛与梵脑袋里的小灯泡一亮。

正巧对面的人也解释了："去游泳。"

薛与梵就知道，胡诌："我生理期。"

周行叙抬眸打量着对面的人，总觉得不会这么凑巧，但还是松口了："那改天。"

手机里传来了小八她们回宿舍的消息，薛与梵赶忙多扒了几口饭，给手机那头回了个"马上"。周行叙一副见不得她狼吞虎咽的样子，提醒她慢点吃。

"对了，迎新晚会看不看？"

薛与梵指了指自己："迎新晚会不是只有新生才可以去吗？"

但转念一想，他要表演，带她进去也不是件难事，坐牢还能探监呢，参演人员带个后勤也说得过去。

迎新晚会的时间还早，薛与梵说等前一天再聊具体时间。那头室友还"嗷嗷待哺"，她提着三份饭先跑了，把餐盘留给他："帮我把餐盘倒一下，先走了。"

实训周结束的时候，新生也开学了。薛与梵撒谎骗了周行叙之后，原本以为自己多少能美美地在宿舍睡个懒觉。

结果向卉听说了魏嘉佑开学，非要薛与梵去找他，带着他报到。

薛与梵还没有睡醒："我们各个院系都有安排新生接待，用不到我。"

向卉自然是不相信的："什么用不到你，你就是懒得去，快点起床，魏叔叔他们马上就要到了。"

小八一大早就起床了，薛与梵素着张脸，哈欠连天地出现在迎新遮阳伞处的时候，小八正妄图帮一个单独来报到的小学弟扛行李。

薛与梵小跑过去，给她搭了把手，瞥了眼旁边像木头的男生："看什么啊？你自己的东西还要学姐帮你啊？"

小八喘着粗气："你怎么来了？"

上次魏嘉佑来学校参观的时候，小八也在食堂里见过他。薛与梵还是提了一句，怕小八不能把那天的男生和魏嘉佑连线起来："今天不是新生报到吗?他也要来,因为是我妈妈的得意学生,我这不就得来恭候大驾嘛。"

说完,小八立马把手里的东西放下了,扯过同系小她们一届的学妹:"来来来,带这个学弟去报到。"

薛与梵笑道:"怎么了?刚刚我没来的时候看你差点要为爱扛行李,现在怎么说放弃就放弃了?"

小八将胳膊搭在薛与梵肩上,脖子伸得老长,朝着校门口的方向张望:"还是你那个弟弟比较帅气一点。"

今天新生报到,路上车多,更何况爸妈口中的"马上就到"和约会前的女生那句"马上就好"异曲同工,都是以半小时为计算单位。

两个人在一棵樟树下站着,前面是遮阳伞,遮阳伞下辅导员和助导都在忙。

薛与梵和小八则像个整形专家似的,点评着一个个可能都看不上她们的男生。小八叹了口气:"这么看下来,学弟们的颜值真是一届不如一届。听说今年老校区有个专业,出现了一个超赞的学弟,我看论坛上好多人在讨论。"

薛与梵翻看着学校论坛:"我正在看,真的挺帅的,就是有点像小白花。"

"小白花吗?我听说他双高,智商高,海拔也高。"小八凑过去看着薛与梵的手机屏幕,"我们在老校区的时候,其他校区都是帅哥,我们一从老校区搬走,老校区就来帅哥了。老天爷这么不公平。"

薛与梵笑道:"你一离开,学校就装修。你还没有发现老天爷一直都不公平?我听说老校区的宿舍,暑假都翻新了。"

"没有天理。"小八叹气,还不忘问薛与梵,怎么魏嘉佑还没有来。

薛与梵下意识地要点开微信去找魏嘉佑,突然想到了之前他给自己发的表白信息,当时自己没有回复,后来重新想起的时候已经过了好几天了,薛与梵干脆就装作无事发生。

偏偏这时候手机一振。

一条微信消息推送过来。

备注是周行叙。

周行叙：来个大姨妈，只是不能游泳，但丝毫不妨碍你看学弟。

薛与梵后背一寒，抬头张望四周，远远看见对面财管的遮阳伞后面，站着一个单手插着裤兜，一手拿着手机的人。

薛与梵：没有，我和小八一视同仁，关心所有的学弟、学妹。

胡诌完，薛与梵还心虚地想找个学妹帮一把。

需要她帮助的学妹没有找到，倒是找到一个拿着手机正在给周行叙通风报信，坐在她不远处遮阳伞下的瞿稼渝。

那头周行叙把瞿稼渝给他通风报信的聊天截图都发过来了。

铁证如山。

薛与梵清了清嗓子，挺直了腰板，哪怕胡诌也要保持光辉、公正的形象，没有理睬旁边正念叨着小学弟的小八。

薛与梵：你不相信我？我和你亲了、抱了、坦诚相见了，你居然不相信我，相信他的片面之词？

将问题上升到信任的高度，在吵架中先指责对方的人往往掌握主动权。这是藏在大部分女生基因里的技能。

铁证如山又怎么样，她现在胜券在握。

隔得远，薛与梵看不清周行叙的表情。他那个遮阳伞下，人不少。

手里的手机很快用振动提醒薛与梵有新消息了。

周行叙：把嘴角的口水擦一擦。

薛与梵看完，无意识地抬手摸了摸嘴角，干干的，没有口水。意识到被耍了的时候，再抬眸，他不知道什么时候已经走了过来，只是不是奔着她。

薛与梵和小八站在一起，耳边是小八的碎碎念，小八用胳膊肘碰了碰薛与梵，提醒她："周行叙周行叙。"

薛与梵僵直地侧过身，敷衍地"嗯"了一声，朝着校门口看，余光里瞄着走到翟稼渝面前的人，两个人不知道说了些什么，他很快就走了。

虽然他从头到尾都没有看自己，薛与梵却觉得自己那一侧的身子都是发烫的。

人就是很奇怪。

想见的人在眼前的时候会错开视线，但余光一直看着他，等人走了，目光又重新贴上去。他大步流星，等彻底消失在来来往往的新生和新生家长人流里时，两把椅子递了过来。

翟稼渝把椅子给她们，薛与梵一愣，他笑道："愣什么？坐着啊。"

小八也愣了，她们和翟稼渝不是一个专业的，相互不认识，实在是没有必要这么客气。

小八看着薛与梵扯过椅子坐下来了之后，朝着翟稼渝道了谢，扯过椅子挨着薛与梵坐下来了，凑到薛与梵耳边，小声地说："这个人和周行叙是一个乐队的，怎么这么客气？"

薛与梵用手挡了挡手机屏幕，看着上面最新的消息。

周行叙：坐着看，别累到了。

周行叙：国庆游泳，等着。

薛与梵收起手机，心虚地咳嗽了一声，清了清嗓子："你美，沾你的光。"

小八不信："哼，骗谁呢？是不是认识你啊？"

薛与梵："我怎么会认识他们？"

"也是。"小八找不出破绽，惋惜地叹了口气，"但是周行叙从去年开学分手之后，好像这一年都没有谈恋爱，不知道是尝够了爱情的滋味还是已经从良了。"

周行叙从没从良薛与梵不知道，但是她知道今天要是见到魏嘉佑一定很尴尬，好在小八欠着薛与梵暑假那次帮她去救助站帮忙的人情。

带魏嘉佑办手续这件事交给了小八。

在大学想要遇见是很有难度的事情，但在一个校区想要彻底不遇见也挺有难度的。

迎新晚会那天，薛与梵还是碰见了魏嘉佑。

他身上还穿着军训服，头发比之前剪短了一些，还是有些少年的稚气在身上。两个人是在中场出来上厕所的时候碰见的，他很意外薛与梵为什么会出现在只面向新生的迎新晚会。

薛与梵不知道和他怎么解释。

好在魏嘉佑更想知道的是另一件事，他手里拿着军训发的迷彩帽，帽子绞在他的手里，他低着头不敢看薛与梵："那个……我那天给你发的那些信息……"

讲到这里薛与梵就知道他想说的是什么事情了。

有些事情讲清楚了是伤人，但不讲清楚又是害人。

打断魏嘉佑的不是薛与梵，是从拐角走过来的周行叙。他还是一身黑，简单又不会出错的穿衣打扮。

周行叙目光扫过薛与梵对面的魏嘉佑，对这个男生还是有点印象。

周行叙没有走过去，双手抱臂倚着墙壁看着那头的两个人，朝着薛与梵开口："过来。"

二十二分甜

还是不配，看她和谁站一块都觉得很突兀。

像高音里颤了的声，像演奏里弹错的音，如鲠喉的鱼刺。

薛与梵一瞬间将好好和魏嘉佑解释的想法抛之脑后了，朝着周行叙挪步过去："你已经收拾完了吗？"

不久前，他一身黑衣站在舞台上，黑色不是耀眼夺目的颜色。

吉他是许久不见的那把黑白拼接的，全身唯一的亮点是宝蓝色的吉他肩带，离得有些远，薛与梵看不见肩带上的花纹图案。

头顶的灯光打下来，恍惚中，薛与梵觉得他身上的黑衣都亮了。

音乐响起时，她第一时间进入了听众状态。

他和每次晚会活动表演的时候一样，控场这种事从来都是唐洋做的，只在最后一首歌之前，开了次口，和上次迎新晚会一样，讲了一些祝福新生的话。

原本想着他就是下场了也还需要一些时间，她临走前出来上个厕所，然后就碰见魏嘉佑了。

周行叙抬手看了眼手表上的时间，又丝毫不掩饰地看向那边的魏嘉佑，良久后把视线收回来："我在侧门等你。"

薛与梵点头，周行叙没走，看见她背着个包，是个能装的托特款式，伸手拿了过来："挺重。"

"晚上还要赶个作业。"薛与梵说里面装着平板。

包被周行叙拿走了，临走前他叮嘱了句："快点。"

来也匆匆，去也匆匆。

周行叙拎着她的包走了，薛与梵目送着他消失在视线里之后，才想到不远处还站着一个等着她的人呢。

薛与梵转过身，看着魏嘉佑叹了口气："嘉佑，我跟你不可能。你对我来说一直就是我妈妈的学生，一个比我小的弟弟。我以前特别照顾你是因为你总是被别人欺负。因为照顾你，让你产生男女之间关于爱情的情绪，是我当时没有把握好分寸。"

刚刚看见周行叙的时候，魏嘉佑就知道等会儿薛与梵会和自己说什么了。

这些被拒绝的话，其实在那天没有收到薛与梵回复时，他就能预料到是个什么结果了。

甚至连他大学保送的谢师宴，薛与梵都没有跟着向卉一起去参加。

到底只是个情窦初开的小孩子，虽然早就有所预料，也有心理建建,但是真被从小就喜欢的姐姐拒绝时还是感到伤心。表情在失控,那一瞬间的悲伤痛苦没有被控制好,反馈在了脸上。

但是男孩子要强,所以立马用手背擦掉眼角的眼泪,说了句:"我先走了。"

跑了。

薛与梵还为周行叙等自己有些不好意思,从小向卉教导她,时间就是生命,浪费他人的时间就等于谋财害命。她小跑着到了侧门,看见他面前站了个女生。

今天月老的桃花树是开错了地方吗?怎么到处传播授粉?

薛与梵认出那是娄渺,她塞了个礼物给周行叙就跑了。薛与梵负着手,等"小百灵鸟"跑远了,再一蹦一跳地下了楼梯走到了周行叙旁边。

薛与梵伸着脖子,望着娄渺消失的方向,做出大师兄猴哥的招牌眺望动作。

周行叙看她动作浮夸做作,生怕自己不知道她刚刚看见娄渺跟自己站在一块了。周行叙将礼物和她的包还有吉他单手拎着,另一只手去牵她:"走吧。"

薛与梵没伸手给他牵:"怎么了?她这回又是电脑坏了?连那个计算机系的学长都解决不了?但我看着不像,像是来报你的游泳课和吉他课的。"

周行叙看她故意躲开手臂的动作,笑着反问她:"那刚刚厕所门口那个也是来找你报设计课的?"

薛与梵伸手挽着他胳膊:"那你报不报名?"

"我只喜欢一对一授课的那种。"周行叙从她的臂弯里抽出胳膊,顺势牵上她的手。

会议中心里还热闹着,噪耳的音乐闷在里面反倒衬得四下安静,今夜少了星星,多了几盏路灯。他们从拐角走出来,还没有烦腻大学生活的新生逛着校园，远处的昏暗里人影绰绰。

薛与梵仰头看他："我是一对一的，而且教导学生尽心尽力，不像有些人都不知道什么叫作'无功不受禄'。"

周行叙知道她是在说自己刚刚收了娄渺礼物这件事，他松开牵她的手，将那个礼物递到薛与梵手里："吃的。"

薛与梵没拆，嗤声："你自己没钱啊？拿百灵鸟妹妹的钱养人？"

手臂改搂着她肩膀："不是无功不受禄，那天新生开学你不是看见我在学校里吗？"

接待新生这种事情周行叙肯定是不会参加的，他既不是学生会的也不是什么乐于助人的好学生。那天他正好约了娄渺聊乐队的事情。道歉这种事自然还是周行叙去做，结果正巧碰见娄渺被人欺负了。

周行叙手指缠上薛与梵落在肩头的头发："碰巧帮她解决了麻烦，送礼物是为了谢谢我。"

解释挺好，薛与梵捧着礼物，觉得夜风都变得凉爽了，但依旧怪腔怪调地说了一句："真是形象伟岸啊，英雄救美这种事都这么轻飘飘地用两三句解释一带而过。"

周行叙发现自己特别喜欢她这副得了便宜还卖乖的样子，手指上的头发散开，周行叙用手捏着她的脸颊："你要是想写几百字的颂功德小文章宣扬一下我，我也是不介意的。"

"想得倒美。"薛与梵打掉了自己脸上的手，也将他的手臂从自己肩上弄下去。

周行叙瞥她："我坦白了，你呢？"

薛与梵挽上被她从肩头弄下去的胳膊："今天晚上教你画画。"

这次去他公寓，没有上几次那么干净，餐桌上堆着空的易拉罐和揉成团的纸球。

几张乐谱散乱在桌上。

摆在椅子上的是一把雅马哈的民谣吉他，大约是见惯了他和摇滚乐为伍,薛与梵挺惊讶的。

他把吉他拿起来:"想听?"

薛与梵从包里拿出平板:"可以吗?"

他说:"独家演奏会要收费。"

薛与梵嗤声:"不听了。"

这个作业今天晚上要发到老师邮箱里,薛与梵还有一些细节处理完就好了。只是还没有落笔,那头吉他音就响起了。

和那不久前迎新晚会上的他是两种风格,公寓的灯没有舞台上那么亮,他只开了餐桌这一区域的灯,小小的一束光从他头顶落下来。

可能是自己歌听得不多,薛与梵不知道他弹的是什么歌。

歌不长,民谣吉他的音色抚慰人心。

一曲结束得很快,薛与梵问他是什么歌,他把吉他装进琴包里:"我自己写的。"

他说着看向薛与梵,告诉她是上次事后他大脑放空的时候,突然出现在脑袋里的一段旋律。

薛与梵竖起了大拇指:"没有想到我有一天也能当别人的灵感缪斯。"

他继续在餐桌那头收拾着乐谱,突然听她叹了口气,电容笔笔端戳着脸颊:"突然有一种学霸和学渣之间的差距,你事后能想曲子,我事后为什么就想不出设计稿呢?"

周行叙不语,低头继续整理着那些乐谱,突然看见自己那天写歌时,随手画的一个小人。薛与梵凑过去看见了,终于体会了一把前一段时间周行叙的快乐,看着纸上周行叙那个笔触幼稚的简笔画,笑他:"周行叙,你这样是毕不了业的。"

周行叙任她嘲笑,反击的胜负欲骤起。恶趣味地给她解析小人画大作:"不觉得很像躺我身下,事后一脸红晕半死不活的你吗?"

他讲得一本正经,薛与梵耳尖一红,"呸"了他一声:"一个火柴人的画,连脸都没有,像个屁。"

他把乐谱理好,伸手捞起椅子上的人:"是还缺少一点素材让我画,记忆里的画面太久远了。来,我们去温习温习。"

她跪在床上,原本几分钟就能画完的细节,画了一个小时。最后手抖人也抖地戳着平板屏幕将作业发送给了老师。

"抖"的罪魁祸首用着她买的东西教训着她。

他压在上面,和她咬耳朵:"姐姐,教你个典故,这叫搬起石头砸自己的脚……"

姐姐……

薛与梵呜咽地捶了他一拳,就知道这个人不会在魏嘉佑这件事上得过且过。

之前从会议中心出来不翻旧账,现在翻旧账。

她忘了这个天蝎座的记仇程度。

第二天游泳池里,他淡定地等到水面上咕噜咕噜地起泡才伸手将人从泳池里托起来,抱到身上。

薛与梵呛得气管里火辣辣地疼,那个陪伴了自己好久的粉色漂浮板也不见踪影了。她擤了擤鼻子,吐舌头:"我喝了口游泳池的水,恶心死了。"

周行叙手臂托着她:"你知道游泳池的水里有……"

话讲到一半,一只手捂住了周行叙的嘴巴:"闭嘴。"

等他保证似的点头之后,薛与梵才拿开自己的手。突然想到什么似的钩着他的脖子,语气放柔,眼神直勾勾地望着他:"想和你亲亲。"

周行叙知道她是故意的,本能地扭开头。

薛与梵脸色一黑,扳过他的脸:"你嫌弃我。"

周行叙口是心非,又偏过脸:"没有。"

薛与梵:"你有,你因为我喝了口游泳池的水,都不愿意亲我了。"

他还狡辩:"不是,因为你昨天嘲笑我画画,我才不亲的。"

薛与梵早就摸清了他的脾气,就像是摸熟了他腹肌一样:"你刚刚隔了几秒才捞我,那才是因为我昨天嘲笑你画画。"

周行叙演技不过关:"没有,不是嫌弃你。"

嘴上这么说,头一直偏着不愿意看薛与梵。

薛与梵双手捧着他的脸,逼他和自己对视:"如果有一天我吃螺蛳粉、榴梿和韭菜盒子呛到了,需要你给我做人工呼吸才能救活,你是选择救我还是不救?"

周行叙实话实说自己不会人工呼吸,哽咽了一下:"我选择去死。"

薛与梵生气了,虽然周行叙和她说了自己真不会人工呼吸。亡羊补牢,从游泳馆出来补亲了也没见她开心。

她说想回家了,周行叙没让她走:"我车在停车场,吃完午饭我送你。"

"不要,我妈在对面补课中心上班,我和我妈一起回家。"薛与梵挣扎着想摆脱他的桎梏。

最后午饭也没有去吃,周行叙带着她去了二楼的书店。

书架都不算很高,大概只有一米五,周行叙买了本急救指南的书,晃了晃书的封面:"还生气?"

薛与梵承认他真的是一个很会哄人的男生。

也反思自己为什么生气,"炮兵连队友"这身份确实没有必要为了那点事情生气。

她意识到自己有点过了。

只是还没有来得及开口和他说自己没生气了,余光里薛与梵看见一个熟悉的身影走进了书店。

正是中午午休出来买辅导资料的向卉。

腿一软,薛与梵往书架后面一蹲。周行叙一愣,狐疑地低头看着她:"怎么了?"

薛与梵做了个噤声的手势,张嘴无声地讲话。周行叙蹲下来,凑过去,只听她说:"那个穿着黑色裙子的是我妈妈。"

薛与梵以小宠物的视角看着四周的一切，妄图计算出一条不被向卉发现自己和男生出来逛街的逃跑路线，只是路线还没有想出来，旁边的人扯了一抹她有些看不懂的笑容，然后站了起来。

"大难临头"四个字无声地写在了薛与梵头顶，她只听高跟鞋的脚步声慢慢靠近，她仰头看着旁边站着的周行叙，只见他冷不丁地开口："阿姨，如果要买入门的儿童音乐书，你左手那本比较好。"

二十三分甜

向卉是出来吃午饭的，顺路帮同事带一本儿童音乐书。

同事没有要求，只说让她随便买一本。向卉对这一类的书也没有涉猎，想着同事家那个是四岁的小孩，在两本儿童音乐绘本里犹豫不决。

"阿姨，如果要买入门的儿童音乐书，你左手那本比较好。"

书店虽然不像图书馆，但他说话还是压低了声音。向卉抬头只看见一个年纪和自己女儿相仿的小年轻，那着装也不像是书店的工作人员。

但一本绘本而已，不见得对方还能使出什么新型骗法。

教书育人久了，习惯了解释清楚，也可能是年纪上去了，喜欢多说两句："给我同事的小孩买的，我不是音乐老师，实在是不知道选什么，谢谢你啊。"

薛与梵觉得此刻自己的心情很复杂，仿佛魂穿孙悟空，要替大圣被压五百年，又是绝望又是愤怒地抓狂，抬手给旁边正和向卉说话的周行叙腿上来了一拳头。

他朝着向卉礼貌地笑着，笑容比她这个亲闺女见了妈还甜："没事，阿姨您太客气了……"

说到一半，薛与梵的那一拳头使他一晃，引得对面的向卉狐疑了。

就像是上班的时候抓下面有小动作的学生一样，向卉第一反应是前倾身子朝书架下面张望。周行叙抓住了薛与梵的手，扣着她的五指,低头:"宝贝,你找到你要买的书了吗?"

视线里的人表情不要太精彩,瞪圆了眼睛恨不得扑上来撕了他。手被他拉着,薛与梵连地道都钻不了。

看着那头亲昵地唤了一声"宝贝",向卉立马缩回去了,尴尬地笑道:"女朋友啊?"

薛与梵觉得自己现在拿着的剧本,已经快进到被压了五百年的孙悟空一朝自由后,却戴上了紧箍。

上面的人客套地聊着,她蹲坐在地上,像游完泳等待着身上猴毛干掉的大师兄。脖子上虽然没有"遛狗绳",但被牵着的手有异曲同工之效,十指相扣也没有浪漫的感觉。

向卉走了,周行叙目送着向卉结账走人后,蹲下来,和薛与梵平视,伸手去抱她:"怎么坐地上了,小心拉肚子。"

薛与梵倔着,不肯动。瞪大的眼睛从凶神恶煞变成委屈:"你怎么这样?要被我妈发现了,我怎么办?"

周行叙说着他错了,将人从地上抱起来,伸手帮她拍着裤子上的灰:"我错了,就是想逗逗你。"

薛与梵才不要他现在献殷勤,推开他帮自己拍灰的手:"逗我?有这种逗法吗?那下次我们办事的时候我给你哥打电话,你乐意吗?"

他不管薛与梵闹脾气,即便是被推开了,照旧还是继续伸手过去帮她拍灰。

听她问自己的话,他忍俊不禁,笑得一点都不怕薛与梵更生气:"说实话,我真乐意。"

说完,手上帮她拍灰的动作变了味,薛与梵伸手挡在屁股上,用含泪的眼睛瞪了他一眼——丝毫没有任何威慑力的一眼,骂了句:"不要脸。"

唯一值得高兴的一件事是那次之后,这个国庆节,薛与梵都有正当理由不去游泳了。

其实那天从商场出来她就没有那么生气了,但这个借口被她用来连着拒绝了周行叙三次。

国庆假期返校那天,向卉把薛与梵送回去了,顺道把魏嘉佑也送去了学校。

向卉自然在车里当着魏嘉佑的面对薛与梵说,让她好好照顾魏嘉佑。

薛与梵懒洋洋地坐在副驾驶位上,有气无力地"嗯"了一声。

"好好说话。"向卉怕魏嘉佑误会薛与梵不乐意。

薛与梵坐直了身子:"妈,开学返校的日子有谁是朝气蓬勃的?"

打脸来得特别快,小八就很有朝气。

小八这次国庆节没有回家,留在学校参加了流浪动物的救助活动,她给大家看了她国庆七天拍的动物照片以及视频。

上一次让她这么疯狂的,还是一个明星。

她比销售还热情地介绍着救助站,妄图拉方芹和佳佳入伙。

佳佳嘴上敷衍地说着"哇,狗狗好可怜""怎么主人这么狠心""救助好有意义",但眼睛一直在自己的作业上。最后被小八强行扳头对视后,佳佳放弃了:"很有意义,但是小八,我参加了作业怎么办?我没有你那么精力充沛。"

方芹以同款理由拒绝了。

最后如狼似虎的视线落在薛与梵身上的时候,薛与梵往小八嘴里塞了一块巧克力:"我已经有补课兼职了。"

小八:"但是我这个国庆节和你聊天,你好像都在家里吧?"

薛与梵沉默了两秒,她都忘记还有这件事,心虚地扭过头整理着整齐干净的桌面:"就是和学生吵架了,我 Fire 了他。"

小八从来没有听过这么闻所未闻的理由,但也高兴:"那要不要加入我们救助队?"

薛与梵拒绝:"有周景扬。"

再也没有比这个更好用的理由了,小八没再劝她。

实训周每个月一次,薛与梵连着国庆加上一整个实训周都没有和周行叙联系,再碰见他是晚上。

他还没有从学校离开,站在三号食堂对面十字路口的路灯下抽烟,橘调的路灯比月亮还亮,照亮着那一方小天地。

他仰着头,对着路灯吐了一口烟圈,红色的小圆点一明一暗。薛与梵解决完都可以当作夜宵的晚饭从食堂出来,站在他视线的盲点,看他抽完了一根烟。

周行叙看见她的时候,她甩着马尾走进了旁边的超市里。

薛与梵走过一排排的货架,最后在糖类专区找到了自己要买的糖。结完账出去的时候,他还站在原位,面朝着超市门口。

薛与梵在超市门口拆开糖,剥开糖纸,将榴梿糖送入口。没朝着周行叙走过去,只是隔着不算宽的马路,对望了一眼。

薛与梵转身朝着宿舍走去。

操场上散步的人都回去了,女生宿舍楼下拥抱的小情侣换了一批又一批。薛与梵走得很慢,望着盛满灯光的路面,看见一个影子慢慢地出现在自己脚边。

她越走越慢,视线里的影子越来越完整。

最后她用余光看见了他黑色上衣的长袖。上次见他还是穿着短袖,半个月不见,短袖也换成了长袖。

两个人无言地走到了宿舍楼下,最后停在情侣圈的最外围,薛与梵没有继续假装他不存在。

嘴巴里的榴梿糖彻底没有了,薛与梵仰头问他:"接吻吗?"

周行叙看见了她手里的榴梿糖,知道她是故意的,也知道今天要是不亲,估计以后也没有机会再亲了。

手臂从她胳膊下穿过,将人抱到高出一截的花圃石阶上,手扣着薛与梵的侧脸:"还说我是天蝎座。"

薛与梵哼了一声:"怎么样……"

不服气吗?

没有给薛与梵说出这四个字的机会,他浅尝辄止似的吻着薛与梵的嘴角,然后一点点撬开她的唇齿。

他好像突然不嫌弃榴梿味道一样,一边亲,一边把她往怀里带。

薛与梵闭上眼睛,妄图当那个享受的,但是她发现自己的神经和注意力前所未有地集中着,每次和他接吻都是四下无人,而现在不远处的情侣和他们一样相拥着,在耳鬓厮磨。她有一种被人窥视的感觉,在这种感觉的刺激下,薛与梵变得比之前还敏感。

唇舌纠缠,薛与梵感觉自己嘴巴里的味道慢慢被烟草味取代。

他一手扶着她的脖子,一手隔着上衣布料在她身上占便宜。

分开时,他拇指指腹擦过薛与梵的嘴角。看着她因为缺氧大口喘着气,绯红爬满了脸颊、耳尖和脖子。

薛与梵腿软,从石阶上下来,不客气地将脸贴在他的胸口:"你不是不喜欢榴梿味道吗?亲得下去?"

结束了一吻后,他的手在她身后安分了,就这么老老实实地搭在她的后背上,拥她在怀里:"敢不亲吗?"

就像是上次开玩笑要怎么和唐洋他们解释,薛与梵会出现在他公寓里一样,他说万一解释为入室抢劫,他们把薛与梵举报了他怎么办。

在他的话里,自己仿佛被放置在绝大多数价值之上,太让人飘飘然了。

说笑完,他一本正经:"我抽烟了,味觉有点麻。"

薛与梵听罢朝他哈了口气:"闻见了吗?"

他一副早有把握的样子:"我感冒了,鼻塞,闻不见。"

薛与梵炸毛了,立马从他怀里离开:"你感冒还亲我?传染给我怎么办?"

记仇就是记仇,他这次还学会甩锅了:"你问我要不要接吻,我这么喜欢你，怎么抵挡得住？"

薛与梵抓狂地跑了，不久之后就陷入涕泪横流，躺在床上虚弱无力的惨状，丝毫没有注意他刚刚话里那句"我这么喜欢你"。

感冒面前没有高低贵贱之分，该死的病毒不分好坏，薛与梵病恹恹地躺在床上，心里把周行叙骂了一千遍一万遍。

聊天界面终于更新了，从之前国庆周行叙约她出来被拒绝的内容，更新变成了薛与梵感冒之后骂他。

薛与梵：我去你大爷！

周行叙：恨可以，但大可不必恨到这个份上。

周行叙：我大爷归西很多年了，有事冲我来。

薛与梵：美得你。

周行叙：周末过来，我带你运动出汗。

薛与梵：你能不能歇一歇？生产队的牛都没有像你这么耕地的。

给周行叙发完消息，薛与梵抱着纸巾擤鼻子，后脑勺越来越痛了。考虑着要不要去医院挂个水，让周行叙出力出钱。

还没有考虑出结果来，宿舍门推开了。

小八一瘸一拐地被方芹扶进门，薛与梵看她衣服上的血污和腿上的胶布，吓得鼻子都通了一半："你怎么了？"

小八在方芹的帮助下脱掉身上的衣服，佳佳和薛与梵贡献了自己热水瓶里的热水。她脚搭在椅子上，脱着裤子："今天隔壁系那个女生，气死我了。嫌脏嫌累就不要来救助站要社会实践分啊，今天让她帮忙，结果她拽着绳子直接松手了，那条狗应激反应太大，把我给咬了。"

薛与梵看着她衣服上的血污，大约能想象到状况的惨烈，鸡皮疙瘩起了一身。小八倒是没有那么害怕："衣服上那是狗的血，不是我的。"

方芹给她拿面盆打水，简单擦了身体："还好，狗不大，要是什么大型犬，你就等着缺胳膊断腿吧。"

"没有那么夸张，咬到之后，周景扬他们立马过来帮忙了。说到这个我更来气,你们知道吗?那个女生居然还站在那边骂狗,我就坐在地上疼个半死。欲哭无泪,想叫她别骂了,快点扶我起来。"小八也不在意,反正都是女生,拧着毛巾小心翼翼地擦着腿:"太不靠谱了。对了,梵梵你是不是有周景扬微信?"

薛与梵把小八不要了的裤子丢进垃圾桶里:"有。"

小八:"你帮我给他转个钱,今天他送我去的医院,医药费也是他垫付的。"

说着说着,话题从那个女生转到了周景扬身上。方芹突然来了句:"这么说来他还挺好,原本对梵梵死缠烂打,真是特别讨厌。"

佳佳依旧保持中立:"没准是因为梵梵,故意献殷勤。"

小八倒戈:"不准这么说我救命恩人。"

薛与梵没有帮小八转钱,而是把周景扬的微信推给了她。

小八添加完周景扬好友等通过的期间,略有感慨地看着薛与梵:"我感觉他人还好。"

薛与梵抱着纸巾上了床:"我怎么觉得你像个要卖女求荣的浑蛋呢?"

小八被识破了,娇嗔,比了个耶:"哪有?我只是月老在凡间的大弟子而已。"

薛与梵让小八断了念想,她和周景扬是红色钢筋都牵不起来的两个人。放下蚊帐,和小八聊天那会儿工夫,周行叙的回复来了。

周行叙:学我勤快一点,你的草莓园可以加速经营起来了。

图书在版编目（CIP）数据

昼日成熟 / 清途著 . -- 成都：四川文艺出版社，
2023.7
ISBN 978-7-5411-6692-1

Ⅰ．①昼… Ⅱ．①清… Ⅲ．①长篇小说－中国－当代
Ⅳ．① I247.5

中国国家版本馆 CIP 数据核字 (2023) 第 117592 号

ZHOURI CHENGSHU

昼日成熟

清途 著

出 品 人	谭清洁
特约监制	王传先
责任编辑	邓 敏
责任校对	段 敏

出版发行	四川文艺出版社（成都市锦江区三色路 238 号）
网　　址	www.scwys.com
电　　话	010-82068999（市场部） 028-86361781（编辑部）
印　　刷	北京世纪恒宇印刷有限公司
成品尺寸	146mm×210mm　　　　开　本　32 开
印　　张	10.25　插页 4　　　　　字　数　270 千
版　　次	2023 年 7 月第一版　　　印　次　2023 年 7 月第一次印刷
书　　号	ISBN 978-7-5411-6692-1
定　　价	49.80 元

版权所有·侵权必究。如有质量问题，请与本公司图书销售中心联系调换。电话：010-82069336